A melodia QUE FALTAVA

Editora Appris Ltda.
1.ª Edição - Copyright© 2024 da autora
Direitos de Edição Reservados à Editora Appris Ltda.

Nenhuma parte desta obra poderá ser utilizada indevidamente, sem estar de acordo com a Lei nº 9.610/98. Se incorreções forem encontradas, serão de exclusiva responsabilidade de seus organizadores. Foi realizado o Depósito Legal na Fundação Biblioteca Nacional, de acordo com as Leis nᵒˢ 10.994, de 14/12/2004, e 12.192, de 14/01/2010.

Catalogação na Fonte
Elaborado por: Dayanne Leal Souza
Bibliotecária CRB 9/2162

B516m 2024	Bermond, Camille A melodia que faltava / Camille Bermond. – 1. ed. – Curitiba: Appris, 2024. 243 p. : il. ; 23 cm.
	ISBN 978-65-250-6531-1
	1. Romance. 2. Música. 3. Segredos. 4. Perdão. I. Bermond, Camille. II. Título.
	CDD – B869.93

Appris
editora

Editora e Livraria Appris Ltda.
Av. Manoel Ribas, 2265 – Mercês
Curitiba/PR – CEP: 80810-002
Tel. (41) 3156 - 4731
www.editoraappris.com.br

Printed in Brazil
Impresso no Brasil

A melodia que FALTAVA

CAMILLE BERMOND

artêra
editorial

Curitiba, PR
2024

FICHA TÉCNICA

EDITORIAL	Augusto Coelho
	Sara C. de Andrade Coelho
COMITÊ EDITORIAL	Marli Caetano
	Andréa Barbosa Gouveia - UFPR
	Edmeire C. Pereira - UFPR
	Iraneide da Silva - UFC
	Jacques de Lima Ferreira - UP
SUPERVISOR DA PRODUÇÃO	Renata Cristina Lopes Miccelli
ASSESSORIA EDITORIAL	Miriam Gomes
REVISÃO	Manuella Marquetti
PRODUÇÃO EDITORIAL	Bruna Holmen
DIAGRAMAÇÃO	Yaidiris Torres
CAPA	Daniela Baumguertner
REVISÃO DE PROVA	Jibril Keddeh

PLAYLIST

Mergulhe na história deste livro escutando a sua trilha sonora, cuidadosamente selecionada, no aplicativo Spotify, transportando-o(a) para os momentos encantadores que permeiam suas páginas.

Confira no Spotify: *A melodia que faltava (playlist)*

(Entre no app do Spotify e, na aba "Buscar", clique no ícone da câmera. Aponte-a para o código acima e aproveite!)

CAPÍTULO DOIS

Olívia

Depois de quase nove horas dirigindo, estou completamente esgotada. Estaciono na frente do portão da garagem. Observo minha casa, a última de uma rua sem saída, com uma praça no centro e outra rua sem saída do outro lado. A pequena praça serve somente para cortar uma rua da outra, sendo interligada por alamedas arborizadas, que se estendem por menos de um quilômetro até a praia principal da cidade.

Desligo o carro e vou direto ao porta-malas. Retiro uma das malas, sentindo a ansiedade crescer no meu peito. Parece que o ar está mais difícil de entrar em meus pulmões. "Respira, Olívia", digo a mim mesma.

Observo novamente aquele lugar. Modéstia à parte, é uma bela casa de dois andares, toda pintada em tons pastéis com janelas enormes de vidro.

Com a mão um pouco trêmula, abro o portão e subo o lance de escadas até a porta principal. Paro em frente à imponente porta de madeira escura, adornada com delicados entalhes e um pequeno vitral que proporciona um belo contraste. Quase não me lembrava de seus detalhes. Enfio a chave na fechadura, porém, antes de abrir, fico cerca de dois minutos analisando aquela enorme porta. Menos da metade do tempo que levei para fechá-la e sumir dali por cinco anos. No fundo, só estou de volta porque consegui uma vaga em um dos melhores escritórios de advocacia do estado.

Passo a mão pelos detalhes à minha frente, fecho os olhos e suspiro pesadamente, me impedindo de chorar. Sinto um misto de sentimentos, tristeza, angústia, ansiedade e, ao mesmo tempo, certa sensação de calmaria e contento por estar de volta. Não sabia ser possível sentir isso tudo de uma vez, é estranho.

Enfim, entro em casa. O mesmo cheirinho de produtos de limpeza e velas de essência de baunilha da minha mãe. Confesso que senti saudades desse cheiro, apesar de quase conseguir senti-lo sempre que pensava em casa.

Dou uma olhada em volta, tudo parece estar no mesmo lugar de sempre. A casa está silenciosa e tenho certeza de que não há ninguém ali além de mim. Minha mãe deve estar no hospital. Ela é médica, ou seja, terei a maior parte do tempo sozinha em casa, já que meu pai não mora mais aqui.

Corto a sala de estar e sigo em direção à cozinha, pego um copo de água e disparo para o segundo andar, onde ficam os quartos. Decido pegar o restante das coisas depois, estou cansada demais para isso.

Após subir os dois lances de escada, paro em frente à porta fechada do quarto de Caio. Começo a levantar a mão, o que me parece acontecer em câmera lenta. Contudo, antes de tocar a fechadura, deixo a mão cair e me viro em direção ao quarto do lado, o meu.

A porta está aberta, ele parece estar intocado, porém eu sei que é limpo pelo menos uma vez por semana. Ter uma mãe médica significa ter uma casa bastante limpa. Bom, pelo menos a minha tem essa mania de limpeza. Na verdade, não sei ao certo se é por causa da profissão.

Largo a mala no chão e dou uma olhada ao redor. Analiso cada detalhe. As paredes brancas com alguns quadros pendurados. Um deles é o meu preferido: um grande quadro em preto e branco da Audrey Hepburn toda tatuada, com um coque no alto da cabeça, a franja na testa e uma bandana. Ela está fazendo uma tatuagem na Marilyn Monroe, que também possui vários desenhos em sua pele. Na imagem há uma mesinha com uma garrafa de whisky e dois copos vazios. Ambas muito sexys olham diretamente para mim. O que mais gosto na imagem é como parecem confiantes, despreocupadas e donas de si, com olhares marcantes que passam uma sensação de que nada as abala. Não gosto dessa palavra, mas sinto um pouco de inveja da confiança delas.

Continuo fazendo uma varredura pelo quarto, miro nas minhas prateleiras de livros, meus inúmeros romances. Passo pela cama e paro o olhar até o canto da parede ao lado da porta da varanda, onde está pendurado meu violão e, bem ao lado, o meu ukulele.

Sinto um nó na garganta e uma breve falta de ar. Corro até a porta da varandinha, passando por ela para puxar todo o ar que posso ao agarrar o parapeito.

Ouço uma música alta da festa que está acontecendo na casa à minha frente. A pequena varanda do meu quarto se localiza nos fundos da casa e tem vista para a piscina. Também consigo ver uma parte dos fundos da casa que fica atrás da minha, onde aparentemente acontece uma festa muito barulhenta. Ótimo, era só o que faltava hoje. Tudo o que eu quero é dormir, em silêncio. Acho que vai ser difícil.

Retorno ao quarto bufando e fecho a porta da varanda. Começo a me despir e entro no chuveiro, deixando a água quente bater nas minhas costas por um tempo. Minha respiração é lenta e pesada. Esse retorno está sendo muita coisa para absorver ao mesmo tempo, não esperava que iria vivenciar isso assim.

Eu acabei de chegar, talvez seja isso, vai passar.

Não vai?

Depois do banho demorado, visto as roupas mais confortáveis que tenho dentro do armário que está quase vazio. Com os olhos pesados, me jogo na cama. Estou exausta. Tento relaxar um pouco, mas a festa parece estar acontecendo dentro do meu quarto. Rolo na cama e coloco o travesseiro sobre a cabeça. Nada adianta, está alto demais. Me reviro mais três vezes antes de soltar um som raivoso pela garganta e me direcionar até a varanda.

Olho para a festa e dou um grito:

— Abaixa esse som!

Além de diversas pessoas aleatórias na festa, há uma roda de cinco rapazes no meu campo de visão. Eles conversam animadamente entre si, rindo, mas se viram para mim sem entender nada. Continuo os encarando furiosa, já que foram os únicos a prestar atenção em mim.

— Ei, dá para abaixar o volume?!

Um deles comenta alguma coisa que faz três deles rirem, o que me deixa ainda mais irritada. Percebo que um dos rapazes tem o semblante sério e está olhando em minha direção. Apesar da distância, noto seu olhar intenso fixo em mim por um tempo, fazendo-me congelar e esquecer o real motivo de eu estar aqui. Me pergunto quem ele é e por que me olha daquele jeito profundo, como se me conhecesse.

Está um pouco escuro, mas consigo reparar que seu cabelo é ondulado e parece estar um pouco comprido demais, pois uma mecha da franja está caída em sua testa. Ele veste uma camisa de manga com listras pretas e brancas e uma bermuda preta.

Mais uma fração de segundo se passa e recupero o controle da minha própria mente. Ainda um pouco confusa, olho para ele e aponto para o meu próprio ouvido duas vezes, insinuando que o som está alto demais. Ele vira de costas para mim e sai caminhando.

Ele me ignorou? Que cretino!

No entanto, eu estava errada, pois ele caminha até o aparelho de som. Consigo ver que abaixa um pouco o volume. O que foi ótimo para ser verdade, porque um segundo depois vejo outro cara dando um leve empurrão nele e aumentando ainda mais o som. O rapaz do olhar intenso me fita novamente, com uma expressão de quem parece estar se divertindo com toda aquela situação, e dá de ombros, como se dissesse: eu tentei.

Observo a cena, incrédula e irritada. Bufo e fecho a porta da varanda com força. Algumas vezes o cansaço me deixa um pouco mal-humorada. Existem pessoas que ficam assim quando estão com fome, eu fico desse jeito quando estou com sono. E no momento estou cansada demais para qualquer coisa.

Desisto.

Coloco meus fones de ouvido ao me deitar e escolho uma playlist para dormir.

Por incrível que pareça, consigo pegar num sono profundo.

Abro os olhos lentamente, ainda confusa com o sono. Preciso de um segundo para me lembrar que estou de volta em casa.

Parece que um caminhão passou por cima de mim. Dormi por doze horas seguidas. São quase nove horas da manhã de domingo. Terei o dia todo para arrumar minhas coisas.

Minha barriga ronca alto e me lembro que a última refeição que fiz foi um salgado quando parei na metade da viagem de ontem. Me levanto da cama e abro a porta da varanda. Vejo um dia lindo e ensolarado, o que me faz sorrir. Como eu sentia falta dos dias quentes. Fito a piscina, que está bastante convidativa, talvez eu dê um mergulho mais tarde, preciso mesmo de um pouco de sol.

Perto da cozinha sinto o cheiro delicioso de café, e minha barriga ronca novamente. Sou apaixonada por café, é realmente meu ponto fraco. Só de sentir o seu aroma meu rosto se ilumina com um sorriso. Sim, ele tem esse poder sobre mim.

Ao passar pela porta, vejo minha mãe sentada à mesa comendo um pedaço de pão. Quando percebe a minha presença, me lança um sorriso acolhedor e vem ao meu encontro para um abraço.

— Bom dia, querida! Como foi a viagem?

Deixo ela me abraçar e retribuo o carinho, afinal, não fazíamos isso há algum tempo.

— Bom dia, mãe. Foi bem tranquila, mas cansativa. Muito tempo de estrada.

— Imaginei. Por isso não te acordei quando cheguei do hospital ontem — ela diz se acomodando novamente em seu lugar. — Dormiu bem?

Assim que ela faz essa pergunta, solto um som de risada irônica, pois me lembro da festa da noite anterior na casa vizinha.

— Dormi profundamente, mas demoraria menos para pegar no sono se não fosse a festa barulhenta da casa dos fundos.

Minha mãe dá uma risadinha antes de tomar um gole do seu café.

— As festas do Theo parecem ser sempre animadas.

Então o nome do sujeito festeiro é Theo. Não sei por que, mas algo me diz que deve ser o garoto que foi abaixar o volume do som ontem, que estava claramente se divertindo às minhas custas.

Sinto que esse Theo será um tormento na minha vida. Que a Deusa me dê paciência.

— Sempre?! Ele sempre faz festas? — Quase engasgo com meu café.

Minha mãe assente e cubro o rosto com as mãos, fazendo um barulho de choro falso.

— Talvez vocês se conheçam, agora que está de volta. Vocês têm quase a mesma idade. Ele é um bom rapaz — ela fala isso com uma expressão estranha no rosto que não consigo decifrar. Um pouco de tristeza? Estranho. Deixo passar.

— Humpf — respondo com um barulho, porque não concordo que ele seja de fato um bom rapaz, já que tenho certeza de que ele ainda vai me incomodar muito. Na verdade, deve ser aquele tipo de garoto festeiro e pegador, que não quer nada com nada.

Eu e minha mãe ficamos um tempo à mesa conversando sobre frivolidades. Desde a morte de Caio, um muro foi criado, tanto ao seu redor quanto ao meu. Não conversamos mais como antigamente, nos distanciamos muito, as coisas não parecem mais tão naturais entre nós duas.

Na época, minha mãe se fechou no seu próprio mundo. Quase não parava em casa, fazia cada vez mais plantões e trabalhava cada dia até mais tarde que o outro. Eu a encontrava muito pouco, e quando estava em casa, se trancava no quarto. Até mesmo meu pai, que trabalhava bastante, se cansou disso. A relação deles se desgastou tanto que ele resolveu ir embora. Eu não o culpo. Contudo, sinto um pouco de mágoa deles, pois eu ainda estava aqui e era o momento que eu mais precisava deles. Eu era apenas uma garota de dezessete anos quando meu irmão morreu.

Dói pensar em Caio. No entanto, sempre que ele vem à minha mente, empurro todos os pensamentos e sentimentos no fundo do meu ser e os deixo por lá hibernando. Tenho medo que um dia tudo exploda e faça um grande estrago. Mas isso ainda não aconteceu.

Chorei muito no início, e por um período depois da mudança. Foi aí que Catarina me deu suporte, foi a única. Um tempo depois, resolvi entubar tudo e nunca mais chorar. Então, eu e meus pais nunca mais tocamos no assunto.

De volta à realidade, vou até o meu carro para retirar toda a mudança. Eu sei que dormi demais, porém continuo cansada. Começo com as caixas e tomo cuidado para não se romperem, como aconteceu da última vez.

Uma hora depois parece que passou um furacão aqui. Olho ao redor e solto um suspiro cansado.

Merda, vai demorar...

Para minha prima Carol.
Obrigada por me incentivar e acreditar em mim.
Que sua linda melodia continue sempre nos alegrando. Ela é única e linda.

A música é o tipo de arte mais perfeita: nunca revela o seu último segredo.

Oscar Wilde

CAPÍTULO UM

Olívia

Finalmente! A última caixa de mudança!

Depois de mais de uma semana arrumando todas as minhas coisas – que não eram poucas, claro. São inúmeras as roupas e bugigangas que adquiri ao longo de cinco anos vivendo sozinha. Na verdade, morando com Catarina. Quem a conhece sabe que jamais poderei falar em morar sozinha. Catá é um furacão – falante, divertida e bagunceira. Mas essa última característica só se aplica ao seu quarto, pois ela sabia que, se saísse daquele perímetro, iria se iniciar a Terceira Guerra Mundial. Tudo bem, admito que não sou um exemplo de organização, mas minha amiga é o real significado da própria desorganização no dicionário.

Apesar disso, morando fora todos esses anos, Catarina nunca deixou que eu me sentisse sozinha. Estava sempre me fazendo dar boas risadas, me colocando para cima, mesmo quando não havia razão alguma para eu me sentir assim.

Catarina é de uma cidade próxima e mudou-se para cá dois meses antes de mim. Ela estava procurando alguém para dividir o apartamento e já havia feito mais de nove entrevistas, mas achava que ninguém estava à altura de morar com ela. Foi então que, durante a minha entrevista, ela propôs um jogo de perguntas. Explicou que cada uma faria perguntas à outra e que não poderíamos mentir. Caso não quiséssemos responder alguma delas, a próxima seria de resposta obrigatória.

As perguntas que Catarina me fez foram incrivelmente criativas. Pelas minhas respostas, ela sentiu que era eu quem teria a honra de morar com ela e que seríamos grandes amigas. Na época, não entendi muito bem o raciocínio dela, mas não me importei com isso e apenas fiquei feliz por ter um lugar para morar. Desde o primeiro momento que a conheci, achei-a uma figura interessante. Nunca imaginei que nos tornaríamos tão amigas em tão pouco tempo. Agora, após cinco anos, a vejo como uma irmã que nunca tive.

No momento que mais precisei de alguém, Catarina foi mais do que uma amiga, foi a minha rocha, e por isso se tornou tão importante para mim. Ela não me julgava quando eu começava a chorar nos momentos mais aleatórios do dia, não me obrigava a fazer nada que eu não quisesse e até deixava de sair algumas noites só para me fazer companhia e assistir a um filme na Netflix. Ela nunca me tratou como se eu fosse um peso, coisa que certamente eu era naquela época. Ela, sim, teve paciência. Nunca vou conseguir agradecê-la de maneira apropriada.

Nós estudávamos na mesma universidade, porém fizemos cursos diferentes. Esse ano ela se formou em Psicologia, e eu, em Direito. Tivemos muitos debates empolgantes e filosóficos durante horas à mesa. Além de ser divertida e brincalhona na maior parte do tempo, minha amiga consegue conversar sobre assuntos relevantes, coisas que não são fúteis. Essa é uma das coisas que gosto muito nela. Acho que aprendeu a conversar sobre assuntos realmente importantes com os seus pais, assim como a diversão. Seu jeito maluquinho é incansável, ela é como um raio de sol nos dias nublados.

A cidade natal de Catarina se localiza a três horas de carro daqui. Essa foi a razão de eu ter conhecido todos os membros de sua família: seus pais e Guto, seu irmão, apenas um ano mais velho. Cada um deles é mais hilário que o outro, e também muito gentis. Guto é exatamente a versão masculina de Catá, tanto na aparência quanto na personalidade. Eles são lindos, ambos altos, com seus olhos escuros, cabelos ruivos, cheios e lisos. Além de uma risada tão engraçada que te dá vontade de gargalhar apenas por ouvi-la. Eles são muito próximos, amam se implicar, mas têm seus momentos de fofura fraternal. Eles me acolheram de tal forma que acabei virando um membro da família. Passei muitos feriados com eles, pois eu raramente ia visitar a minha cidade natal.

Não é que eu não via meus pais, algumas vezes os encontrei aqui ou viajávamos para outro lugar, mas foram raras as vezes que voltei para casa durante esses cinco anos. E quando passava por lá, ficava muito pouco. Quando me mudei, ou melhor, quando resolvi sumir daquele lugar, estava tão exausta daquela vida, apenas queria viver coisas novas e esquecer tudo, então acabei não retornando tanto.

Agora, depois de todo esse tempo longe, estou voltando para a cidade onde nasci e passei dezoito anos da minha vida. Para casa. Posso descrever a ansiedade dentro de mim, aquele frio na barriga e as mãos suadas, segurando a última caixa.

Noto Catarina gritando alguma coisa enquanto vem em direção ao carro, mas não consigo entender. Então, quando eu menos esperava, a parte de baixo da caixa se rompe e todas as minhas calcinhas e sutiãs se espalham pela calçada.

Sim, essa sou eu, Olívia, a pessoa mais desastrada que já existiu na face da terra.

— Olívia! Eu te avisei que a caixa estava abrindo! — Ela chega perto de mim, mas continua gritando e balançando os braços.

— Psiiiiiu! Pare de gritar no meu ouvido e me ajuda a pegar isso logo.

E como se já não tivesse sido humilhada o suficiente, justo quando eu ia me abaixar para recolher minhas roupas íntimas, Pedro passa ao meu lado na calçada.

— Olívia Martinez... E aí? — ele me cumprimenta com um sorriso atrevido, e em seguida fita o chão. — Ah, essa peça aí eu já tive a honra de tirar. Bons tempos...

Que audácia! Reviro meus olhos com tanta força que até fico com medo de que eles se desloquem. Eu normalmente não sou grosseira com as pessoas. Quando sinto que vou me irritar, repito o mantra que aprendi na aula de yoga: "ninguém tem o poder de tirar a minha paz". No entanto, esse é o Pedro, e se você o conhecesse saberia com o que estou lidando aqui.

— Pedro, eu sei que sou memorável, mas não, essa é nova. Então, você não passou nem perto — respondo, sarcasticamente.

Pedro foi o primeiro cara com quem fiquei quando cheguei nessa cidade. Ele também estudava na mesma universidade que eu e mora no mesmo bairro. Sempre nos encontrávamos no ponto de ônibus, no mercado, dentre outros lugares. Um dia ele sorriu para mim, eu sorri de volta, e uma coisa levou a outra. Ficamos por um tempo e decidi dar um ponto final, já que éramos completamente diferentes um do outro. Ele era irritantemente esnobe e infantil. Não sei o que eu tinha na cabeça. Não quero cuspir no prato que comi, mas, tarde demais, acho que já estou fazendo isso.

— Que pena, posso pegar como souvenir? — O fuzilo com os olhos. — Tá bom, calma, tô só brincando — fala levantando as mãos em movimento de rendição e um sorrisinho malicioso. — Bem, se colar, colou.

— Hum, tá bom, muito engraçado.

Catarina nos observava com certa impaciência. Ela nunca foi muito fã dele. E com razão, hoje eu sei.

— Queridinho — ela olha para o garoto atrevido que conversa comigo —, você vai ficar aí falando essas idiotices, vai ajudar ou o quê?

Sempre delicada feito coice de mula. Catarina não tem papas na língua. Ela não é má, só um pouco sem paciência e muito sincera, algumas pessoas costumam confundir. Ele olha para ela e depois para mim.

— Errrr... Tô fora. Bom retorno, gata. Quando voltar aqui, me liga, sei que vai sentir minha falta.

Reviro os olhos novamente e abro o sorriso mais sarcástico possível.

— Errrr... Passo, Pedro. Mas fico honradíssima com a sua ilustre presença na minha partida.

Ele dá uma piscadela e se vira, continuando seu percurso. Esse garoto é tão convencido que posso apostar todas as minhas roupas íntimas que ele realmente acreditou nas minhas palavras. Reviro os olhos mais uma vez, perdi a conta de quantas vezes fiz isso durante a conversa.

Catá começa a rir.

— Esse cara precisa ser estudado — ela conclui, balançando a cabeça em confusão.

— Eu preciso ser estudada por ter ficado com ele.

Caímos na gargalhada, mas logo depois nos entreolhamos com os olhos marejados. Era, enfim, a despedida.

— Oli, por favor, não me esqueça! — Catarina diz com a voz embargada.

— Você só pode estar de brincadeira, né? Isso nunca vai acontecer. Vou te ligar tanto que vai ficar enjoada de mim.

— Quero saber de tudo! Do trabalho, dos gatos do trabalho, da cidade, dos gatos da cidade, das festas, gatos das festas, da...

— Resumindo, de tudo e dos gatos — corto sua fala e sorrio.

Ela limpa com as costas da mão uma lágrima que escorre por sua bochecha sardenta. Eu não consigo mais segurar e choro também. Nos abraçamos por uns minutos. É tão triste me despedir dela.

— É sério, vê se não some, mana — ela sussurra, ainda me segurando pelos ombros.

— Você também. Vou sentir sua falta, você sabe que é minha irmã e não tenho como te agradecer por tudo que fez por mim.

Suspiro forte ao me virar e puxar a maçaneta do carro. Me acomodo no banco e dou o último aceno.

Após um tempo de viagem, minha mente começa a vagar para o passado e me recordo da minha cidade natal, sempre ensolarada e quente, uma típica cidade litorânea. Nada parecido com a cidade onde morei durante os últimos cinco anos, nublada e fria na maior parte do tempo. Sinceramente, não sei como aguentei por tanto tempo, ela é, no mínimo, deprimente.

Me recordo do passado, de admirar a orla da praia todas as manhãs a caminho da escola. Observar o mar cristalino e abrir a janela do carro do meu pai para sentir a brisa salgada. Apenas com essa lembrança, consigo quase sentir o cheiro. Penso nas vezes em que eu era criança, meus pais nos buscavam na escola e nos levavam à praia para catar conchinhas e brincar. Meu irmão, Caio, sempre encontrava as mais bonitas e me deixava ficar com elas. Ele sempre foi gentil e amoroso comigo.

Na mesma hora, sinto meu coração apertar. Tudo isso me faz refletir sobre os dias atuais. Faz tanto tempo que não os vejo. Não nos falamos mais como antigamente. Éramos tão unidos. As conversas por telefone são sempre curtas e, muitas vezes, desconfortáveis. Reconheço que já não sei tanto o que se passa na vida deles. Sabemos somente o básico uns dos outros.

Meu pai está sempre trabalhando, viajando de um lado para o outro, mas ainda assim faz questão de me ligar, esteja onde estiver. Já com minha mãe, a história é outra. Costumávamos ser muito próximas, eu passava horas conversando com ela, contava tudo que acontecia comigo e ela me dava os melhores conselhos, me abraçava e me mostrava o quanto eu era importante para ela. Hoje não é mais assim.

A grande verdade é que sinto saudades do tempo de antes do pior dia da minha vida acontecer. Balanço a cabeça para afastar esses pensamentos, sabendo que, com o meu retorno, é tarde demais para isso.

O grande regresso. O que será que me espera? Lutar contra alguns fantasmas do passado, certamente.

Por fim, uma lágrima desce pela minha bochecha e penso em como a minha família ruiu depois que Caio se foi.

CAPÍTULO TRÊS

Theo

Estou na área da piscina da minha casa, demora um pouco até minha visão se ajustar, por causa de toda a claridade.

Porra, minha cabeça dói.

Como eu odeio ressaca. E eu nem bebi tanto assim ontem. Acho que preciso beber mais água durante as festas, talvez isso ajude um pouco no dia seguinte. Bom, pelo menos as festas são sempre aos sábados e tenho como descansar um pouco no domingo.

Faço uma varredura com os olhos por toda a área. Minha cara de sofrimento é instantânea ao ver tamanha desordem. Não me lembro de ter visto tanta bagunça assim depois de uma festa aqui. Ou talvez, finalmente, eu esteja me cansando.

Solto uma risada áspera.

A quem eu quero enganar? Desde o início estou cansado dessa merda toda.

Caminho até a bancada e recolho algumas garrafas espalhadas sobre ela. Começo a juntá-las dentro de uma caixa para levar mais tarde até o lixo reciclável no final da rua.

Sempre limpo o máximo que posso para ajudar a dona Penha, a senhora que trabalha aqui em casa alguns dias da semana. Na verdade, faço isso porque logo quando comecei essa loucura de festas na minha casa, assim que ela apareceu aqui na segunda-feira, a bagunça era tamanha que ela ficou o dia inteiro me xingando e olhando feio. Então, nunca mais deixei isso acontecer. Primeiro, porque ela não é obrigada a limpar as minhas merdas, e segundo, porque tenho um pouco de medo dela. É uma senhorinha muito feroz, apesar do tamanho.

Ela está conosco há tantos anos que nem lembro da minha casa sem a sua presença. Por isso, tenho um grande carinho por ela, que às vezes me chama até mesmo de filho, visto que não possui nenhum. E mesmo se tivesse, acho que não seria diferente.

Ela teve grande papel na minha educação, já que meus pais trabalhavam muito e, apesar de sempre se fazerem presentes, dona Penha ajudou a me criar. Isso ficou ainda mais evidente após o divórcio deles, quando eu era bem mais novo.

Anos depois, minha mãe conseguiu uma ótima oportunidade de emprego, nos mudamos de cidade e viemos para esta casa. Dona Penha aceitou vir conosco, já que, coincidentemente, ela tinha família aqui. Foi uma grande mudança em nossas vidas. Meu pai ficou por lá, ainda nos falamos ocasionalmente e ele sempre envia dinheiro. Nos últimos meses, ele tem mandado quantias generosas. Talvez seja uma forma de ele se sentir menos culpado por tudo que vem acontecendo.

Há um tempo venho morando sozinho nessa casa enorme, apesar de ser desafiador cuidar de tudo, faço o possível para manter tudo em ordem. A rotina é bastante puxada e as festas me cansam. Às vezes, sinto como se estivesse preso em um ciclo sem fim. Na maior parte das vezes, me sinto anestesiado, mas em outras, me sinto sufocado.

Fecho os olhos e suspiro profundamente, refletindo sobre o quanto me acostumei com a solidão, que se tornou a minha maior companhia.

Continuo recolhendo o lixo, mas logo me distraio quando me volto para a varanda do segundo andar da casa à minha frente. Não vejo ninguém ali, a porta está aberta e consigo ver uma pequena parte do quarto, que imagino ser o dela. Lembro que aquela porta permaneceu fechada durante anos.

Então começo a pensar naquela garota. Algumas vezes me perguntei por onde ela estaria. Sei quem é a mãe dela, a doutora Sandra Martinez, e apesar de já ter esbarrado com ela algumas vezes no hospital, nunca conversamos muito. Ela sempre me olha daquele jeito, por isso prefiro evitá-la. Enfim, sempre tive curiosidade para saber o que havia acontecido com sua filha.

Na realidade, acho que a filha dela nem sabe que eu existo. Minha mãe e eu nos mudamos para esta casa um pouco antes dela se mudar. Foi quando aquela varanda começou a permanecer fechada. Isso foi até ontem, quando ela apareceu gritando a todo volume para abaixarmos o som da festa. Ela estava cerca de uns quinze metros de distância. Ainda assim pude notar seu cabelo preso num coque frouxo no alto da cabeça e que vestia uma camiseta larga azul. Estava um pouco escuro, não consegui enxergá-la muito bem, portanto, fiquei curioso, imaginando como ela seria de perto, qual a cor dos seus olhos ou o formato de sua boca...

Deixo minha mente vagar por mais um instante. Lembrar da cena me faz sorrir. Me sinto um pouco culpado pelo barulho, eu juro que tentei diminuir, e ela parecia bem zangada. Mas quem sabe ela não aparece na próxima festa, assim posso me desculpar pessoalmente.

Acordo do meu devaneio com o latido de Paçoca. Desvio meu olhar em sua direção e vejo que está com sua bola laranja na boca. Antes de brincar com ele, olho mais uma vez para aquela porta aberta.

Minha mãe me deu o Paçoca faz uns quatro anos. Lembro da primeira vez que o vi, ele era uma bola de pelos miúda. Seus olhos são uma mistura de um tom quente de mel, e sua pelagem é da cor marrom clara, o que me remeteu à cor de paçoca. Ele também tem algumas pequenas manchas num tom mais escuro de marrom espalhadas pelo corpo. Foi por isso o nome dele, nada criativo, eu sei, mas como eu amo paçoca, me agradou bastante.

Nós achávamos que ele ficaria pequeno, contudo, ele cresceu bastante até completar um ano e meio. É um cachorro de porte médio para grande. No final das contas, minha mãe não se importou com o tamanho dele, pois foi a melhor coisa que nos aconteceu.

Hoje, não sei como passei tantos anos sem um cachorro. Eles são verdadeiramente nossos melhores amigos. Por esse motivo, eu não consigo confiar em quem não gosta desses animais. Eles nos dão amor incondicional. Como alguém é capaz de tratar mal esses serezinhos? Não consigo imaginar.

Depois de um tempo brincando com Paçoca, seguro a bolinha na mão, pondo fim à brincadeira.

— Chega, carinha. Hora de comer, vamos.

De relance, reparo a cortina da casa vizinha se mover. Involuntariamente, sorrio. Olho de volta para Paçoca, que não se chateia com o fim da brincadeira, já que ele ouviu falar em comida. Ele dá um latido animado e sai correndo, parando na frente do pote de ração. Abana o rabo e me olha em expectativa.

Paçoca me faz rir. Devidas as circunstâncias, são raras as vezes em que rio genuinamente. Ele é uma das poucas coisas que me fazem sorrir.

Depois de alimentá-lo, termino de dar uma geral na casa. Olho ao redor e me certifico de que dei o meu melhor.

Estou pingando de suor. Hoje está fazendo um calor absurdo. Vou até a cozinha, bebo quase um litro e meio de água de uma vez e saio correndo em direção à piscina. Nado um pouco, de uma borda à outra.

Não existe coisa melhor que exercício físico e água para curar a ressaca.

Ofegante, respiro lentamente e descanso na parte mais profunda. Encosto minhas costas na parede de azulejos azuis. Fico um tempo olhando para a frente, para o nada. Vou escorregando pouco a pouco, até estar com a cabeça embaixo d'água. Totalmente submerso, vou deixando o silêncio me envolver e tento clarear minha mente, que parece um turbilhão. Prendo a respiração o máximo que posso no intuito de conservar o silêncio na minha cabeça.

A pressão do fundo da piscina quase machuca meus tímpanos. Depois de um tempo, volto à superfície e inspiro todo o ar que meus pulmões estavam suplicando.

Saio da água e me deito na espreguiçadeira à beira da piscina. Aproveito para absorver um pouco de vitamina D, mas não por muito tempo, o sol está forte demais. Assim, alguns minutos depois, estou pronto para sair do calor.

Entro em casa e subo direto para o segundo andar. Passo pela porta da pequena varanda do meu quarto, que se localiza quase na mesma direção da varanda em que a garota apareceu ontem. Estou pegando minha toalha de banho que estava ao sol quando ouço uma música vindo do quarto dela.

Sigo para o meu banheiro e tiro a bermuda molhada. Antes de entrar no chuveiro, observo meu reflexo no espelho acima da pia.

Debaixo dos meus olhos há uma leve profundidade num tom escuro – olheiras, elas vêm me acompanhando por um tempo. Preciso descansar, ou ela vai me perguntar se não estou dormindo direito, e não quero que isso aconteça, não quero preocupá-la.

Respiro devagar. Me sinto exausto física e psicologicamente. Minha cabeça ainda dói.

Cacete, eu nunca mais vou beber.

Após o banho, visto apenas uma bermuda e deixo a toalha novamente secando na varanda. Então, desço até a cozinha para preparar algo para comer.

Vasculho a geladeira e, embora não esteja completamente vazia, preciso fazer compras. Talvez amanhã, depois do trabalho.

Me sirvo de um copo de mate e preparo um sanduíche com os ingredientes que tenho disponíveis. Quando termino, percebo que até que ficou interessante: três camadas de pão, bastante queijo, frango desfiado, dois ovos fritos, alface, tomate e o restante do molho pesto que sobrou na geladeira. Com meu prato em mãos, vou até a sala e assisto a um episódio de *Friends* enquanto como.

Um tempo depois, desligo a TV. Limpo toda a sujeira que fiz para preparar a comida e subo até o meu quarto.

Assim que passo pela porta, caminho até o suporte na parede, de onde pego meu violão. Me sento na cama com ele, toco algumas cordas e vejo que os sons estão um pouco desafinados. Toco uma por uma e vou ajustando de ouvido cada uma delas, uma após a outra, com paciência. Ouço cada nota de novo. Agora sim está perfeito.

Preciso praticar um pouco. Nessa semana, quase não toquei nele. Me viro e olho para o lado de fora da janela; o dia está lindo demais para ficar dentro de casa. Então, pego meu violão e vou até a área da piscina. Me sento perto da porta, em uma poltrona à sombra, logo abaixo do telhado da minha varanda. Sinto uma brisa leve tocar meu rosto, fecho os olhos e logo começo a tocar a primeira melodia que vem à minha mente.

Para minha surpresa, é algo ligeiramente alegre.

CAPÍTULO QUATRO

Olívia

Horas depois, estou parada diante do meu guarda-roupas, suspirando de alívio por quase tudo estar no seu devido lugar. Ainda faltam algumas coisas, contudo, nada comparado a antes, já que meu quarto não está mais parecendo a minha antiga rua aos sábados no final da feira.

Valeu a pena ter organizado tudo de uma vez e me livrado de semanas de roupas amassadas na mala. Se tem uma coisa que eu detesto é roupa bagunçada e amassada dentro de mala, isso me deixa agoniada, então, problema resolvido. Não é que eu seja tão organizada assim, eu só não gosto de ver minhas coisas amontoadas ou espalhadas por aí. Quer dizer, por muito tempo, porque algumas vezes ficam, admito. Mas quando estão assim e isso começa a me incomodar, eu faço a minha organização.

Um exemplo da minha falta de organização diária pode ser identificado ao entrar no meu quarto pela manhã antes de eu sair de casa. Não me considero uma pessoa muito matutina, quase me arrasto ao acordar, sou realmente lenta nessa hora do dia e, por isso, algumas vezes saio em cima da hora, um hábito que me esforço muito para mudar.

Apesar da minha lentidão nesse horário do dia, não consigo sair de casa sem tomar um bom café da manhã. Logo, preciso acordar no mínimo com uma hora de antecedência para chegar aos lugares no horário marcado.

Meus pensamentos são interrompidos quando escuto alguns latidos animados vindo do lado de fora, seguido de alguém falando. Caminho até a janela do meu quarto, puxo lentamente a cortina para o lado. Sei de onde vêm os sons e não quero ser vista, não depois da cena de ontem. Vejo o tal garoto festeiro que, graças a minha mãe, agora sei se chamar Theo.

Ele está brincando com seu cachorro, e ouço chamá-lo de Paçoca. Assisto Theo lançar uma bolinha laranja para Paçoca, que corre alegremente atrás dela. Quando ele a alcança, corre de volta até seu dono e a entrega novamente, colocando com cuidado em sua mão para que possa jogar mais uma vez. Theo sorri e elogia várias vezes seu cão. Ele para de jogar a bola algumas vezes e faz uns truques com ele.

O sorriso dele é muito bonito. Observo o rapaz por mais um momento e, de alguma forma, noto em seu rosto um certo cansaço, um tipo de cansaço que não parece ser resultado de uma noite de festa. Fico me perguntando o que pode ser.

Após a última jogada, Theo corre na direção de Paçoca, que rapidamente entende a brincadeira e corre para a direção oposta com a bolinha laranja na boca. Parece que eles fazem isso o tempo todo. Theo finge não conseguir alcançá-lo, e os dois ficam rodeando a piscina numa espécie de pega-pega. Um sorriso escapa dos meus lábios ao ver aquela cena adorável. Isso me faz pensar que Theo talvez não seja tão ruim afinal, e aumenta minha curiosidade sobre ele.

Minha mãe bate na porta do meu quarto e solto a cortina no mesmo instante, me sentindo ligeiramente envergonhada por ser pega no flagra. Se ela percebeu, não esboçou nenhuma reação a respeito. Já estamos acostumadas com esse padrão há algum tempo, ela finge que não vê as coisas e eu também, assim, evitamos grandes desconfortos.

— Oi, filha. Precisa de alguma ajuda?

— Não, obrigada. Acho que já estou quase terminando. — Olho em volta e constato que não é verdade, mas prefiro arrumar sozinha.

Ela sorri para mim, contudo, é uma reação contrária ao que seu rosto indica, pois transmite certa tristeza.

— Tudo bem, se precisar de alguma coisa, me avise, ok?

Assinto.

Ela se vira, saindo pela porta, mas logo se detém, olhando novamente para mim.

— Fico realmente feliz que esteja de volta, Oli — diz ela, com seus olhos marejados.

Dessa vez ela sorri de verdade, seu olhar é terno, como costumava ser antigamente.

Então, ela desaparece pela porta. Com o coração apertado, permaneço a encarando por alguns segundos. Balanço a cabeça, pego um vestido amassado no fundo da mala e o penduro no cabide dentro do guarda-roupa.

Aprecio com orgulho meu armário e faço uma dancinha animada e ridícula. Nem acredito que terminei de arrumar tudo. Paro repentinamente quando ouço uma melodia de um violão soar do lado de fora e corro no mesmo instante até a janela. Abro um pouco a cortina, me escondendo atrás dela, pela segunda vez no dia.

Theo está sentado à sombra, sem camisa, tocando violão, com Paçoca deitado aos seus pés. Como está claro, consigo reparar seu cabelo castanho escuro, ondulado e ligeiramente bagunçado. Sua pele tem um bronzeado bonito que parece ser constantemente beijada pelo sol. A cabeça levemente inclinada para frente faz com que uma porção de franja caia sobre a sua testa. Ele aparenta estar bastante concentrado. Seus olhos estão suavemente fechados e ele parece sentir cada nota que está sendo tocada, como se estivesse imerso em seu próprio mundo.

Theo toca uma melodia alegre e bonita, uma que eu nunca escutei antes. O movimento de seus dedos dedilhando as cordas do violão são rápidos e perfeitos. Ele consegue transmitir o que está sentindo ao reverberar cada nota executada com esmero.

Paralisada e impressionada, continuo a observar. Ao escutar aquela música e vê-lo tocar daquela forma, sinto meus olhos marejados. Uma sensação de paz surge inesperadamente dentro do meu peito, a mesma que ele aparenta estar sentindo, algo que eu não sentia há muito tempo. Deixo-me envolver pela melodia, fecho os olhos e solto lentamente a minha respiração, permitindo que ele me transporte para um lugar de calmaria e serenidade.

Continuo imóvel no mesmo lugar enquanto as duas melodias seguintes se desenrolam. Reconheço ambas, são músicas contemporâneas, mas Theo continua tocando apenas versões instrumentais, com um dedilhado perfeito que dá vida a cada nota. Fico impressionada pelo seu talento e pela forma como ele interpreta as músicas, transmitindo emoção e profundidade mesmo sem as letras. Cada acorde ressoa dentro de mim, fazendo eu apreciar ainda mais a beleza daquelas composições.

Na quarta música, fico verdadeiramente admirada, pois ele começa a cantar. Theo possui uma afinação impecável, seu timbre é lindo e tem uma rouquidão bem sutil quando atinge determinadas notas.

Algo naquela cena toda me deixa inebriada. Após terminar a música, apenas alguns segundos se passam e uma nova é iniciada. Logo nos primeiros acordes reconheço a canção, uma das minhas favoritas: *Dream a Little Dream of Me*. Ele a interpreta em uma versão acústica única, puxando suavemente as cordas do violão e dando um toque diferente à música, me sinto como se estivesse em um luau na praia.

Aprecio seu estilo de imediato e fico com uma vontade intensa de saber um pouco mais sobre esse rapaz. Jamais imaginaria que ele tocasse esse tipo de música, muito menos de um jeito tão singular e apaixonado. Ele parece verdadeiramente saber o que está fazendo.

Quando a música chega ao fim, ele abre lentamente os olhos e noto que olha para a minha varanda por um breve momento. Em seguida, ele se levanta e entra em casa com o violão nas mãos.

Solto a respiração que não percebi estar segurando, intrigada com o olhar curioso que ele direcionou à minha varanda. Largo a cortina e encosto as costas na janela. Meus olhos são atraídos pelo violão no canto do quarto, parecendo intocado e ansiando por ser tocado. Fico ali por um momento, contemplando o instrumento e sentindo a vontade de agarrar as cordas, expressar as minhas mais profundas emoções através da música. Algo que não faço ou sinto há muitos anos.

Na verdade, ele está intocado há pouco mais de cinco anos. Depois da morte de Caio, não encostei mais nele, me sentia triste só de olhar para aquela parte do meu quarto.

Com determinação, vou em direção ao meu instrumento favorito, até ficar a poucos centímetros de distância. Uma sensação de nostalgia volta a tomar conta de mim, pronta para me reencontrar com as notas e deixar minha alma se expressar. Levanto a mão aos poucos e encosto na primeira tarraxa do lado direito, desço mais um pouco os dedos, tocando nas duas tarraxas abaixo, deslizo a mão até encostar no início das cordas. É uma sensação estranha, sinto certa inquietação. Prossigo deslizando a mão por ele até chegar na madeira de seu corpo, onde seguro por um tempo, respirando devagar.

Tomo coragem e retiro o violão do suporte na parede, me sentando na cama e o posiciono em meu colo com um cuidado desnecessário. Por um breve momento, fecho os olhos e resvalo meus dedos sobre as cordas desafinadas, permitindo que a familiaridade daquele instrumento acalme minha mente. Com paciência, começo a afinar uma corda de cada vez, escutando atentamente cada som e ajustando com precisão até alcançar perfeita afinação.

Caio me ensinou a tocar violão quando eu tinha nove anos. Na época, ele tinha treze anos e já era fenomenal. Aprendeu a tocar sozinho quando tinha apenas sete anos, e possuía um ouvido absoluto, uma habilidade rara. Era capaz de identificar a nota exata de qualquer som que ouvisse, o que às vezes se tornava incrivelmente irritante. Quando eu ficava irritada com ele, minha voz ficava mais aguda, e Caio nomeava a nota e imitava o seu som. Solto uma risada ao lembrar disso.

Recordo com carinho das inúmeras vezes que passávamos horas sentados na área externa da nossa casa tocando juntos. Quase todos os dias nos encontrávamos ali, mergulhados na música. Muitas vezes nossos pais precisavam nos mandar parar e ir dormir, enquanto outras, eles se sentavam junto a nós e ficavam nos escutando até de madrugada. Lembrar disso faz meu coração doer de saudade.

Caio não tinha a mesma habilidade vocal que possuía no violão, razão pela qual sempre me obrigava a cantar. Começamos a compor músicas juntos, mas algumas delas nunca foram devidamente finalizadas. Por isso esse instrumento é tão significativo para mim. Por muito tempo se tornou meu refúgio, mas depois virou uma dolorosa lembrança da ausência de Caio. Talvez tenha sido a tristeza e a sensação de que não conseguia seguir em frente sem ele ao meu lado.

Então, acabei me afastando da música. Acho que ele deve estar desapontado comigo por isso.

Começo a dedilhar uma melodia que me recordo, uma das não finalizadas por nós, a última que começamos a compor juntos.

Cada nota que ressoa no meu violão parece fazer uma fissura no meu coração, e ao mesmo tempo cada uma delas parece ter o poder de me curar. Percebo de imediato o quanto sentia falta disso, a conexão profunda que a música é capaz de proporcionar. É como se estivesse preenchendo os espaços vazios dentro de mim, trazendo uma sensação reconfortante de paz e plenitude. Um lembrete poderoso de que a música tem o poder de curar e nos fazer sentir vivos. Algo de que eu havia esquecido.

CAPÍTULO CINCO

Olívia

O despertador toca e dou um pulo na cama por causa do susto. Fico alguns segundos desnorteada, procurando o celular. O encontro e confiro o horário: seis da manhã. Hora de acordar, é meu primeiro dia de trabalho e definitivamente não posso chegar atrasada.

Antes de tudo, abro a porta da minha varanda para o ar fresco da manhã entrar no quarto. Em seguida, me arrasto até o banheiro para um banho rápido, na medida do possível, já que ainda estou lesada de sono. Depois escolho uma saia midi preta, uma blusa social preta e branca e um scarpin nude. Simples e chique, ótimo para um primeiro dia de trabalho.

Dou uma ajeitada no cabelo e no meu rosto amassado de sono. Saio do quarto e desço até o primeiro andar, onde minha mãe já está à mesa tomando seu café.

— Uau, Oli! Você está linda! — Ela sorri, levantando o rosto para me olhar melhor.

— Obrigada, mãe. Estou nervosa, é meu primeiro dia — digo, fazendo uma careta.

— Tenho certeza que vai se sair bem. — Ela me dá um sorriso reconfortante. — Quando você era pequena, durante anos, em todos os seus primeiros dias de aula você falava que estava com friozinho na barriga.

Sorrio, pois me lembro muito bem disso.

— Bom, é exatamente isso, estou com friozinho na barriga.

Enquanto tomamos café da manhã juntas, minha mãe me conta algumas coisas interessantes sobre o seu trabalho. Também conversamos sobre outros assuntos. Mas, em determinado momento ela comenta:

— Ouvi você tocar seu violão ontem. Era uma melodia muito bonita. — Ela olha para mim com expectativa.

— Hum, é — respondo e mordo um pedaço do meu pão.

Não sei se quero estender esse assunto. Na verdade, sei. Eu não quero.

— Tem um trabalho voluntário bem legal no hospital. Certos dias da semana alguns voluntários tocam e cantam para as crianças na ala de oncologia. Se você quiser, eu te apresento para a coordenadora do projeto e...

— Interessante, mãe. Talvez outra hora — respondo antes de deixá-la finalizar, lhe dando um sorriso.

É lógico que achei o projeto lindo, mas ainda não estou preparada para isso. Quero voltar a tocar aos poucos, e não na frente de tanta gente. Minha mãe não insiste e muda de assunto, ela sabe muito bem o que toda essa questão significa para mim, mesmo que não tenhamos conversado diretamente sobre isso até hoje.

Após um tempo, peço licença e me levanto da mesa.

— Preciso ir, não quero me atrasar. Bom trabalho, mãe.

— Bom trabalho, querida. Vai dar tudo certo. — Ela sorri para mim e eu sorrio de volta.

Disparo pelas escadas, apressada para escovar os dentes antes de sair. Ainda tenho quarenta e cinco minutos de sobra. Tudo certo. Enxugo as mãos, pego minha bolsa e desço até o carro, estacionado na garagem. Jogo minha bolsa no assento do carona e me acomodo no meu banco. Antes de dar partida no carro, ligo o rádio. Está tocando uma música do Fleetwood Mac, uma das minhas bandas favoritas.

— Eu amo essa música!

Saio da garagem cantando bem alto.

Chego ao escritório em quinze minutos, isso porque dirigi tranquilamente. Encontrei uma vaga bem na frente do prédio, estou com sorte hoje.

Entro no elevador e, quando a porta está quase fechando, ouço alguém gritar.

— Segura!

As portas se fecham, mas no mesmo instante aperto o botão para segurá-las. A pessoa pensa que o elevador subiu, pois ouço um belo xingamento antes das portas se abrirem novamente.

O rapaz está parado bem à minha frente e sorri quando entra.

— Opa, desculpa, achei que tivesse subido. Esse elevador é muito demorado e a Marta do quinto andar estava vindo logo atrás de mim — ele dispara sem respirar. — Não me leve a mal, ela é uma boa pessoa, mas fala sobre assuntos maçantes demais numa hora dessas. Enfim, obrigado por me livrar disso, fico te devendo uma.

Eu rio com a confissão que acabei de ouvir.

— Imagina, não foi nada. Mas fico feliz por te livrar dessa.

Ele ri.

Noto seus dentes brancos, contrastando com sua pele e seu terno azul escuro bem alinhado. Seus sapatos pretos estão impecavelmente lustrados e o cabelo preto com um tanto de gel. Uau, estiloso. Ele aparenta ter uns vinte e cinco anos, dois anos mais velho que eu. Seus olhos pretos se voltam para o botão do oitavo andar, apertado por mim. Ele me olha de baixo a cima e levanta uma sobrancelha.

— Vamos para o mesmo andar. Nunca te vi por aqui. Cliente tenho certeza que não é, está cedo demais — constata.

— Hoje é meu primeiro dia no escritório.

— Legal, bem-vinda! — diz ele, com um largo sorriso. — Ah, então você é a Olívia. Estávamos à sua espera. Também sou advogado. Me chamo Marco, prazer.

— Prazer, Marco. — Lanço um sorriso, feliz por já ter conhecido alguém simpático. — Gostei do seu look.

— Te agradeço por ter reparado, demorei um pouco para escolher, sempre bom ter reconhecimento. E também gostei do seu. Acho que vamos ser bons amigos.

Eu sorrio com o comentário, ele parece ser uma pessoa divertida.

— Obrigada, fico tranquila em saber que fiz a escolha certa, estava um pouco nervosa.

Ele me olha de baixo a cima mais uma vez.

— Meu bem, você é daquelas que fica bonita até enrolada num saco de batatas.

Eu caio na risada, essa eu nunca tinha escutado. Confirmo a minha hipótese, ele é divertido. Ótimo, pois preciso disso na minha vida, alguém assim na minha rotina é sempre bem-vindo.

A porta se abre, ele me deixa passar primeiro, depois sai e caminhamos lado a lado no corredor.

— Fica tranquila, o pessoal aqui é gente boa. — Ele pega meu braço. — Vem, vou te apresentar.

O escritório não é tão grande, então Marco chega chamando a atenção de todos para me apresentar. Eu acho graça. Dou bom dia e cumprimento as pessoas, que são bastante simpáticas. Não era exatamente a apresentação que eu estava esperando, pensava em algo mais discreto, mas tudo bem, pelo menos foi descontraído. Todos são muito educados e receptivos. Faço um agradecimento silencioso por isso.

Marco me leva até a minha mesa, que, convenientemente, fica ao lado da dele. Uns minutos depois minha chefe chega, me cumprimenta e diz que já vai me chamar na sua sala. Ela é chiquérrima. Parece ser bem mais alta que eu, tem os cabelos bem pretos num corte Chanel bastante estiloso e seus olhos são igualmente escuros. Ela usa um blazer e uma saia lápis, ambos na cor cinza com uns detalhes quadriculados, por baixo, uma blusa social branca e um scarpin altíssimo vermelho. Reparo uma tatuagem que vai da parte da frente de seu pé direito, rodeando a canela, até abaixo da metade da panturrilha. Fico de boca aberta e ouço a risada de Marco.

— Sim, ela é uma diva — diz, apontando a cabeça em sua direção.

— Você disse exatamente a palavra que eu iria usar.

— Não precisa se preocupar, ela é só diva no visual, como pessoa, é muito agradável. A não ser que você seja a advogada da parte contrária. Porque se for, ela vai te massacrar. — Marco faz uma careta e depois ri. — Uma vez, eu vi um advogado da parte contrária chorando no banheiro masculino depois da audiência.

— Ah, eu não acredito nisso.

— Ok, é mentira, mas ele perdeu a causa, que era milionária, diga-se de passagem, e estava com cara de quem queria chorar.

— Bem, nesse caso, eu choraria.

Nós dois rimos. Já estou gostando do meu primeiro dia.

Alguns minutos se passam e Helena me chama até a sua sala. Peço licença e entro. É um espaço amplo e iluminado. Ela está sentada numa cadeira de escritório branca, atrás de uma mesa grande de vidro. Às suas costas, há uma prateleira cheia de livros jurídicos que vai do teto até a metade da parede. Além disso, a vista da janela enorme à esquerda da sala é linda. Olho para ela, que sorri para mim.

— Bom dia, Olívia. Bem-vinda ao nosso escritório. Espero que goste muito daqui.

— Bom dia, Dra. Helena, é um prazer.

— Pode me chamar só de Helena. Sente-se, por favor.

Passo a hora seguinte na sala de Helena, que me esclarece tudo sobre o funcionamento do escritório, sobre minhas tarefas, clientes, reuniões e audiências.

Em certo momento da reunião a informo que gostaria de me voluntariar para trabalhar em alguns casos *pro bono* do escritório. Grande parte do tempo na minha faculdade estagiei em escritórios, então já tenho certa prática. Assim, posso ajudar quem precisa, afinal, foi por isso que cursei Direito.

No fim da conversa, Helena se certifica de que entendi tudo o que foi explicado e diz que posso começar. Confirmo e agradeço.

Ela parece ser uma ótima profissional, foi muito educada e paciente ao me explicar tudo. Fico contente, sinto que vou ser feliz aqui. Pelo menos até eu aprender bastante a prática para abrir meu próprio escritório.

Durante a manhã, me atualizo sobre alguns processos, faço algumas ligações e participo de uma reunião rápida. Na hora do almoço, Marco gentilmente me convida para almoçar e vamos a um restaurante localizado na mesma calçada do prédio.

— Como está sendo o primeiro dia até agora?

— Gostei bastante, as pessoas são muito agradáveis e solícitas, acho que vou me acostumar rápido — respondo, me acomodando na cadeira.

— Que bom, fico feliz em saber. O que precisar, é só falar. — Ele abre um sorriso verdadeiro, que se torna rapidamente um sorriso travesso. — Mas agora me conte tudo, você namora? — me questiona, levantando uma sobrancelha. — Você parece ser daquelas que destroem corações por onde passa.

Sinto vontade de rir e engasgo com a água que estava tomando. Ele tem um jeito muito espirituoso de ser. Eu gosto.

— Não, nada disso. Não tenho namorado, acabei de voltar à cidade após anos longe. Acho que não estou à procura de um. Também não destruo corações. Na verdade, parti só um até agora. Então não me considero uma destruidora de corações. E você, namora? Parte corações por aí?

— Se com esse seu corpo, cabelo magnífico e essa boca carnuda você não parte corações, imagine eu!

Ele me faz rir, eu adoro isso. Fico grata, pois deixa as coisas mais fáceis.

— Ah, pare com isso, você é um gato, e ainda por cima, estiloso.

— Sou, não sou? Bom, parti alguns corações, namorei um crápula uma vez, que despedaçou o meu em mil pedaços, mas essa história fica para depois. Hoje estou solteiríssimo. Essa cidade está cheia de gatos, logo você parte o coração de algum. Me conte quando fizer. — Marco pisca para mim.

Conversamos e rimos durante os minutos seguintes, antes de voltarmos ao escritório.

As próximas horas passam relativamente rápido, pela grande quantidade de trabalho, mas eu gosto. Ao final do expediente me despeço de Marco e dos outros colegas que conheci. Vou embora muito satisfeita e feliz com um ótimo primeiro dia.

Fazia tempo que eu não tinha um dia tão agradável assim. Catarina ficaria contente em saber. Isso me faz lembrar que preciso ligar para ela.

Quase chegando em casa me lembro que preciso ir à farmácia. Passo em frente e não encontro vaga, por isso, decido deixar o carro em casa e voltar andando, já que fica a apenas dois quarteirões de distância.

A farmácia fica na direção oposta da minha casa. Caminho pela alameda e sinto o cheiro das flores presas às inúmeras árvores que embelezam o percurso. Havia me esquecido de como esse lugar é encantador.

Ao passar por um muro alto, me deparo com um portão preto de ferro. A casa atrás dele está escura, aparentando estar vazia. Não tenho certeza do motivo pelo qual me detive ali. Antes de dar um passo para trás e seguir meu caminho, percebo algo se aproximando e ouço um latido animado.

— Ah, oi, Paçoca! Como você é lindo!

Ele apoia as duas patas, ficando de pé na grade do portão, abanando o rabinho. Vou aproximando a mão bem devagar perto do portão para que ele não se assuste e possa me cheirar. Assim que o faço, ele me dá uma lambida molhada. Parece que ganhei um novo amigo. Coço a sua orelha e o seu peito.

— Você é uma gracinha! É sim, você é! E muito simpático também!

Por que quando falamos com animais fazemos uma voz diferente e parecemos idiotas? Certamente eles devem achar isso de nós. Olho para o lado e reparo o vigia da rua a uns metros de distância. Cada uma das pracinhas no final das ruas sem saída tem uma guarita com um vigia que toma conta da rua. Ele me dá um aceno de boa noite e eu o cumprimento de volta. Droga. Espero que ele não comente com o dono da casa sobre isso. Antes que alguém chegue, faço o último carinho na cabeça de Paçoca e me despeço.

Entro na farmácia, um pouco mais vazia, pego uma cestinha e coloco o que preciso em seu interior. Confiro a lista que fiz em meu celular, me certificando de que peguei tudo. Pago pelos produtos e quando saio do estabelecimento, reparo num *pet shop* bem ao lado.

Olho a vitrine por uns instantes antes de entrar e comprar uma bolinha para o meu novo amiguinho. É mais forte que eu, sou apaixonada por cachorros. Muitas vezes acho que eles são muito melhores que os seres humanos. Além do mais, Paçoca é uma coisa fofa, ele merece.

Sigo andando até o próximo destino. Paro novamente em frente ao portão e Paçoca vem correndo até onde estou.

— Oi, amiguinho! Trouxe um presente para você.

Assim que tiro a bola da sacola, Paçoca solta um latido e balança ainda mais o rabinho. Ele é adorável. Faço carinho na cabeça dele antes de jogar a bolinha roxa pelo portão. Vejo a luz acesa dentro da casa e logo vou embora pensando: todas as vezes que eu passar por aqui terei que dar um oi para o meu novo amiguinho peludo.

CAPÍTULO SEIS

Theo

Duas semanas se passaram desde que Paçoca apareceu dentro de casa com uma nova bolinha roxa na boca, me convidando para brincar. A mesma quantidade de dias que vi minha vizinha jogar essa mesma bolinha para o meu cachorro através das grades do meu portão.

Ela não me viu. Confesso que tive vontade de sair de trás da cortina, agradecer sua gentileza e conversar com ela. No entanto, apenas fiquei lá parado, observando-a, sem reação alguma. Que belo idiota eu sou.

Hoje me sinto esgotado, mais que o habitual. Encaro meu reflexo no espelho por um momento e percebo que minhas olheiras estão um pouco mais acentuadas. Essa última semana parece ter se arrastado, embora tenha sido relativamente mais tranquila em comparação com a anterior, que foi uma semana atribulada de merda.

Precisei ir ao hospital quatro vezes a mais que o normal, o que me deixou bastante preocupado. Tento imediatamente afastar esse pensamento da minha cabeça. Suspiro ao abrir a porta do armário de sapatos e alcanço meus tênis de futebol.

Com pressa, desço as escadas até a cozinha para pegar uma garrafa de água. Antes de sair, coloco a ração de Paçoca em seu pote e, ansioso, passo apressado pelo portão.

Uma ou duas noites por semana eu jogo bola com uns amigos no campinho de futebol do bairro. O percurso mais rápido até lá é caminhando pelas alamedas, onde passo pela casa da minha vizinha de fundos, aquela que aparentemente não é muito fã de festas.

Na festa do sábado passado ela apareceu na varanda, me olhou de soslaio e bateu a porta. Ao menos dessa vez ela não parecia estar com raiva, apenas sustentava uma expressão de cansaço no rosto. Novamente me senti culpado pelo barulho.

Piso num galho caído no chão e o barulho me traz de volta ao presente: ao meu caminho até o futebol. Durante essas últimas duas semanas, passar pela lateral da casa dela me fez descobrir algo interessante sobre a sua rotina. O que me faz ansiar pelas noites de futebol, já que são os únicos dias que consigo chegar em casa cedo.

Sei que o quarto dela se localiza nos fundos da casa e o banheiro fica na lateral, com a janela voltada para a alameda, assim como a disposição do meu próprio quarto. Enfim, todas as noites em que passei por ali, por volta das sete e meia da noite, ela estava no banho – da rua é possível ouvir a água do chuveiro.

Eu sei que parece estranho saber disso tudo, mas ela canta! Ela canta de verdade, é de tirar o fôlego.

Estou na esquina da minha casa quando vejo a luz do seu banheiro acesa. Tiro o celular do bolso para ver as horas, faltam dois minutos para 19h30. Ela parece ter uma rotina bastante regular.

Continuo caminhando, com pressa, e paro quase abaixo da janela dela. Pego meu celular do bolso novamente e finjo mexer nele. Na realidade, eu paro para ouvi-la.

Minha vizinha está cantando à capela uma versão diferente de *Fly Me To The Moon*. Eu adoro essa música, provavelmente eu poderia tocar uma versão assim também, acho que temos gostos musicais parecidos.

Quando termina aquela, ela muda de gênero musical abruptamente e começa a cantar *Toxic*, da Britney Spears, o que me faz rir.

Meu sorriso desaparece quando olho para o lado, após ouvir alguém pigarreando para chamar minha atenção. O vigia da rua dela está a alguns metros de distância, me olhando com um sorrisinho travesso no rosto.

Eu o conheço há anos, desde que mudei para a minha casa, ele ficava no posto da minha rua, mas acabou trocando com o novo vigia.

— Ela canta muito bem, não é, Theo? — ele me indaga, ainda sustentando o sorriso.

Que ótimo. Fui pego no flagra.

Pigarreio e passo a mão pelos cabelos, um pouco constrangido por isso.

— O que disse? Estava concentrado no celular — respondo, me fazendo de desentendido.

Ele balança a cabeça e agora me lança um sorriso zombeteiro.

— Sempre concentrado no celular por aqui a essa hora. Nesse local o sinal é melhor?

— É ótimo. Poderia dizer que é o melhor local do bairro — devolvo a ele o sarcasmo.

— Não duvido que ache isso.

— Tenho que ir, ou vou chegar atrasado no jogo.

— O sinal está tão bom para você aqui, seus amigos do futebol vão entender o atraso.

Solto uma risada e balanço a cabeça. Mas que senhorzinho sagaz ele é.

Ainda rindo, me despeço dele e continuo meu percurso até o campo de futebol, pensando que se eu pudesse passaria por ali todas as noites naquele mesmo horário. Parece um pouco errado fazer isso, sinto que estou invadindo a privacidade dela. No entanto, é mais forte que eu. Gosto de escutá-la, sei lá, me sinto bem. Sua voz é muito afinada, não é tão aguda e nem tão grave, me parece estar num ponto intermediário, a classificaria como *mezzosoprano*. É uma voz leve e aveludada que te deixa com vontade de ficar ouvindo por horas. E não posso reclamar, pois ela vem tocando violão quase todas as noites, e é muito boa.

Me sobressalto quando ouço uma voz ao meu lado. É o Neto, ele também está indo para o futebol e me encontrou no meio do caminho.

— Ei, cara! Em que planeta você tá?

— Ah, fala, Neto. Não tinha te visto. — Dou um simples aceno com a cabeça.

Neto é meu melhor amigo, nos conhecemos na faculdade. Logo nos primeiros dias de aula tivemos um trabalho em dupla, que não deu muito certo. Na verdade, foi desesperador, mas hoje damos risada quando lembramos disso. A partir daí nos tornamos grandes amigos e atualmente trabalhamos em uma grande empresa de engenharia. Ou seja, estamos sempre juntos.

— Passei na sua mesa ontem antes de sair do trabalho, mas você não estava lá.

— É, saí mais cedo, tive que ir ao hospital.

— E aí? Alguma novidade? — ele me pergunta, com uma preocupação estampada nos olhos.

Neto é um dos poucos que realmente se importam comigo, a maioria só quer proximidade para poder aparecer nas festas que acontecem na minha casa. Fico grato por ter ele por perto, é um ótimo amigo.

— Não, tudo na mesma — respondo, balançando a cabeça.

Ele assente, com pesar. Eu também. Não quero conversar sobre isso, ele respeita e troca de assunto enquanto seguimos para o campo.

Após um jogo cansativo, chego em casa pingando de suor. Foi uma ótima distração, apenas tinha que me preocupar em chutar a bola para o gol. Estava precisando disso. Agora, uma coisa que eu preciso urgentemente é de um banho.

Antes de tudo, pego o sanduíche que deixei pronto na geladeira, o engulo em tempo recorde e vou para o banheiro. Quando entro debaixo do chuveiro, fecho os olhos, apoio as mãos na parede à minha frente e deixo a água quente bater nas minhas costas por um longo tempo. Mantenho a respiração lenta e constante, ficando evidente que estou realmente exausto. Tenho certeza que o meu cansaço maior é o mental, acho que esse é o pior, parece que nunca passa.

Saio do banho e checo o celular. Vejo várias notificações de mensagens, a maioria de pessoas aleatórias perguntando se haverá festa no sábado.

A maior parte das mensagens são de pessoas fúteis, sempre se baseando em popularidade e aparências. Isso não tem nada a ver comigo. Algumas garotas também me mandaram mensagens, várias, na verdade, elas sempre mandam. Depois que comecei a fazer festas, muitas ficam em cima de mim, mas não estou interessado. É claro que de vez em quando eu saio com uma ou outra, mas não quero nada com ninguém. Não quero conversar e não quero que saibam sobre minha vida. Definitivamente não falo sobre coisas pessoais. Ao mesmo tempo que não quero nada íntimo, também não quero nada superficial. Logo, a equação não fecha, por isso, prefiro continuar sozinho.

A única pessoa que sabe alguma coisa do que está acontecendo na minha vida é o Neto, porém, nem mesmo com ele converso sobre tudo. Então, para o resto das pessoas prefiro passar essa imagem de "Theo, o cara festeiro". Essa forma superficial que as pessoas pensam sobre mim está funcionando bem.

No momento em que pego o controle remoto para ligar a TV, escuto uma música. Minha vizinha está tocando violão. Vou até a minha varanda e noto que a porta da sua varanda está aberta, posso ver a luz fraca vindo do quarto, mas não a vejo. Ela está cantando *Toxic* novamente, mas dessa vez ela toca uma versão mais lenta e mais sexy da música, quase sinto um arrepio ao ouvi-la. Eu realmente não sei explicar o que ela causa em mim, eu nem ao menos a conheço.

Ela é bem eclética, o que eu gosto muito. Parece que hoje ela está numa *vibe* Britney. Então, antes dela terminar a música, entro correndo no meu quarto, pego meu violão e volto para onde eu estava. Assim que ela finaliza, numa espécie de brincadeira, eu começo a tocar e cantar *Oops... I did it again*, já que estamos na *vibe* Britney. É, eu também sou eclético.

Quando acabo de tocar a música, quinze segundos se passam em silêncio. Me pergunto se fui invasivo ao fazer isso. No entanto, ela entra na brincadeira e responde com *Womanizer*.

Pelo que sei, essa música fala sobre um cara que é mulherengo, na verdade, essa é a tradução do título da música.

Ei! Isso é uma indireta? "Theo, o cara festeiro".

Eu balanço a cabeça e rio.

Fico sem ideias, então toco *Mirrors*, do Justin Timberlake, afinal, eles namoraram em alguma época, não é? Me sinto um fofoqueiro de famosos, mas não vejo outra forma de continuar a brincadeira. Sinto um alívio quando ela me acompanha, somente no violão. Ela é muito boa.

Terminamos a música. É a sua vez, mas ela não toca outra de volta, apenas vai até a porta de sua varanda sorrindo.

— Justin! Boa saída! — ela exclama, sorrindo, percebendo que meu repertório de Britney acabou.

— Obrigado! — respondo de volta, fazendo uma reverência de brincadeira. Ela ri. Isso!

Ela permanece encostada no batente da porta, me olhando com um sorriso gentil. Eu mantenho meu olhar fixo no dela. Um tempo se passa e percebo que paramos de sorrir, mas continuamos apenas nos entreolhando.

De repente, ela rompe o contato visual, olha para baixo e balança a cabeça, com um sorriso no rosto.

Instantes depois, ela me observa novamente, antes de se desencostar da porta.

— Boa noite, vizinho.

Ela não espera minha resposta e fecha a porta devagar.

Continuo olhando para o lugar onde ela estava, perdido em meus pensamentos.

— Boa noite... Olívia — suspiro, dizendo baixinho.

CAPÍTULO SETE

Olívia

Depois que fechei a porta da varanda, deitei na cama e fiquei um tempo pensando no que havia acontecido. Rolei de um lado para o outro e não consegui pegar no sono de jeito nenhum.

Eu nem conheço esse cara, por que estou pensando nele assim?

No caso, a única coisa que sei sobre ele é que faz festas barulhentas, muitas delas por sinal. Que canta e toca muito bem e que tem um cachorro muito fofo. Que não tem um repertório muito vasto de Britney Spears. Que ele parece ser bem alto, que tem os cabelos ondulados e uma mecha comprida que fica caindo na sua testa e... Pare com isso, Olívia!

Devagar fui caindo no sono.

Para o meu espanto, sonhei com o meu vizinho. Foi bem estranho. Ele estava tocando violão para mim, mas a letra não fazia sentido nenhum. Na verdade, nada fazia sentido. A música era aquela cantiga do sapo que não lava o pé, mas ele cantava em coreano, e nem sei como descobri que era coreano, porque eu nunca ouvi uma palavra nesse idioma. Enfim, eu não conseguia entender. Depois ele veio conversar comigo, ainda em coreano, e eu ficava repetindo que não estava entendendo nada do que ele falava, mas ele apenas ria e continuava conversando normalmente. Foi bem irritante. Porém, agora que acordei estou achando engraçado. Que sonho aleatório.

Levanto da cama e abro a porta da minha varanda, como sempre, para que o ar fresco da manhã entre no meu quarto. Deixo meus olhos quase fechados por uma fração de segundos para se ajustarem à claridade do dia. Quando os abro, logo reparo na porta aberta da varanda dele e me lembro da nossa brincadeirinha na noite anterior. Um sorriso escapa dos meus lábios.

Entro no quarto e começo a vasculhar minhas gavetas. Uma ao lado da minha cama, outra embaixo da televisão, sigo procurando.

— Onde está? — pergunto a mim mesma ao procurar em várias gavetas o meu CD da Britney.

Por causa da mudança ainda não sei muito bem onde estão todas as minhas coisas, mas tenho certeza que está aqui em algum lugar.

— Ahá! Achei você!

Olho para o CD que está em ótimas condições. Só há um pequeno arranhão na capa, bem acima do umbigo dela.

Daqui uns anos isso vai valer ouro, tenho certeza! Quase não existem mais aparelhos para tocar CDs. Tudo bem, não ouro, mas bastante dinheiro, como os discos de vinil hoje em dia.

Contemplo o objeto quadrado nas minhas mãos mais um pouco. Não sou a fã número um da Britney, mas já me diverti muito com ela. Largo o CD perto da minha bolsa e vou me arrumar.

Preparo meu café da manhã de costume: café com leite, pão de forma tostado com queijo branco e geleia de morango.

Me sento à mesa sozinha, pois minha mãe mandou mensagem dizendo que foi de madrugada para o hospital atender a um chamado. Demoro um pouco para comer, o que não é nada fora do normal.

Ao tirar o carro da garagem, vou dirigindo lentamente pela minha rua, pensando no que estou prestes a fazer. Dobro à esquerda, na direção contrária ao escritório, e entro logo na primeira rua sem saída, seguindo até o final. Paro o carro e fico olhando aquele portão por uns instantes antes de saltar.

— Não acredito que estou fazendo isso — falo baixinho comigo mesma.

Desço do carro com o CD da Britney nas mãos, em direção ao portão do meu vizinho. Percebo que seu carro não está na garagem, parece não ter ninguém em casa.

Ótimo, menos chances de ser pega no flagra e passar constrangimento.

Vou caminhando até bem perto do portão. Quando vejo a caixa de correio, grudada na parede ao lado do portão de ferro, coloco o CD lá dentro. Antes de dar um passo para trás, vejo Paçoca vindo todo saltitante na minha direção.

— Oi, Paçoca! — o cumprimento, segurando as grades de ferro.

Ele solta um latido feliz e lambe minha mão. Logo me despeço fazendo mais um carinho na sua cabeça peluda e volto para o carro.

Sigo para o trabalho rindo de mim mesma pelo que acabei de fazer.

A manhã no escritório passou voando. Tive uma reunião e protocolei algumas ações. Na hora do almoço, fui num restaurante novo com Marco, e embora a maior parte do assunto tenha sido sobre trabalho dessa vez, ele ainda me fez dar boas risadas. Ele é tão divertido. Sou tão grata por ter isso na minha rotina. O que me faz lembrar de Catarina – ela fazia esse papel nos meus dias.

Voltamos ao escritório, e a tarde passa um pouco devagar. Afinal, hoje é sexta-feira e estamos todos cansados, contando os segundos para o final de semana. De fato, eu preciso relaxar.

Enquanto estou estudando um caso novo, meu celular vibra e uma mensagem de grupo brilha na tela. Júlia pergunta o horário do jantar hoje e Bia responde rapidamente. Eu havia me esquecido completamente desse jantar. As duas estão tentando marcar comigo desde que cheguei à cidade e dessa vez os horários se encaixaram. Abro as mensagens e confirmo minha presença.

Chego em casa exausta da semana, mas preciso encontrar minhas amigas. Depois que me arrumo, vejo que ainda tenho bastante tempo, então faço uma chamada de vídeo com Catarina, que atende me dando uma bronca.

— Sua sumida! Faz quase duas semanas que não nos falamos, palhaça! Estou com saudades!

— Catá, você me ligou faz três dias e nos falamos por mensagem hoje de manhã — rebato, revirando os olhos de brincadeira.

— Mesmo assim, parecem quatorze dias!

Ela me faz rir e instantaneamente sinto saudades dela.

— Quais os planos para o final de semana? Não vem me dizer que pretende dormir e assistir Netflix. — Ela para de falar e me analisa: — Ei, errei! Você está maquiada!

— Estou! Vou sair para jantar com umas amigas.

— Que bom, Oli. Você precisa sair um pouco de casa e se divertir. Ainda acho que você deveria bater na porta do seu vizinho e pedir para participar das festas — minha amiga sugere com um sorrisinho malicioso nos lábios.

Eu contei ligeiramente para ela sobre as festas barulhentas do meu vizinho, mas sendo Catarina, ela só queria saber como ele era, se tinha caras bonitos e se as músicas eram boas.

— Não vou fazer isso. — Dou um risinho, balançando a cabeça e mudo de assunto: — Então, quais os planos para o final de semana?

— Dormir e ver Netflix — ela responde categoricamente e damos risada. Essa garota é realmente uma figura. — O quê? Eu fui a uma festa no final de semana passado, mereço um descanso.

— Certo. Preciso sair agora. Nos falamos daqui duas semanas! — provoco.

— Olívia! O quê?! — ela diz de uma forma dramática e fica de boca aberta sem acreditar no que acabei de dizer.

— Calma, é brincadeira!

— Acho bom mesmo, porque eu vou comprar passagem para te visitar, preciso combinar com você a melhor época.

— É sério? — pergunto, olhando para ela com um enorme sorriso no rosto. — Quando você quiser! Eu vou amar!

Conversamos mais um pouco e depois nos despedimos. Razão pela qual estou um pouquinho atrasada.

Estaciono quase em frente ao restaurante. Ao entrar, já vejo as duas sentadas numa mesa localizada ao fundo.

— OLI! — Bia grita com as mãos para cima.

Assim que chego perto da mesa, as duas se levantam e me dão um abraço muito apertado.

— Eu estava com saudades de vocês duas!

— Como você volta para cá e nem avisa direito a data? — Júlia me questiona.

— Eu não queria chamar muita atenção para isso.

— Tudo bem, entendemos. — Bia me lança um olhar reconfortante. — Sente aí! Temos muito papo para colocar em dia.

Sorrio e olho para cada uma delas. Cinco anos se passaram e elas continuam as mesmas. Bia com seu lindo cabelo preto na altura dos ombros, olhos escuros amendoados e um sorriso acolhedor. Julia, sempre sorrindo, com seus dentes brancos à mostra, seu cabelo loiro preso num rabo de cavalo alto e olhos azuis brilhantes. Ambas têm uma energia tão leve. A nossa amizade não tem espaço para ciúmes ou inveja, sempre torcemos umas pelas outras. Acho que é por isso que gosto tanto delas.

Conto sobre a mudança, meu trabalho no escritório e minha rotina cansativa.

— Oli, você precisa sair para se divertir! — Bia fala animada.

— Concordo! Amanhã vamos a uma festa e você vai com a gente — Júlia diz como se fosse uma ordem e eu rio. Antes que eu consiga falar qualquer coisa, ela continua: — Vai ser muito divertido, as festas dele sempre são legais. Inclusive, ele é seu vizinho!

Engasgo com o refrigerante que estava bebendo. Qual a chance de isso acontecer?! E logo depois de Catarina ter comentado. Ela iria se divertir muito com isso.

— Sim, é seu vizinho! É exatamente a casa atrás da sua casa. Theo Rossi, sabe quem é?

— Hum, não — tusso, por causa do engasgo.

— Amanhã te apresentamos, ele é ótimo — Bia responde animada. — Apesar de ser ao lado da sua casa, nós vamos nos encontrar na minha antes da festa, para comer e beber alguma coisa, e você vai também.

— Nossa, quando vocês se tornaram tão mandonas? — digo e todas nós rimos.

O jantar foi divertido e leve. Conversamos e rimos bastante. Estava precisando disso, rever amigos e me reconectar com essa cidade. Afinal, passei a maior parte da minha vida aqui.

Horas depois, chego em casa e vou direto para o meu quarto para tomar um banho e vestir um pijama confortável. Antes de chegar à cama, paro no caminho para fechar a porta da varanda. Olho por uma fração de segundos a casa pouco iluminada à minha frente e suspiro.

Parece que amanhã terei compromisso...

Já é sábado à tarde, o dia passou rápido demais. Desligo a televisão e começo a me arrumar. Com o calor intenso, escolho um vestido tubinho marrom de alcinhas e uma rasteirinha vermelha. Faço uma maquiagem leve e bonita, embora tenha me irritado um pouco por demorar tanto tempo para fazer um delineado aceitável. Argh, como essa merda é difícil! Por fim, solto meus cabelos, que estão um pouco indomáveis, mas eu gosto assim. Dou uma última conferida no espelho para me certificar se estou satisfeita com o meu visual. É isso então.

Como vamos beber, vou de Uber até a casa da Bia. Chegando lá, vejo Júlia e mais três amigos que não via há alguns anos. Beliscamos alguns petiscos e bebemos um pouco.

Não compreendo o motivo, mas depois de um tempo, durante as conversas, percebo que começo a ficar levemente ansiosa, precisando secar as palmas da mão na barra do vestido.

Permanecemos por lá cerca de uma hora antes de seguirmos para a festa. No caminho, sinto as minhas mãos suarem novamente e meu coração acelerar um pouco.

Respiro fundo ao passar por aquele conhecido portão preto de ferro.

CAPÍTULO OITO

Theo

Na área da piscina, olho ao meu redor e reparo que a festa está lotada, um pouco mais que o normal. Ouço a música alta e vejo grupos de pessoas espalhados por todo o jardim. Algumas delas dançam no gramado, outras apenas bebem e conversam animadamente perto da piscina.

Eu e meus amigos estamos conversando numa roda, eles comentam sobre alguma garota que confirmou presença na festa, mas não estou prestando muita atenção. Olho para frente, para a casa mal iluminada, e penso na garota que vem infiltrando meus pensamentos ultimamente. Tento me inserir na conversa mais uma vez, porém não adianta. Afinal, eu não dou a mínima.

— Preciso de uma bebida — anuncio e saio andando apressadamente, antes que alguém me aborde pelo caminho.

Atravesso a porta de vidro e corto a sala de estar, com destino à cozinha. No entanto, ao passar pelo corredor principal, noto uma garota alta, com cabelos longos encostada na parede em frente ao banheiro. Me aproximo para ver quem é e fico paralisado por alguns segundos, com meu coração acelerando discretamente.

Ela transparece certo nervosismo, seus olhos estão bem fechados, sua testa está um pouco franzida e ela respira de uma forma um pouco ofegante.

— Oi, tá tudo bem? — pergunto, chegando mais perto.

Ela se sobressalta com o som da minha voz e vira a cabeça na minha direção, revelando seus olhos esverdeados.

— Ah, oi — diz com a voz um pouco trêmula e aponta para a porta fechada. — Está ocupado faz um tempo, estou esperando.

— Você pode usar o banheiro lá de cima. Vem, eu te levo — faço um gesto com a mão para chamá-la.

Seguimos até o final do corredor em direção às escadas, sem dizer uma palavra. Eu vou na frente, guiando o caminho, enquanto sinto sua presença logo atrás de mim. Durante o pequeno percurso, olho para trás e percebo seus olhos um pouco marejados, ela pisca algumas vezes para conter as lágrimas. Isso me deixa verdadeiramente incomodado, desejando saber o que a deixou assim e como posso ajudá-la.

Subimos as escadas e paramos diante do banheiro do segundo andar. Giro a maçaneta, tentando abrir a porta.

— Parece que este também está ocupado — dou um sorriso sem graça.

Ela parece bastante desconfortável, apenas assente e me olha, ainda com seus olhos cheios de aflição. Sinto que preciso tirá-la daqui e levá-la para algum lugar tranquilo.

— Tem outro banheiro, vem comigo.

A garota me segue novamente, sem falar nada. Paro em frente à porta de madeira escura e pego a chave no meu bolso para destrancá-la. Entro no meu quarto e ela fica parada no mesmo lugar, me fitando com incerteza.

— Pode entrar, sempre deixo meu quarto trancado nas festas — me explico. — E, bom, acho que é o banheiro mais limpo da casa no momento — brinco, numa tentativa de descontrair o clima.

— Obrigada, não precisava abrir o seu quarto para mim — ela sorri timidamente ao responder, ainda visivelmente nervosa.

Dou um passo para o lado e ela entra no quarto. No momento em que um barulho alto irrompe da festa lá embaixo, ela se vira para a porta. Vejo seu corpo estremecer e, em seguida, ela me olha novamente, com olhos arregalados.

— Vou fechar a porta, ok? — comunico e dou um passo para a frente.

Ela faz que sim com a cabeça, me lançando um olhar em forma de súplica. Passo ao seu lado e fecho a porta. Ela se encosta na parede, respirando de forma pesada e irregular, como se estivesse com falta de ar. Sem perceber o que estou fazendo, me encontro diante dela, segurando suas mãos suaves. Ela olha para baixo, para nossas mãos dadas, e depois para mim. Começo a inspirar e expirar lentamente, mostrando que quero que ela faça o mesmo. Então ela repete meus comandos.

Depois de um tempo, sinto que ela está mais calma, assim, solto delicadamente as suas mãos.

— Desculpa por essa confusão — ela diz, constrangida.

— Você não precisa pedir desculpas — passo a mão pela minha nuca e dou um sorriso tranquilizador.

— Obrigada, você não precisava ter feito isso.

— Também não precisa agradecer. Você está melhor?

Ela abaixa a cabeça e depois olha para mim com o cenho franzido.

— Isso nunca aconteceu antes. Na verdade, nem sei o que aconteceu.

— Eu sei — ela inclina levemente a cabeça para a esquerda, com uma expressão de curiosidade. — Você estava tendo um início de crise de ansiedade — explico num tom baixo, tentando deixá-la o menos constrangida possível. Ela não responde, me fazendo continuar: — Já aconteceu comigo uma vez.

Ela se desencosta da parede, mudando a expressão, e demonstra que entendeu o que acabei de dizer. Pela primeira vez ela começa a reparar no meu quarto, olhando devagar ao redor. E pela primeira vez, eu a observo de perto. Essa garota é definitivamente linda. Acho que a mais bonita que eu já conheci. Ela é alta, esguia e têm um cheiro único, que parece um mix de aromas, talvez perfume combinado com hidratante corporal e shampoo. Seus olhos são de um verde escuro intenso, uma cor que nunca vi antes. Seus cabelos longos, num tom castanho claro, estão soltos, os fios lisos na raiz e as pontas formando cachos perfeitos. Os seus lábios são cheios e sua boca é bem desenhada...

Quando ela percebe meu olhar, fica um pouco corada. Para deixá-la confortável, ou a mim mesmo, rompo o contato visual e mudo de assunto:

— Então, você é fã da Britney?

Ela sorri. Boa!

— E pelo jeito você não conhece tanto as músicas dela.

Vou andando em direção à minha escrivaninha e pego o CD que encontrei ontem à noite na caixa de correio da minha casa. A sexta-feira foi um dia difícil e conturbado, no entanto, quando cheguei em casa e vi aquele CD lá dentro, fiquei bastante surpreso. Seu pequeno gesto me fez sorrir e me sentir mais leve naquele momento.

Algumas pessoas sequer percebem, mas seus mínimos gestos são capazes de iluminar o dia, e quem sabe até a vida, de outra pessoa.

— Não tenho mais esse problema, parece que fui salvo desse meu passado de ignorância musical — respondo num tom de brincadeira mostrando a ela o CD.

Ela sorri genuinamente e dessa vez vejo uma covinha aparecer na sua bochecha direita.

Nossa, essa garota é linda...

— Me chamo Olívia, prazer. — Ela estende a mão em minha direção e sorri de um jeito travesso. — E você é o cara que faz as festas barulhentas aos finais de semana, certo?

Seu comentário faz escapar uma risada dos meus lábios.

— Acho que não tenho como negar isso, mas se ajudar, eu sempre tento abaixar o som, eu juro. E me chamo Theo.

— Hum, sei — ela solta uma risadinha. Meu peito fica mais leve ao vê-la sorrir.

Ela caminha até a parede oposta e encosta no meu violão.

— Você canta e toca muito bem, Theo.

Sinto um arrepio ao ouvi-la falar meu nome e meu coração dispara.

— Posso dizer o mesmo de você — respondo.

Ela se vira na minha direção e novamente sustentamos nossos olhares. O dela é profundo e parece me enxergar de verdade. Isso me deixa intrigado. Isso é intenso pra cacete. E nem aconteceu nada de mais. Mas o que está acontecendo comigo?

Eu não entendo qual é a dele e o por que ele me afeta dessa forma. Seu olhar é intenso, mas de uma maneira tão reconfortante que acabo esquecendo completamente da minha inesperada crise de ansiedade de alguns minutos atrás. Agora, mais calma, consigo observá-lo melhor. Estou com a cabeça levemente inclinada para cima. Uau, ele é alto. Gosto disso. Deve ter pouco mais de um metro e oitenta e cinco de altura. Seus olhos são de um castanho claro e continuam fixos em mim, revelando certa curiosidade. Levanto um pouco meu olhar devido ao movimento que ele faz com a mão ao jogar a mecha comprida e ondulada de cabelo que caía sobre a sua testa. Gosto do cabelo bagunçado dele e dessa mecha teimosa, acho charmoso. Sua barba está bem aparada e consigo ver uma pintinha no canto superior esquerdo dos seus lábios carnudos. Há uma pequena falha perto do queixo, no lado direito, devido a uma cicatriz de uns três centímetros. Não me lembro se um dia fiquei tanto tempo observando algum cara dessa maneira, ele desperta em mim uma curiosidade que não consigo explicar.

Esses olhares que trocamos em silêncio não me deixam desconfortável, muito pelo contrário. A forma como ele me olha me deixa um tanto intrigada.

— Desculpa, é... você quer usar o banheiro? — ele diz sem jeito, depois de sacudir a cabeça, como se estivesse voltando para a Terra depois de uma viagem rápida pelo espaço, e acho que o mesmo acontecia comigo.

— Ah, sim, quero. Obrigada. — Abro um sorriso sem graça, pois havia me esquecido completamente do banheiro.

Ele aponta a porta fechada e caminho até lá. Fecho a porta atrás de mim e olho meu reflexo no espelho. Que caos. Passo a mão pelos meus cabelos e limpo um pouco do rímel que está levemente borrado embaixo dos meus olhos. Respiro controladamente algumas vezes enquanto lavo as mãos.

Eu só precisava de um pouco de silêncio, passei um longo tempo sem frequentar festas, acho que estou desacostumada. Fico grata por ele ter me ajudado naquele momento, foi muito atencioso e sensível da parte dele, não sei se outro cara agiria da mesma forma num momento tão... no mínimo, constrangedor.

No mesmo instante, me sinto uma idiota por antes ter julgado Theo como sendo nada mais que um garoto inconsequente e festeiro. Sempre tento ao máximo não fazer isso com as pessoas, mas dessa vez falhei, e me sinto péssima.

Theo está sentado na cama quando saio do banheiro.

— Pronto, podemos descer — afirmo, muito mais calma que antes.

— Mesmo?

— Mesmo — confirmo, apesar de querer passar mais tempo aqui com ele.

Ele comprime os lábios, me analisando por um instante, e depois assente. Theo se levanta e caminha em direção à porta, a abre e me deixa passar antes dele, trancando-a novamente.

Acabamos de descer os últimos degraus da escada, ele está a alguns centímetros de distância de mim, posso sentir o calor de sua pele. De repente, um ruído alto ressoa no meio da música e, pelo susto, agarro sua mão. Ele a aperta suavemente. Ao perceber o que fiz, solto sua mão e ele sorri para mim. Em seguida, ele se inclina e sussurra bem perto da minha orelha:

— Infelizmente, eu preciso checar a caixa de som. Você vai ficar bem?

Fico arrepiada e sinto como se uma descarga elétrica passasse por todo o meu corpo. Ele se afasta um pouco, esperando pela minha resposta.

Sorrio e assinto com a cabeça. Theo se vira, dá dois passos, mas logo para e volta a me olhar.

— Sabe, Olívia, ver você a menos de quinze metros de distância é muito melhor. A gente deveria fazer isso mais vezes. — Ele me dá uma piscadinha, caminha mais alguns passos de costas, mantendo os olhos mim, sorri e então se vira novamente, dirigindo-se ao sistema de som.

Fico parada sorrindo igual a uma idiota, observando ele se afastar. Fico tão imóvel que meus pés parecem ter criado raízes ali mesmo, percebo que estou prendendo o ar, então o solto de uma vez.

É oficial, ele verdadeiramente me afeta de alguma maneira.

— Oli! Onde você estava? Vem comigo pegar uma bebida! — grita Bia, me puxando pelo braço.

— Ah, no banheiro, tinha fila — prefiro omitir o que aconteceu.

Vamos juntas até a cozinha, driblando as pessoas pelo meio do caminho. Enchemos nossos copos e depois voltamos para a área externa. Observo Theo conversando com uma menina loira que não conheço. Ele sorri, mas percebo que seus olhos não fazem o mesmo.

Minha amiga acompanha a direção do meu olhar e dá um sorriso divertido.

— É ele o dono da festa, seu vizinho. Já o conheceu? — Bia aponta para Theo com a cabeça.

— Já o vi de longe, mas não o conhecia. — Finjo desinteresse e desvio o olhar, porém não adianta.

— Hum, Theo, é? — ela persiste. — Boa sorte, ele nunca dá moral para ninguém.

— É mesmo? Por quê? — questiono no mesmo instante, nem um pouco sutil.

Droga! Meu fingimento cai por terra e Bia ri. Acho que ela me conhece demais.

— Não sei. Ninguém sabe, na verdade. Muitas meninas tentam, só que ele é meio fechado. A única coisa que sei é que ele é bem festeiro e bem legal. Um pouco contraditório, não acha?

As horas seguintes acabam passando rapidamente. Me diverti bastante com minhas amigas. Bebemos, conversamos e dançamos. Conversei também com várias pessoas que eu não via há muito tempo, o que foi muito bom.

Não tive chance de conversar com Theo durante a festa, ele estava sempre ocupado fazendo alguma coisa ou conversando com alguém. Em determinado momento, enquanto o observava de longe, notei algo nele. Apesar de sorrir no meio de toda aquela gente, de alguma forma consegui captar um brilho de tristeza em seus olhos. Eu podia perceber que ele não estava se divertindo como tentava aparentar, algo que ninguém mais parecia notar. Essa percepção despertou minha curiosidade, senti que havia uma história por trás daquela expressão, e eu estava determinada a descobrir mais.

Mais tarde, trocamos alguns breves olhares e sorrisos à distância, mas nada além disso. Depois de um tempo, as pessoas começam a ir embora aos poucos.

Minhas amigas estão conversando com pessoas que eu não conheço. Aproveito para me afastar e buscar um pouco de água. No meio do caminho me deparo com Theo juntando algumas garrafas espalhadas perto da piscina.

— Posso ajudar?

— Não precisa — ele sorri quando me vê.

— Eu sei que não, mas eu quero.

Seu sorriso é encantador, porém os olhos continuam exprimindo aquela pontada de tristeza que reparei mais cedo.

Poucos minutos se passam até minhas amigas caminharem em nossa direção.

— Finalmente os vizinhos se conheceram? — Bia diz, com divertimento e de forma arrastada, o que nos faz rir.

— A gente já vai, Oli. Vamos? — Júlia pergunta, também sorrindo.

— Acho que vou ficar um pouco mais para ajudar.

As duas trocam olhares, sem nem um pouco de sutileza, já que estão visivelmente bêbedas.

— Você! — Bia aponta para Theo. — Vê se não deixa ela ir embora sozinha.

— Eu jamais faria isso — Theo responde, porém, olhando para mim.

— É, dá para ver que não — Júlia fala, se divertindo com a situação.

Depois de nos despedirmos, vejo que todos estão a caminho da porta, no entanto, a mesma menina loira que estava conversando com ele mais cedo se separa do grupo e caminha em nossa direção.

— Theo! — ela chama.

Ele se vira e olha para ela. Eu continuo a atividade que estou fazendo e finjo não perceber nada.

— Já estou indo. Você vai com a gente para a casa de praia no final de semana? — ela pergunta com os olhos brilhando e um sorriso enorme, bem perto dele. Perto demais eu diria.

— Não vou conseguir, mas obrigado pelo convite — ele responde e educadamente tenta se afastar um pouco.

— Poxa, que pena. — A decepção da garota é visível. — Bom, fica para a próxima?

Ele assente e ela dá nele um abraço um pouco demorado e um beijo estalado na bochecha.

— Tchau, Cris — ele responde, mas não vejo qualquer emoção.

— Tchau — ela sorri para ele e depois me olha rapidamente antes de ir embora.

Ele volta para perto de mim, sorrindo, e eu sorrio de volta. Conversamos um pouco sobre coisas aleatórias enquanto juntamos mais alguns copos e garrafas. Essa galera sabe fazer uma zona.

— Acho que acabamos. Será que você pode me ajudar a ver se têm algum caco de vidro pelo chão? — Theo me pergunta.

— Claro — respondo prontamente.

Circulamos pelo gramado e envolta da piscina.

— Parece que está tudo limpo — constato.

— Ótimo. Eu já volto.

Segundos depois ouço um latido e vejo Paçoca correr na minha direção. Quase caio quando ele pula em mim. Theo ri e pede desculpas.

— Oi, garoto! — me abaixo na altura dele, que me dá uma lambida molhada na bochecha.

Theo joga uma bolinha roxa para Paçoca. É a bola que eu dei.

— Ele gostou muito dela, sabia? — Theo sorri.

— Como você sabe? — Ele ri e dá de ombros. — Bom, fico feliz. Ele é uma coisa fofa — respondo, um pouco sem graça.

Brincamos mais um pouco com Paçoca, que se cansa após correr algumas vezes para lá e para cá atrás de sua bolinha.

— Você não era tão preguiçoso assim, Paçoca.

Eu e Theo nos sentamos à beira da piscina e colocamos os pés dentro da água. Após um momento em silêncio, decido abordar o assunto.

— Theo — eu o chamo baixinho e ele fixa seu olhar no meu. — Percebi que você parecia um pouco distante durante a festa. Está tudo bem?

Ele fica sério, fecha os olhos e suspira. Continuo o observando sem dizer nada.

— É tão óbvio assim para você? — ele me pergunta, e escuto um tom de melancolia em sua voz.

— Não sei. Quer dizer, acho que não... É que reparei, hum... Parecia que você não estava se divertindo... — Fico um pouco desconcertada e paro de falar.

— Depois de quase um ano, você é a primeira a reparar nisso — ele fala olhando para a piscina com um sorriso triste no rosto. Sinto um aperto no peito por ele.

— As pessoas não enxergam as outras, cada um está tão submerso em seu próprio mundo que para de reparar nos outros.

— Ou talvez não se importem — ele responde.

Ficamos um pouco em silêncio, um silêncio tranquilo. Permanecemos assim por um tempo, com os pés na água morna da piscina, sob a enorme lua cheia que ilumina o céu.

Na hora de ir embora, Theo faz questão de me levar até o portão da minha casa.

— Sua casa é muito longe, não posso deixar você voltar sozinha. Sem falar que suas amigas me matariam — ele brinca.

Em um minuto chegamos na entrada da minha casa.

— Obrigada por me trazer até aqui.

— Foi um prazer. — Ele sorri. Seu sorriso é lindo.

— Me avisa quando chegar em casa, você tem um longo percurso pela frente.

Nós damos risada com a nossa nova piadinha.

Entro em casa, pego um copo de água na cozinha e subo ao meu quarto. Segundos depois, escuto alguém gritando.

— Cheguei, Olívia! — Vou até a varanda e vejo Theo parado na varanda dele. — Não precisa mais se preocupar!

— Você é louco! — digo rindo, e ele dá de ombros, sorrindo. Dou um aceno de boa noite e vou para a cama.

Pela primeira vez em muito tempo nessa cidade vou dormir sorrindo.

CAPÍTULO NOVE

Olívia

Theo e eu não nos falamos mais após a festa. Apesar disso, sua presença ecoava em meus pensamentos de forma bastante persistente. Nos demos tão bem na festa dele, não entendo por que ele não tentou entrar em contato comigo.

Cada manhã, ao abrir a porta da minha varanda, meu olhar buscava por ele, mas apenas encontrava o vazio. Nós nos vimos somente em duas noites.

Em uma delas, ele estava na área externa da sua casa brincando com Paçoca, e eu me preparando para ir dormir. Nossos olhares se encontraram, fazendo brotar sorrisos em nossos rostos. Na outra vez, ele estava sentado em sua varanda, admirando as estrelas. Ele não percebeu minha presença, então fiquei o observando, há metros de distância, naquela noite quente e escura. Seus olhos brilhavam e seu rosto exprimia a mesma tristeza de sempre. O que lhe traz tanta tristeza? Qual será sua história? Os dias se passaram e continuei sem minhas respostas.

Agora, é a terceira noite que o vejo de longe, ele está malhando na área da piscina. As luzes acesas iluminam o local, e consigo vê-lo perfeitamente, suado, sem camisa e pulando corda. Seu corpo é esguio e muito bem definido, seu abdômen é traçado e ainda tem aquele bendito "V" marcando a entradinha dos lados... Puta merda.

Estou claramente babando quando Theo interrompe seus exercícios e, de repente, me nota ali parada. Me sinto uma completa idiota por ser pega o observando de forma tão descarada.

Droga!

— Vista interessante? — ele provoca e ri, incapaz de esconder que está se divertindo com a situação. Bem, eu também estaria se estivesse no lugar dele.

Solto um som ridículo de risada.

Mas que merda de som foi esse?!

— Oi, Theo! — não consigo pensar em nada espirituoso para responder, então apenas o cumprimento.

Agradeço aos céus por estar escuro e estarmos distantes, porque meu rosto está quente e com certeza vermelho como um pimentão.

Ele acena dando um sorriso divertido.

— Planos para o feriado? — pergunta.

— Não, nada. E você?

— Também não.

Depois de sua resposta, ele me encara, sempre com aquele olhar intenso e contemplativo, o qual não consigo decifrar, me deixando cada vez mais curiosa. Parece que ele está prestes a dizer algo, mas então fecha a boca abruptamente. Alguns segundos silenciosos se passam, até que o latido de Paçoca rompe o encanto e nos traz de volta à realidade.

— Hora de comer, Paçoca — diz, olhando para seu cão. Depois se volta para mim. — Boa noite, Olívia.

Quando Theo se vira, minha decepção é notável. Eu poderia jurar que ele me chamaria para sair, dava para notar que ele queria. Por que ele comentaria do feriado se não fosse para combinar alguma coisa? Será que estou sendo presunçosa demais?

Apenas suspiro, fecho a porta da varanda e me jogo na cama.

Me revirei a noite inteira na cama. Dormi muito mal, só queria mais umas horas de sono, porém o despertador toca. Urgh! Alcanço o celular e desligo o alarme irritante, me arrastando para fora da cama.

Entro no banho e, debaixo da água quente, meu primeiro pensamento do dia é o olhar intenso de Theo. O que imediatamente tento afastar da minha cabeça. Ele não quer nada comigo, só me ajudou na festa, eu o ajudei de volta e acabou. Somos apenas conhecidos. Vizinhos. É isso que tento colocar na minha cabeça.

Quase atrasada, estaciono o carro em frente ao prédio do escritório. Pego o copo plástico de suco que comprei e quando saio com pressa do carro o copo cai no chão e entorna tudo.

Desastre total!

Olho para os lados e não vejo ninguém perto, então recolho o copo para jogar no lixo. Constato que faz um tempo que não faço trapalhadas. Inclusive, lembrei que Marco me parabenizou por isso no início dessa semana.

Desde quando cheguei ao escritório passei vergonha algumas vezes. Já deixei cair café nos sapatos caros do Marco e ele me fuzilou com os olhos; já tropecei na entrada da sala da minha chefe e quase dei de cara no chão; entre outras coisinhas que é melhor esquecer. E pelo que eu me lembro, o último desastre foi no supermercado, quando eu fui pegar uma laranja e várias outras começaram a rolar para o chão.

É, essas coisas acontecem comigo com frequência.

Sento na minha cadeira e abro o computador para iniciar o trabalho. Olho para o lado e vejo Marco me encarando.

— Que foi? — pergunto.

— *Happy hour*. Pós-trabalho. Eu e você. Hoje — ele diz.

— Mas hoje é quinta-feira.

— E amanhã é feriado.

— Verdade. Fechado — aceito o convite, feliz pelo feriado.

O dia passou muito rápido, fiquei sentada por tanto tempo escrevendo minhas peças que minha bunda deve estar quadrada. Depois do almoço tive que ir ao Fórum, mas até que foi rápido. Voltei, escrevi mais, sendo interrompida poucas vezes para atender a alguns telefonemas de clientes.

No final do expediente, eu e Marco arrumamos nossas mesas, pegamos nossos paletós e saímos direto para um bar próximo ao escritório.

Está lotado, mas conseguimos sentar numa mesa alta e pedir nossos drinks. Marco escolhe uma gin tônica e eu pego um mojito, minha eterna paixão.

Conversamos um pouco sobre os planos para o feriado, sobre homens, relacionamentos e também sobre trabalho.

— Você pretende seguir sempre lá no escritório? — pergunto a Marco.

— Não, futuramente quero abrir meu próprio escritório. Quero atuar no combate à LGBTfobia.

— Uau, Marco, que demais! Você vai ser incrível nisso, tenho certeza — respondo, sorrindo e pensando na sorte de ter encontrado um amigo que se importa e quer mudar um pouco as coisas, assim como eu.

— E você? Quer continuar lá?

— Não. Também quero abrir meu próprio escritório, focado em violência contra a mulher.

— Arrasou! E tem algum motivo pela escolha do tema ou só interesse mesmo?

— Na verdade tem. É uma história longa. — Tomo um longo gole do meu drink.

— Temos a noite toda, linda — meu amigo diz, levantando o copo para mim.

Dou outra golada no meu mojito, ganhando tempo para pensar em como começar a contar a ele.

— Bom, na época da escola, quando eu tinha uns 16 anos, eu namorei um garoto. Ele era bonito, charmoso, divertido e tinha muitos amigos que o adoravam. Só que comigo ele era diferente. Muito ciumento, reclamava se saísse com algumas roupas, não gostava quando eu queria sair sozinha com minhas amigas, entre outras coisas desse tipo.

— Que cretino! — Marco revira os olhos.

— É, eu sei — comprimo os lábios e coloco as mãos em cima da mesa. — Então, sem que eu percebesse, ele foi me afastando dos meus amigos. Ele tinha um temperamento instável, por isso, eu deixava de falar e fazer algumas coisas por não saber qual seria a sua reação — paro de falar e algumas lembranças rapidamente atravessam minha mente. No entanto, isso não me machuca mais como antes, e hoje entendo que são apenas lembretes de como fui forte ao passar por aquilo. Infelizmente, as mulheres são sempre julgadas por "se sujeitar" a estar nesse tipo de situação, mas não é isso que acontece. Ninguém está inserido numa relação abusiva porque gosta ou quer. Muitos anos se passaram até eu realmente entender que estar naquele tipo de relacionamento não era minha culpa, e que o único culpado naquilo tudo era ele.

Isso não aconteceu porque minha autoestima estava baixa ou algo do tipo. Claro, isso pode ocorrer em alguns casos, porém comigo não foi dessa forma. Simplesmente aconteceu, ele me envolveu numa teia que foi extremamente difícil de desvencilhar. Me recordo de como ele era um príncipe no início e como isso foi mudando sutilmente ao longo do tempo. De como ele me fazia sentir amada num momento e, em outro, culpada e diminuída. Recordo-me das vezes em que ele flertava com outras meninas na minha frente, e quando eu o confrontava, ele afirmava que eu estava louca e exagerando. Hoje sei que isso se chama *gaslighting*, uma forma de manipulação psicológica.

As pessoas também têm dificuldade em entender que um relacionamento abusivo não se resume a violência o tempo inteiro, como muitos pensam. Funciona como um ciclo vicioso, conhecido como ciclo da violência. Em um momento, está tudo a mil maravilhas, a chamada fase da lua de mel, até chegar na fase da tensão e depois a merda explodir de novo. É assim que funciona, e você se perde, ficando presa ali dentro. É brutal.

Estou perdida em pensamentos, olhando para minhas mãos segurando o copo em cima da mesa. Devo ter parado de falar por algum tempo. Levanto meus olhos assim que Marco me desperta do passado:

— Oli, não precisa continuar se não quiser — diz, com um toque suave na minha mão.

— Não, tá tudo bem — respondo, balançando a cabeça, tranquilizando-o. — Enfim, eu estava tão imersa naquela relação tóxica que não percebia os sinais vermelhos, e comecei a me apagar. Aquela garota não era mais eu, entende? — suspiro e faço uma pausa rápida para pensar em como explicar melhor. — Eu me lembro de um dia me olhar no espelho e não me reconhecer, me perguntar: caralho, quem é essa garota? Pois ele havia sugado todo o meu brilho, a minha essência. Quando percebi isso, quando finalmente acordei, consegui ser forte o bastante e dar um basta naquilo.

Marco me olha com atenção, assim, sigo falando:

— Meu irmão foi muito importante naquele momento, ele percebeu o que estava acontecendo, tendo paciência para me fazer enxergar que toda aquela situação era errada, que meu ex não podia me tratar daquela forma e que eu merecia muito mais. Ele constantemente me colocava para cima e me confortava. Demorou um tempo, mas finalmente entendi que ele estava certo. Foi difícil. Por fim, dei um pé na bunda daquele babaca tóxico — falo sorrindo, orgulhosa de mim mesma. — Na época eu não sabia que estava num relacionamento abusivo e por muito tempo me culpei. Com o passar do tempo entendi que eu não tinha culpa naquilo.

— Ter uma rede de apoio é fundamental. Muitas vezes as pessoas a nossa volta não se dão conta. Que bom que seu irmão estava lá — ele afirma.

— Sim. As pessoas precisam ter muita paciência e compaixão nessas situações. Muitas meninas e mulheres sentem que estão sozinhas e não conseguem sair. — Ergo meu copo e tomo mais um gole da minha bebida. — Foi dessa forma que descobri meu propósito, percebi que queria atuar na área da violência contra a mulher para poder ajudá-las. Já fiz alguns cursos da área e vou me matricular numa pós-graduação ótima no próximo semestre.

— Fico tão feliz por você ter saído de uma relação assim, ter se reconstruído e virado essa gatona empoderada.

— Eu também — respondo, e uma ideia passa pela minha cabeça. — Acho que devemos abrir um escritório juntos.

— Eu concordo — Marco enuncia, levantando seu copo.

— Um brinde ao nosso escritório!

— E fodam-se os babacas! — apesar do barulho do bar, ele diz alto demais e algumas pessoas nos olham.

Começamos a rir e batemos nossos copos de maneira tão animada que eles poderiam se quebrar. Gargalhamos mais ainda. Passamos o resto da noite bebendo, conversando e nos divertindo.

Sexta-feira! Esse dia da semana já é maravilhoso e se existe dia melhor para cair num feriado, eu desconheço. Acordo um pouco mais tarde e animada para passar o dia de pijamas em casa. Com um pouco de ressaca, devido aos drinks da noite passada, sinto a boca seca e uma pontada na cabeça. Pego meu celular e vejo que são quase dez da manhã.

Saio do quarto e meus pés se detêm bruscamente quando vejo a porta do quarto de Caio entreaberta. É só uma pequena fresta, mas fico ali parada, sem coragem de olhar para dentro. Sinto outra pontada na cabeça e um nó na minha garganta se formando. Seguro a maçaneta e fecho a porta, seguindo meu caminho para a cozinha.

Percebo que minha mãe já foi trabalhar, pois deixou a mesa do café da manhã posta só para mim. Pego o que quero comer, coloco numa bandeja e vou direto para a sala ver televisão.

Começo a maratonar a primeira temporada de *Heartstopper* na Netflix. Que série mais fofa, acho que não me movi desde o café da manhã. Em determinado momento, na parte da tarde, meu celular toca, é um número de telefone fixo.

— Alô? — atendo.

— Oi, filha! Esqueci meu celular em casa hoje e vou precisar dele, e também da pasta que está embaixo dele. Será que você poderia trazer para mim aqui no hospital?

— Ah, claro, mãe. Vou me arrumar e levo pra você.

— Obrigada, querida, sinto muito por te dar trabalho no feriado — minha mãe se desculpa e suspira ao final.

— Imagina, mãe. Até daqui a pouco.

Desligo o telefone, ajeito rapidamente a cozinha e depois subo para me arrumar. Coloco um short jeans, uma blusa de alcinha vermelha e meus Vans brancos. Tiro o carro da garagem e vou dirigindo até o hospital em menos de 10 minutos. O trânsito dessa cidade é maravilhoso, fora os horários de pico, que também não são tão ruins assim.

Estaciono em uma vaga na sombra, embora hoje esteja mais fresco, o sol ainda está quente. Caminho até o local de trabalho da minha mãe e entrego o celular a ela, que me pede desculpas novamente por ter me tirado de casa. Respondo que não precisa se preocupar. Realmente não foi nada de mais, foi bom ter saído, afinal, o dia está lindo.

Desço pelo elevador e quando estou no corredor, quase chegando na saída, vejo Theo.

O que ele faz aqui?

Reparo que está com seu violão pendurado nas costas, perdido em seus próprios pensamentos. Ele não me vê, então continuo caminhando.

— Ai! — Tropeço numa placa amarela de limpeza, que faz um barulho estrondoso quando cai no chão. Por sorte, eu não caio junto. Mas minha bolsa cai e todos os meus pertences se espalham pelo chão.

Theo toma um susto e se vira na minha direção.

Fecho os olhos e suspiro.

Belo momento para ser desastrada, Olívia, belo momento.

CAPÍTULO DEZ

Theo

Eu estava tão perdido em meus próprios pensamentos que levo um susto quando ouço um barulho alto atrás de mim. Me viro para ver o que aconteceu e noto Olívia ao lado de uma placa amarela escrita "cuidado! Piso molhado" e todas as suas coisas espalhadas pelo chão.

— Se machucou? — pergunto, caminhando em sua direção.

— Não, não. Tá tudo bem — ela responde rapidamente.

Olho para ela, checando se de fato está bem, então levanto a placa do chão antes de cumprimentá-la.

— Oi. — Sorrio.

— Oi. O que está fazendo aqui? — ela pergunta e se agacha para recolher seus pertences.

— Faço trabalho voluntário uma vez por semana — respondo, me abaixando para ajudá-la. Não me aprofundo, apenas me atenho ao trabalho voluntário mesmo. Disperso de imediato meus pensamentos sobre o quanto venho a esse hospital nos últimos tempos.

— Ah, que legal, é um belo gesto. — Ela sorri, com certa surpresa no rosto.

— Está surpresa? — a questiono, achando graça.

Entrego a sua carteira vermelha que estava ao meu lado.

— Um pouco — ela responde, levemente constrangida por ter deixado sua surpresa transparecer. Junta o restante de suas coisas e coloca na bolsa.

— Que bom.

Olho para o lado e pego um dos itens de Olívia, observando com curiosidade.

— Você carrega uma pedra na bolsa? — indago, segurando entre os dedos e analisando a pedrinha cinza e branca. É bem bonita, deve ter uns cinco centímetros.

— Pedras filtram energias negativas. — Ela dá de ombros.

Eu sorrio, constatando que ela é uma garota singular.

Ficamos em silêncio por alguns segundos. Aproveito para observá-la mais um pouco. Percebo que isso se tornou meu passatempo favorito. Ela fica linda de vermelho. Está com os cabelos soltos e rebeldes em torno de seu rosto angelical. A beleza dessa garota é de outro mundo.

Após terminar de recolher todos os pertences, nos levantamos.

— Então... Tchau, Theo — ela se despede, meio sem jeito.

Antes que eu consiga responder, ela desvia da placa e passa por mim.

— Olívia, espera — ela dá meia volta e me olha. — É... você tá livre agora?

Ela estreita os olhos em minha direção, de um jeito fofo.

— Uhum, sem planos. Por quê?

Vejo que ela aguarda minha resposta com expectativa. Fica calado, Theo. O fundo da minha mente diz para mim, mas em voz alta faço o oposto.

— Quer dar uma volta? — pergunto.

Tarde demais. Aguardo sua resposta prendendo a respiração.

— O que você tem em mente? — responde, com uma sobrancelha erguida e um sorrisinho divertido.

Não posso deixar de sorrir com a sua resposta, lentamente solto o ar.

Caminhamos juntos em direção ao meu carro, e prometo a ela que depois a trarei de volta para buscar o seu. Decido ir até o parque no alto da cidade, tem uma vista muito bonita e quase sempre está vazio.

No caminho até lá, Olívia me pergunta sobre o trabalho voluntário e noto que me estuda com os olhos algumas vezes.

Assim que chegamos ao parque, pego meu violão e saímos do carro. Caminhamos até a sombra de uma das inúmeras árvores e sentamos no gramado verde. É por isso que gosto desse lugar, é limpo e bem cuidado, além disso, poucas pessoas o frequentam. Mas isso eu não consigo entender, pois é um lugar lindo. Por um lado, é bom, sempre que quero um pouco de tranquilidade, venho aqui, é o meu lugar favorito na cidade.

Contemplamos por um momento a bela vista da cidade ao entardecer.

— Uau, essa vista é incrível. Eu nunca tive o costume de vir aqui. Uma pena... — Olívia diz, com os olhos verdes cheios de fascínio.

— Então, a partir de agora, você pode vir mais vezes — respondo.

Olívia sorri para mim e depois se endireita em seu lugar, admirando mais um pouco a paisagem à sua frente. Seu sorriso é hipnotizante e me faz esquecer de todos os meus problemas. Percebo que ela vem causando esse efeito em mim, pois pareço esquecer tudo quando estou com ela.

Apreciamos mais um pouco a vista enquanto permanecemos com o som tranquilo do local, apenas preenchido pelo barulho do canto dos pássaros e das folhas nas árvores. Me sinto confortável com ela ao meu lado. Fecho os olhos e respiro com calma, e quando os abro, pego Olívia me observando novamente. Sua cabeça pende levemente para o lado direito enquanto me estuda.

— Você é bastante fechado, né?

Solto uma risada breve e dou de ombros.

— Não sei, sou?

— Vamos jogar um jogo — ela propõe.

— Um jogo? — questiono, rindo.

— O jogo das perguntas. Eu faço uma pergunta e você responde. Se não responder, tenho direito de fazer outra e você é obrigado a responder essa, e vice e versa. Sempre a verdade, ok?

— Ok, vamos jogar.

— Ah, você pode escolher um tema proibido, um que eu não posso perguntar.

Penso por um instante e sinto que não quero esconder nada dela. Embora eu tenha alguns temas proibidos, acredito que ela também não perguntaria nada sobre eles, já que não sabe muitas coisas sobre a minha vida.

— Sem tema proibido para mim — decido. — Você?

— Idem. Vou começar! — ela diz, animada. O que me faz sorrir.

Olívia fica séria e olha para cima, provavelmente pensando na sua pergunta. Ela morde o lábio inferior e esfrega lentamente os dedos indicador e médio no queixo. A cena toda me faz rir.

— O que foi? — ela me questiona, franzindo a testa.

— Nada, é que você estava muito concentrada.

Ela ri.

— Tá, lá vai — diz, fazendo uma pausa dramática proposital. — Você já experimentou comida de cachorro?

Sua pergunta me faz dar uma gargalhada. Eu não esperava por isso. Na verdade, percebo que ela vem me fazendo sorrir constantemente. Nos poucos dias que nos conhecemos, ela me fez sorrir incontáveis vezes, coisa que eu não fazia há algum tempo.

— Uma vez comprei um petisco de frutas para o Paçoca e tinha um cheiro muito bom, então eu experimentei, mas só o cheiro era bom. — Faço uma cara de nojo lembrando do petisco na minha boca. Realmente tinha um cheiro ótimo, mas o resto... blark. — Quando provei, cuspi na mesma hora e me proibi de dar aquilo para o Paçoca.

Ela ri novamente e sua covinha na bochecha fica à mostra.

— Seu sorriso é lindo — penso comigo mesmo e acabo falando alto.

Corada, ela desvia o olhar, colocando uma mecha de cabelo atrás da orelha.

— Sua vez, Theo.

— Hum, deixa eu pensar... — Cogito algumas perguntas mais sérias, mas continuo com algo descontraído, como ela fez. — O que você faria se pudesse passar 24 horas no corpo de um homem?

Sua risada é contagiante e preenche meu peito.

— Você é criativo, gostei. Seria interessante ver você jogar com minha melhor amiga — diz. — E a resposta é xixi em pé, com certeza!

— Justo — rio. — Sua vez.

— Minha vez... Então, se você tivesse que ouvir só uma música pelo resto da vida, qual escolheria?

— Posso escolher que seja você cantando?

— É sério — ela responde, sustentando um sorriso encabulado.

— Eu estou falando sério — sorrio para ela. — Mas eu escolheria *Simple Man*, do Lynyrd Skynyrd. — Olho para a paisagem à minha frente e cito um trecho traduzido da música: — "Não tenha pressa, não viva rápido demais, problemas virão, e eles passarão. Vá encontrar uma mulher, e encontrará amor. E não esqueça, filho, existe alguém lá em cima".

Já ouvi a música tantas vezes que sei citá-la até em português.

Olho para ela, que me fita com ternura.

— Por essa eu não esperava. Gostei — ela diz.

Ela se debruça para perto de mim e pega meu violão. Consigo sentir o calor de seu corpo e o cheiro doce que exala. Fico observando, esperando o que ela vai fazer.

— Imaginava você tocando alguma outra coisa, tipo... — Ela levanta uma sobrancelha com um sorriso divertido no rosto e começa a tocar alguns acordes aleatórios. — Eu sou o Theo, e as minhas festas são maneiras... — Ela para rapidamente de tocar pensando no restante de sua composição, e logo continua: — E as gatas me chamam para suas casas de praia, mas eu digo não, e fico na boa, yeah.

Depois da sua performance, eu começo a gargalhar, e ela também. Nossa risada é leve e divertida. Balanço a cabeça sem acreditar na composição que ela acabou de criar.

— Uau, então é assim que você me vê?

Ela dá de ombros.

— Foi o que eu ouvi por aí — responde, com um ar brincalhão.

Pego com cuidado o violão da sua mão, fitando seus olhos. Assim que estou com o violão, nem sei o que tocar, porém quando o posiciono em meu colo, ainda olhando nos olhos dela, uma música vem à minha mente. Começo a tocar *Vertigo*, do Derik Fein.

Quando termino a música, estamos nos olhando intensamente, isso já virou costume entre nós, e eu gosto bastante. No entanto, após um tempo, pigarreio e interrompo nosso contato visual, colocando um fim naquele momento. Ela vira a cabeça para o pôr do sol e morde o lábio inferior. Percebo em seu rosto certo desapontamento. Eu queria tanto beijá-la, mas não posso fazer isso.

Ela está iluminada pelo pôr do sol, a expressão em seu rosto é tranquila. Ah, como eu queria beijá-la. Alguns fios cacheados de seu cabelo solto voam com a brisa e seus olhos brilham, agora mais claros por causa da luz. Ela é linda pra cacete.

Sem se virar, Olívia fala comigo:

— Sua vez, Theo.

Penso no que perguntar, não quero mais fazer perguntas supérfluas. Mas dessa vez acho que vou um pouco longe demais.

— Por que aquilo aconteceu com você na minha festa?

Ela solta o ar lentamente e reflete por um momento. Sua aflição é quase palpável. Sinto um aperto na garganta com a cena.

Certo, eu não devia ter perguntado isso. Idiota.

— Tudo bem se não quiser responder — acrescento.

— Bom, eu disse sem temas proibidos — diz, dando um sorriso melancólico antes de continuar. — Nunca tinha acontecido antes. Fazia muito tempo que eu não ia em alguma festa aqui na cidade. Desde... — Ela para e inspira. Noto sua voz um pouco embargada. — Desde que meu irmão morreu. Acho que a volta para cá me trouxe lembranças que eu não visitava há muito tempo.

Fico em silêncio, ela me olha de relance e continua a falar:

— O Caio morreu num acidente de carro, já faz alguns anos. Ele estava de carona com o nosso antigo vizinho, os dois estavam voltando de uma festa na cidade vizinha. Nenhum dos dois resistiu. — Ela faz mais uma pausa. — Miguel morava na casa onde você mora hoje, meu irmão e ele eram melhores amigos. Os pais dele se mudaram um tempo depois do acidente.

Permaneço silente, absorvendo cada palavra que acabei de escutar. Parece que um caminhão acabou de passar por cima do meu peito. Vejo a tristeza estampada em seu rosto. Ela pisca algumas vezes, mas uma lágrima teimosa acaba escorrendo por sua bochecha. Me aproximo, enxugando delicadamente o rastro deixado pela lágrima, e depois a envolvo em meus braços.

Ficamos assim por um bom tempo.

Constato que seu cheiro é inebriante. Seu perfume é doce, com um toque cítrico, e seu cabelo tem cheiro de coco, é uma combinação espetacular. É o meu novo aroma favorito, é perfeito.

Quando começa a escurecer, decidimos ir embora. Chego ao hospital e estaciono ao lado do carro dela. Olívia sorri e agradece o passeio. Novamente, eu me seguro para não dar um beijo nela. Quando está quase fechando a porta do carro, ela abre novamente e me encara.

— Sabe, Theo, eu me enganei em relação a você — ela diz.

Seus lábios se curvam num sorriso doce, enquanto ela fecha a porta e se afasta.

Me sinto culpado no mesmo instante, eu não deveria dar esperanças a ela, não posso. Contudo, quanto mais fico perto dela, mais quero continuar com isso. Fui egoísta ao chamá-la para sair, ela é incrível. E eu? Eu sou um egoísta de merda.

CAPÍTULO ONZE

Theo

Depois da tarde que passei com Olívia, apesar dos meus conflitos internos, tenho mais vontade ainda de estar perto dela. Me segurei tanto para não a beijar. Porra, como me segurei, eu nem sabia que tinha tanto autocontrole.

Ela é linda pra cacete e canta igual um anjo, é divertida, inteligente, além de ter um cheiro fantástico. Acho que posso fazer uma lista grande sobre as suas qualidades, já que podem ser facilmente encontradas. O que também me faz querer descobrir mais sobre ela. Penso em seus lábios rosados e fartos e no calor de seu corpo quando chegou perto do meu.

Droga, isso torna tudo mais difícil. É, literalmente, uma tortura.

Meus pensamentos são dissipados quando meu celular apita com uma mensagem de Neto perguntando se estou pronto. Abro a conversa e digito que em dez minutos estarei no bar.

Eu e Neto chegamos praticamente juntos. Assim que eu desço do Uber na frente do bar, ele aparece ao meu lado, animado. O que não é nem um pouco fora do normal.

— Hoje é dia de encher a cara, moleque! — Neto diz, com um sorriso escancarado, dando uns tapinhas nas minhas costas.

Pegamos a última mesa vazia. O bar está lotado. É um local amplo e rústico, porém bastante moderno. Mesas pequenas e bancadas altas de madeira escura se espalham pelo salão. Há também algumas mesas redondas com grandes grupos de pessoas ao seu redor, e muitas outras pessoas em pé nas suas rodinhas. Num dos cantos está localizado o bar, com inúmeras prateleiras cheias de bebidas com pelo menos cinco barman trabalhando ali. Além dos vários atendentes com seus uniformes verdes circulando pelo local. Está uma loucura.

Costumamos vir sempre aqui, praticamente fomos os primeiros clientes, pois começamos a frequentá-lo assim que inaugurou. O dono é amigo da mãe do Neto, então na maioria das vezes ele nos dá um desconto camarada, ou algumas saideiras. Talvez seja uma das razões de virmos tanto aqui. O lugar é bem legal, não me leve a mal, mas quem estou querendo enganar? É realmente pelo desconto que viemos tanto aqui.

Nem precisamos olhar o cardápio, escolhemos o de sempre, o bom e velho chope. A garçonete que vem nos atender parece ser nova aqui, e é claro que Neto não perde a oportunidade. Mas somente depois que a garota olha diretamente para ele e dá um sorriso caloroso, o que ele entende como um convite.

— Boa noite, rapazes. Querem fazer o pedido?

— Vamos querer dois chopes — ele se apressa em responder. — Três, se você quiser se sentar aqui também. Seria um prazer. — Ele dá um sorrisinho malicioso na direção dela.

— Infelizmente não posso, a casa está cheia. — A garçonete gesticula apontando para o espaço. — Mas obrigada pelo convite. — Ela dá uma piscadinha para ele antes de se virar em direção ao bar.

Neto me olha todo animado, com cara de uma criança que acabou de ganhar um brinquedo novo. Depois nos viramos em direção a alguém que para do nosso lado.

— Fala, Geraldão! — Neto cumprimenta o dono do bar.

— Bom ver vocês aqui! — ele nos cumprimenta. Então, Geraldo se volta para Neto com um ar brincalhão. — Neto, pare de flertar com as minhas funcionárias. Da última vez, você deu em cima até do Jorge do caixa.

— Ei! Não foi nada disso! — Neto levanta as mãos para o alto como se estivesse se rendendo. — Eu tentei explicar, mas ele não queria dar o nosso desconto de clientes VIP, então tive que jogar o meu charme natural.

Todos rimos com a explicação dele. É apenas Neto sendo ele mesmo.

— Sei, sei. Tenho que resolver algumas coisas. Me chamem quando pedirem a conta, darei uma saideira para vocês.

— Eu ouvi duas? — Brinco.

— O quê? Três? — Neto rebate.

— Que isso! Você é muito generoso, cara — dou um sorrisinho zombeteiro. Quem sabe cola... Na verdade sabemos que vai rolar. Ele é muito gente boa e nada mesquinho.

Geraldo dá uma gargalhada.

— Vocês não prestam mesmo. Me chamem depois. — Dá um tapinha no meu ombro e sai andando.

Nosso pedido chega rápido. E é claro que Neto faz mais uma graça com a garçonete. Dá a ela uma rosa branca de papel que fez dobrando o guardanapo. Ela sorri animadamente e sai para atender outra mesa.

Brindamos e bebemos nossos chopes.

— Cara, acredita que o vacilão do Cláudio pegou a minha mina?! — Neto fala indignado, balançando a cabeça e fazendo um barulho de negação com a língua.

— Qual delas, Neto? — indago, debochando.

— Qual é, cara. Como você pode dizer isso? — diz, fingindo ter se ofendido.

Neto é conversador e um pouco mulherengo. Porém, ele acaba se apaixonando fácil demais, o que às vezes resulta em um coração partido. O que é uma grande contradição, eu sei. No entanto, ele não faz mal a ninguém. Lembro da única vez que foi babaca com uma garota, e ele se sentiu tão mal por isso que passou uma semana enviando flores para a casa dela como pedido de desculpas. Depois eles se resolveram e ficaram muito amigos. Ele tem um coração de ouro e muito alto astral. É tão sociável que faz amigos tão rápido quanto troca de cueca. Todos o adoram.

— A Nina, pô. Eu te falei dela essa semana, durante nosso horário de almoço.

— Ah, Nina. Sei — minto, não faço ideia de quem ele está falando.

— É, eu tava de papo com ela no bar ontem, mas precisei ir ao banheiro, e quando voltei, o Cláudio estava igual uma porra de um pavãozão em cima dela, e ela toda risonha. — Ele revira os olhos e dá uma golada no líquido amarelo.

— Pavãozão? — dou uma gargalhada ao repetir a palavra usada. Neto tem um vocabulário único.

Ele me ignora e continua contando seu drama mexicano da noite passada.

— Fiquei meio puto com ele, porque viu que eu estava curtindo a garota. Cadê o código de honra dos homens? — Dou de ombros, porque acredito ter sido uma pergunta retórica. — Enfim, depois dei umas voltas e encontrei a Isa — ele levanta as sobrancelhas e dá um sorrisinho.

— E agora você tá de papo com a Isa?

— Ah, não. Nós nos vemos só de vez em quando.

A vida amorosa de Neto me confunde bastante. Nunca consigo acompanhar. Na verdade, acho que já desisti há algum tempo, e no fundo ele sabe disso.

— E você? Fiquei sabendo que a Cris te chamou para ir à casa de praia dela de novo. Finalmente rolou? Ela vai cansar de correr atrás de você, já falei.

— Não tem nada entre a gente, você sabe — respondo e tomo um gole do meu chope.

Faz um tempo que a Cris está em cima de mim. E umas semanas atrás acabei ficando com ela numa das festas lá em casa, mas eu conversei com ela e disse que é só amizade. No entanto, ela não desiste.

Sempre sou sincero com as garotas, não gosto de iludir ninguém. Além do mais, no momento, só penso naquela que eu não deveria. Acho que gosto de complicar a minha vida.

— Cara, devem ter pelo menos umas dez meninas atrás de você. Eu não te entendo — ele bufa e balança a cabeça. — Deus não dá asa ao lagarto mesmo.

— Cobra. Asa à cobra — corrijo, rindo.

— Quê? — ele responde, distraído. — Epa, agora lembrei! Vi você de papinho com uma gata na festa. Bem gata, na verdade. Ela não me é estranha... Espera! É a vizinha que reclamava do barulho?

— Ela mesma — dou uma risada, lembrando da primeira vez que vi Olívia em sua varanda, me olhando furiosamente por causa do barulho da festa.

— Hummm, garoto esperto. Nem precisa pegar o carro para ver a garota. — Ele me balança a cabeça positivamente, me parabenizando. — Quando eu crescer quero ser perspicaz igual você, cara.

Balanço a cabeça e solto uma risada por causa do seu comentário.

— Nos esbarramos hoje, quando eu estava saindo do hospital.

Neto olha sério para mim, seu rosto demonstra ligeira preocupação. Esses momentos de seriedade dele são raros.

— Você contou a ela? — meu amigo pergunta, a curiosidade estampada no rosto.

— Não.

Ele assente, e eu suspiro, passando a mão pelo meu cabelo, um tanto confuso.

CAPÍTULO DOZE

Olívia

Depois da tarde com Theo, passei quase a noite toda revirando na cama, pensando na nossa conversa. Eu sou boa em ler as pessoas, e algo me dizia que ele não se abriria tão fácil assim. Então, só precisou de um empurrãozinho, um jogo, para ser mais exata. Agradeço mentalmente a Catarina por ter me apresentado o jogo das perguntas. Seria interessante ver os dois jogando, ambos muito criativos e com respostas afiadas.

Me levanto da cama um pouco suada. Parece que o dia vai ser muito quente, mas nada fora dos padrões para uma cidade do litoral. Pelo menos é final de semana. Acho que vou dar um mergulho na piscina.

No caminho para o banheiro, ouço um latido seguido de uma voz masculina. Sei que Theo está lá fora brincando com Paçoca.

Uma ideia passa pela minha mente. Ajeito meu cabelo, troco o pijama e vou até a varanda.

— Ei! — Aceno para Theo.

Ele vira a cabeça na minha direção e põe a mão na frente da testa para bloquear a luz do sol. Está com uma bermuda azul escura com listras e uma camiseta branca, a qual gosto bastante, pois consigo ver perfeitamente o contorno de seus músculos.

— Bom dia!

— Planos para o sábado? — pergunto.

— Não, e você?

— Então coloque uma roupa de banho e pegue uma toalha para Paçoca. Em dez minutos tô passando aí — passo pela porta e nem espero por sua resposta. Ao menos o ouço rir e gritar um ok.

Ufa! Caso contrário, seria muito constrangedor.

Começo a me arrumar. Coloco meu biquíni branco, um vestido florido por cima e minhas Havaianas. Pego tudo o que preciso e coloco na mochila. Antes de sair do quarto, avisto meu violão e caminho em sua direção. Sorrio ao observá-lo. Sei que Theo tem parte nisso. Pego o instrumento e saio de casa.

Paro o carro em frente ao portão de ferro e buzino uma vez. Theo sai de casa com a mesma roupa que estava usando antes, e seu cabelo está levemente bagunçado, como quem acabou de acordar. É tão lindo que quase sinto falta de ar. Ele poderia muito bem estar na capa de uma revista.

Theo caminha com Paçoca ao seu lado até a minha janela aberta e me lança seu sorriso encantador. É sério, esse sorriso é capaz de fazer qualquer garota desmaiar. E já falei da intensidade daquele olhar? Tudo isso faz meu coração errar as batidas.

— Tem certeza? — Olha de Paçoca para mim. — Ele vai sujar o seu carro.

— Entrem — ordeno, e ele ri de forma descontraída, batendo continência para mim.

Theo abre a porta traseira para que meu amiguinho peludo possa entrar no carro.

— Oi, bonitão! — Paçoca me dá algumas lambidas molhadas no rosto.

— Oi — Theo responde, com uma expressão divertida ao entrar no carro.

— Você sabe que eu estou falando com ele, né?

— Então, para onde vamos? — ele pergunta, se ajeitando no banco do carona.

— Para o lago.

Escolhemos a sombra de uma enorme árvore para deixar nossas coisas. Pego a toalha da mochila e a estendo ao sol. Depois, tiro o vestido, ficando só de biquíni.

Quando me viro para guardar o vestido, percebo que Theo está me olhando, quase de boca aberta.

— Vista interessante, Theo? — Tento segurar, mas acabo deixando escapar um risinho.

Não perco a oportunidade e faço a mesma piada que ele fez comigo no dia em que me flagrou babando por ele enquanto estava malhando em casa. Bom, minha vez. A vingança é bela. Ele fica nitidamente sem graça por ter sido pego no flagra.

— Hum… — Ele desvia o olhar e se faz de desentendido. — O quê?

É engraçado ver ele sem jeito.

Ele se abaixa para tirar a coleira de Paçoca e reparo numa tatuagem de um violão na parte de fora de seu antebraço esquerdo. Como eu nunca a vi antes? Desligada demais.

— Bonita sua tatuagem — digo, apontando para seu braço.

— Valeu — ele sorri. Um lampejo estranho passa por seus olhos e não consigo decifrar. — Tem um tempo que fiz. Você tem alguma?

— Não, mas quero.

— O que pensa em fazer?

— Acho que uma caveira grande com uma faca cravada na cabeça e... — ele me olha, surpreso com a minha resposta. Um sorriso travesso se forma em meus lábios enquanto observo sua reação. — Eu tô brincando. Precisava ver a sua cara.

— Eu realmente acreditei. Embora isso não tenha muito a sua cara — ele balança a cabeça rindo.

— Na verdade, eu queria fazer algo relacionado à música, mas ainda não escolhi o quê.

Ele assente.

Sentamos lado a lado em cima da toalha, observando Paçoca correr para a água e explorar o local.

O cotovelo de Theo esbarra no meu braço e sinto uma pequena descarga elétrica pelo corpo.

— Eu não conhecia esse lugar. É incrível. — Theo murmura, olhando ao redor.

— É, poucas pessoas conhecem — respondo pensativa. — Costumava fazer parte de uma propriedade privada que acabou sendo abandonada há muitos anos. Meu pai descobriu porque é um desbravador. Nós costumávamos vir bastante aqui. — Sorrio de forma melancólica, pois me recordo dos finais de semana em que meu pai trazia Caio, eu e minha mãe para passarmos o dia no lago. Eu e meu irmão ficávamos o tempo inteiro brincando na água. Meu pai nadava bastante, já minha mãe preferia relaxar e se bronzear, então algumas vezes papai a pegava no colo e a jogava na água. Era tão divertido.

— Obrigado por me trazer aqui — Theo bate de leve com seu ombro no meu, me fazendo voltar ao presente.

— Esse lugar é especial para mim — digo, dando de ombros.

Ele sorri e se levanta, correndo até o lago. Paçoca late animado e vai atrás dele.

— Vem, Oli! A água está ótima!

Então, me levanto e caminho até a margem do lago. Theo não tira os olhos de mim. É um olhar de admiração. Ele faz com que eu me sinta linda, e sinto minhas bochechas queimarem de leve.

Apesar do calor, a água está um pouquinho fria, por isso vou entrando devagar. De repente, Theo joga água em mim e eu grito. Ele ri e jogo água nele também. Quando dou um passo para trás, Theo se aproxima e me carrega no ombro como se eu fosse um saco de farinha. Eu me debato tentando escapar, mas ele é forte e me leva para dentro da água.

— Não acredito que você fez isso! Vai ter volta! — anuncio, passando as mãos pelo rosto para enxugá-lo.

— Te ajudei, se fosse entrar aos poucos iria sofrer muito mais — diz com um sorriso zombeteiro.

Finjo uma cara de brava, e nós dois acabamos rindo.

— Por que você ainda tá de camiseta? — questiono.

— Quer me ver sem camisa, Olívia? Que danadinha você — ele brinca.

Reviro os olhos e dou uma risadinha.

— Deixa de ser convencido. Só falei porque você vai ficar com a marca — minto, pois não acharia nada mal ver seu abdômen. Sinto minha pele queimar só de pensar.

— Hum, sei.

Jogo água nele mais uma vez.

Ficamos um tempo nadando e conversando sobre assuntos em geral. Todas as vezes que eu falo alguma coisa, Theo presta total atenção em mim e me olha no fundo dos olhos, como se eu fosse a pessoa mais interessante do mundo. Mas ao longo da conversa sinto que ele ainda hesita em se soltar por completo, e não entendo o motivo.

Agora ele me conta uma história hilária sobre a vez em que Paçoca, ainda quando filhote, o fez passar a maior vergonha de sua vida ao invadir uma festa de criança no parque do bairro. Diz por entre risadas que Paçoca correu em cima da toalha de piquenique, cheia de comidas, e começou a voar salgado para todos os lados, crianças correndo e gritando, e ele desesperadamente atrás do seu cão. Um verdadeiro caos. Theo ri tanto que quase não consegue concluir. O jeito que ele conta é tão engraçado quanto a própria história. Amo pessoas que fazem isso.

Nós dois começamos a gargalhar ainda mais quando ele termina, e acabamos ficando tão próximos na água que nossas coxas se encostam. Então, a risada se esvai. Posso sentir seus olhos castanhos queimando de desejo, fixos nos meus por um tempo. Ele se aproxima um pouco mais. Incapaz de aguentar a espera, lhe dou um beijo. Theo se afasta milimetricamente por um breve momento, fitando meus olhos novamente, antes de descer para minha boca e me beijar apaixonadamente. Seu hálito tem um gosto fresco de menta, do chiclete que mascava mais cedo. Ele desliza os dedos entre meus cabelos e me puxa para mais perto.

O beijo começa lento, porém logo fica mais rápido e intenso. Parece que ambos estávamos ávidos por esse momento. Me sinto hipnotizada, quase perdendo a noção dos sentidos, meu corpo queimando contra o dele. A água ao nosso redor está fria, mas nós dois estamos em chamas. Ele me segura como se precisasse disso para sobreviver. Envolvo minhas pernas em seu quadril, enquanto ele me agarra com mais força contra seu corpo.

Me pergunto como fiquei tanto tempo sem esse beijo. É viciante. E que pegada, minha nossa... Ele todo é viciante. Não consigo parar, não quero parar de beijá-lo. Nunca mais. Quase sinto meus pulmões queimarem, fico sem fôlego. Ele mordisca meu lábio inferior, seus braços ainda ao meu redor, e se afasta lentamente, sorrindo para mim, e dessa vez seus olhos também sorriem. No momento em que ele chega mais perto para me beijar novamente, ouvimos o latido de Paçoca, que está na beira do lago com a bolinha em sua frente.

— Parece que Paçoca quer um pouquinho de atenção — sussurro, sorrindo.

— Vem, vamos sair um pouco — Theo deposita um beijo doce na minha boca e me solta devagar. — Na verdade, vai na frente, preciso de um minuto.

Olho para ele com uma expressão de dúvida no rosto, mas logo entendo o que ele quis dizer.

— Ah! — exclamo, tentando engolir uma risadinha.

Depois de jogarmos bola com Paçoca, eu coloco meu vestido e nos sentamos à sombra em cima da toalha. Theo se levanta para pegar meu violão e o coloca à minha frente.

— Sua vez — ele diz, com um sorriso encantador no rosto e aquele cabelo bagunçado caindo na testa, chega até me faltar o ar. Como alguém pode negar qualquer coisa que esse cara pede?!

Seguro o violão e cruzo as pernas, para posicioná-lo melhor em meu colo. Theo se senta bem à minha frente, esperando pela música.

Não tenho vergonha, amo cantar. Já toquei inúmeras vezes para as pessoas, inclusive para alguns garotos, que sempre acabavam se apaixonando. Conheço bem o efeito que isso causa, é até um pouco engraçado. Lembro das festas em que eu tocava e cantava, e logo depois vários caras vinham falar comigo. É realmente um imã para os garotos. No entanto, essa é a primeira vez que me sinto um pouco... nervosa? Paro por alguns segundos, observando as cordas do violão, todas as músicas parecem fugir da minha mente nesse momento, e olha que sei diversas de cor, algumas até consigo tirar na hora.

Ergo os olhos para Theo e sorrio, pois acabei de escolher a música. Tomo fôlego e começo a tocar a primeira que me vem à mente ao olhar no fundo dos seus olhos. Uma versão suave de *Simple Man*, sua música favorita.

Quando finalizo a música, seus olhos brilham e não desgrudam de mim, ele abre a boca, mas não fala nada. Parece que o deixei sem palavras. Logo depois, ele sorri, todo bobo. Seu sorriso é genuíno. Ele é o tipo de pessoa que sorri com os olhos. E quando sorri, seus olhos se enrugam de leve nos cantinhos e sua gengiva aparece um pouquinho. É lindo. Pela primeira vez não vejo qualquer sinal de tristeza ali.

— Com certeza essa é a versão que eu escolheria se fosse a única música que eu pudesse ouvir pelo resto da minha vida — ele diz com a voz rouca, lembrando da pergunta que fiz da última vez que saímos. Sorrio ao ouvir sua resposta.

Ele chega mais perto de mim, novamente vejo desejo e admiração em seus olhos. Seus lábios ficam a milímetros de distância dos meus, sinto sua respiração acelerada e o calor que emana de seu corpo. Um segundo depois, seu celular toca. Theo solta o ar, frustrado.

Um ótimo momento para alguém ligar. Droga.

Theo se vira para alcançar o celular, e assim que olha o número na tela, percebo sua preocupação.

— Desculpa, preciso atender — diz, com a voz um pouco trêmula.

Assinto, enquanto ele se levanta, caminhando até a beira do lago. A ligação não demora muito. Theo fica de costas o tempo todo e fala tão baixo que só ouço o murmúrio de palavras ininteligíveis. A curiosidade impera em mim. Observo ele tirar o celular da orelha e abaixar a cabeça, segurando-a com as mãos por alguns instantes antes de caminhar de volta onde continuo sentada. Seus olhos estão cheios de preocupação e um pouco marejados.

— Minha mãe entrou em cirurgia às pressas, preciso ir ao hospital — ele me informa.

Sua respiração está pesada, a ansiedade é quase tangível.

Sei exatamente o que fazer.

Me levanto e me posiciono na frente dele, segurando suas mãos, sem dizer nada. Inspiro e expiro devagar, dando a entender que quero que ele me copie. Ele respira algumas vezes e depois dá um sorriso, embora tristonho. Provavelmente se lembrando que estou repetindo o que ele mesmo já fez comigo para me acalmar. Ele me fita, com os olhos tristes demonstrando gratidão. Solto suas mãos e lhe dou um abraço, ele suspira e me segura forte.

Dirijo o mais rápido que posso em direção ao hospital. Não falamos quase nada no percurso, Theo se limita a olhar pela janela do passageiro e fungar algumas vezes, sei que ele está se segurando para não chorar, e isso me dá vontade de chorar.

Certo momento, ele apenas me pede gentilmente para deixar Paçoca na casa dele depois.

Quando chego ao estacionamento do hospital, ele salta depressa do carro, dá a volta até a minha janela aberta e se apoia nela, me encarando com a expressão 'mais desolada que já vi na vida.

— Obrigado, Oli. Mesmo — ele me dá um beijo leve no cantinho da minha boca. Então se vira para o seu cão. — Paçoca, você vai pra casa com a Olívia, comporte-se. — Theo me entrega as chaves da sua casa e corre em direção à porta.

Permaneço olhando em sua direção. No instante em que ele desaparece pelas enormes portas de vidro, sinto meu peito doer.

Queria ter ficado lá com ele e ajudar de alguma forma, mas sei que a ajuda que ele precisa agora é com Paçoca.

Ligo o carro e saio do estacionamento. Minha mente vagueia e me pergunto o que terá acontecido com a mãe dele. Talvez seja o motivo do brilho de tristeza sempre presente em seu olhar.

A caminho da casa de Theo, penso em deixar Paçoca lá em casa comigo, até que ele volte do hospital, no entanto, algo me diz que Theo precisa de companhia. Na realidade, os seus próprios olhos exprimiam isso.

Encosto o carro na frente do conhecido portão preto do meu vizinho. Ouço um suspiro e olho para o assento traseiro. Paçoca está deitado ocupando quase todo o banco, com uma carinha jururu. Isso também parte meu coração.

— Não fica assim, carinha — digo passando a mão em sua cabeça peluda. — Ele já vai voltar.

Desço do carro e abro a porta. Paçoca pula para o chão, vai até a entrada da casa e, sentado, me espera abrir o portão para ele. Entro logo atrás dele e me certifico de que seu pote de água está cheio. Faço mais um carinho nele antes de ir atrás do seu dono.

CAPÍTULO TREZE

Theo

Na boa, Olívia é sem sombra de dúvidas a garota mais interessante que eu já conheci. É divertida, inteligente e tão bonita que meu estômago chega a gelar toda vez que a vejo.

Ainda não acredito que ela tocou a minha música favorita. Senti que estava flutuando enquanto ela cantava. Sua voz é doce e apaixonante, fiquei realmente encantado. Deu para perceber, porque ela me deixou completamente sem palavras. E o beijo no lago mais cedo... porra, foi como brasa. A sensação de seu corpo quente colado no meu me deixa com a boca seca. E que corpo ela tem, aliás. Se não fosse por Paçoca, eu nunca teria conseguido parar, a não ser que ela pedisse, é claro. Seu beijo me deixou... digamos que depois precisei ficar um pouco mais dentro da água para acalmar meus ânimos, se é que me entende.

De qualquer forma, naquele momento senti o tempo congelar como se não tivesse mais nada à nossa volta. Era só eu e ela. Somente olhá-la deixa as batidas do meu coração descompassadas e faz meu corpo inteiro queimar. Não sei nem a última vez que me senti assim, se é que isso já aconteceu.

Uma pontada de felicidade brota em meu peito. Parece que ela trouxe essa sensação de volta desde o dia que a vi. Agora tenho certeza de que não vou conseguir mais me afastar dessa garota, e esse pensamento pinica minha garganta, pois sei que ela é digna de coisa muito melhor do que a bagunça que sou. Eu não posso fazer isso, ela jamais me perdoaria. Eu jamais me perdoaria.

Continuo refletindo sobre a manhã incrível que passei com ela até meu telefone tocar e ouvir a pior merda de notícia que eu poderia ter recebido. Então penso no que ela fez após eu lhe dar a notícia, ela não faz ideia de como seu simples gesto foi tão importante para mim naquele momento. E não me lembro quando foi a última vez que alguém me abraçou assim de verdade.

Dou uma fungada e enxugo os olhos na gola da camiseta limpa e seca que troquei. Sigo sentado no chão frio de granito branco de um dos diversos corredores desse hospital que tanto tenho estado nos últimos meses. Cá estou novamente, esperando alguma notícia sobre a minha mãe. Minha garganta dói, meu peito dói. Tudo parece doer. Sinto que não consigo respirar. Me obrigo a manter a respiração constante e me acalmar.

Um tempo depois, uma sombra se projeta sobre mim. Ergo minha cabeça lentamente e me deparo com a intensidade dos olhos verdes que tem infiltrado meus pensamentos constantemente.

— Olívia? — digo, um pouco atordoado. Será que estou pensando tanto nela que agora minha mente está me pregando peças? Maldição.

Pisco forte para me certificar de que não é só uma miragem.

— Oi — ela responde, ofegante. — Acho que passei por todos os cantos desse hospital. Estou há quase vinte minutos te procurando.

Seu cabelo está num coque bagunçado no alto da cabeça e ela está com o mesmo vestido florido que usava no lago mais cedo. É uma visão de tirar o fôlego. Ela me dá um sorriso doce e seus olhos apresentam uma pontada de preocupação, enquanto se senta ao meu lado no chão. Ela encosta as costas na parede fria e estica as pernas desnudas e cumpridas à sua frente.

— Trouxe para você — sussurra, ao me estender um sanduíche, um copo descartável de café e uns sachês. — Não sabia se você prefere açúcar ou adoçante. — Ela dá de ombros. — Então, trouxe os dois.

— Obrigado — pego os alimentos de sua mão e ela assente.

Olívia me encara com gentileza e preocupação. Essa garota é incrível. Jamais pensei que ela voltaria aqui só para me fazer companhia. De fato, estava sentindo a solidão me abraçar mais uma vez, até ela chegar.

— Teve notícias da sua mãe?

— Ainda não — sinto meus olhos arderem e pisco no intuito de impedir as lágrimas.

Olívia pega minha mão e faz um carinho leve. Encaro a parede branca à minha frente e engulo o nó instalado na minha garganta.

— Eu venho mais ao hospital do que te contei — confesso.

Vejo de canto de olho que Olívia aquiesce e depois vira a cabeça um pouquinho de lado, me fazendo virar para ela.

— Theo, o que ela tem?

— Ela está doente — faço uma pausa antes de continuar a responder. — Faz meses que está aqui. E eu não posso fazer nada para ajudar. — Meu tom é cheio de amargura.

Olívia se limita a me observar pacientemente, agora com certa aflição estampada em seu rosto.

— Ela foi diagnosticada com Síndrome de NASH, em português se traduz como doença hepática gordurosa não alcoólica. — Inspiro lentamente, lembrando de todas as vezes que li na internet sobre aquela merda. As horas perdidas na frente da tela do computador. — Cerca de vinte a trinta por cento da população ocidental é acometida por ela. Eu sei, específico, mas fiz tantas pesquisas sobre essa doença quando foi dado o diagnóstico que acabei decorando os mínimos detalhes.

Olívia permanece calada, me olhando com atenção.

— Doença no fígado — cuspo as palavras com desdém. — Sabe o que é o mais irônico? Ela não bebia uma gota de álcool, dá para acreditar?

— Como isso é possível? — Oli me questiona com sua voz doce.

— Minha mãe tem uma síndrome metabólica e isso pode acarretar problema no fígado, o que é a situação dela. Então, certo dia, quando foi fazer um check-up de rotina, descobriram um tumor maligno primário no seu fígado e... — Me obrigo a parar de falar, pois sinto minha garganta se apertar. Meus olhos se enchem de água e noto que os de Olívia também.

— Mas e o tumor? Pode piorar ou algo assim? — a menina dos olhos verdes me pergunta, com preocupação.

— O tumor estava na fase inicial quando foi descoberto, por isso conseguiu começar o tratamento antes que houvesse metástase. No entanto, a lesão no fígado era grande e afetou a sua função, descartando as chances de realizar uma retirada cirúrgica. — Paro de falar por uns instantes para recuperar um pouco meu fôlego. Ainda é duro demais falar sobre a situação da minha mãe. Sinto Olívia apertar mais a minha mão e a dor que sinto no peito se alivia um pouco. Então, continuo: — Agora a única alternativa é um transplante de fígado. Ela está na lista de espera, porque eu sequer sirvo para ser a porra do seu doador — digo, com um tom ácido. Viro minha cabeça para o lado oposto dela. — Essas merdas demoram muito tempo. Não aguento mais ver ela sofrer, Olívia — desabafo tudo aquilo que estava preso dentro de mim e sinto uma lágrima teimosa escorrer pelo meu rosto.

Quando termino de contar, parece que meu peito está sendo esmagado por um trator. Me lembro como se fosse ontem o dia em que minha mãe me chamou na sala de estar da nossa casa, segurando aquele papel na mão. O maldito resultado dos exames. Ela me contou o que estava acontecendo, seus olhos vermelhos e tristes, porém não derramou nenhuma lágrima na minha frente. Até hoje não o fez. Me lembro da tristeza que senti, aquilo não era justo. Naquele momento tive certeza de que meu coração não estava mais inteiro, pois a dor era tão intensa que minha mãe pôde até ter ouvido o som dele se estilhaçando dentro do meu peito.

Me recordo de ver sua pele e seus lindos olhos começarem a ficar num tom amarelado. Da sua falta de apetite, náuseas, vômitos e fraqueza. O mais doloroso disso tudo é não poder fazer nada. Absolutamente nada. Então, logo após toda aquela tristeza, senti somente raiva dentro de mim, que no fundo era mais uma faceta do sofrimento alojado. Comecei a fazer umas merdas sem pensar. Sair para beber quase todos os dias e, algumas vezes, acordar em lugares que eu nem conhecia. Totalmente irresponsável. A única pessoa próxima que sabe dessa situação toda é Neto, que vem me apoiando desde o início e me ajudou a superar essa fase horrível. Não sei o que faria sem ele, devo muito a esse cara. Bom, depois tudo se transformou em solidão, razão das inúmeras festas na minha casa.

Ficamos quietos por um tempo, até Olívia romper o silêncio.

— Me conta como ela é.

Reflito por um instante antes de responder.

— Ela é a pessoa mais bem-humorada e doce que eu conheço. — Esboço um sorriso melancólico. — É divertida, inteligente e forte pra caralho. Para ser sincero, ela é a melhor pessoa do mundo. — Faço uma nova pausa para tentar puxar o ar que parece faltar em meus pulmões. — Minha mãe me criou praticamente sozinha desde os meus nove anos. Ela trabalhava muito, mas sempre se fez presente. Mesmo assim acho que ela se sentia um pouco culpada por isso quando eu era novo.

Sinto a batalha travada dentro de mim, um lado luta para eu me afastar de Olívia, enquanto o outro me diz para eu tomá-la em meus braços e nunca mais deixá-la sair dali.

Apesar da confusão interna, tenho uma vontade insana de me abrir com ela. Seu toque e seu olhar trazem certa calmaria no oceano revolto que é a minha vida.

Olho intensamente no fundo dos seus olhos e decido me abrir para ela, mesmo sabendo que deveria correr na direção oposta. Por que não consigo fazer isso? Solto gentilmente a mão da garota que mexe comigo da cabeça aos pés e fico de frente para ela. Levanto a frente da camiseta para que ela possa ver a minha tatuagem.

Olivia

Olho para o lado esquerdo do seu peitoral torneado, onde vejo um desenho médio de um avião de papel tatuado em sua pele bronzeada, e o estudo por alguns instantes. Tem um traço bonito e simples, apresentando aquela cor única desbotada de tatuagens. Depois subo o meu olhar até seu rosto, esperando por uma explicação.

— Fiz em homenagem à minha mãe. É uma história longa.

— Preciso ir até a lanchonete atrás de um saco de pipocas? — brinco, tentando amenizar o clima de tristeza.

Eu tenho um forte hábito de brincar quando algumas ocasiões sérias acontecem ou quando pessoas estão tristes, é mais forte que eu. Me sinto completamente desconfortável em situações assim, e é o único jeito que consigo lidar, uma forma de tentar deixar o clima mais leve e a pessoa um pouco menos triste. Deu certo, pois os lábios de Theo se curvam num leve sorriso, apesar da tristeza estampada por todo seu rosto, fazendo meu coração se contrair um pouco menos.

— Eu era apaixonado por aviões quando pequeno, tinha vários deles de brinquedo espalhados pelo meu quarto — ele limpa a garganta antes de continuar. — Como falei, minha mãe trabalhava muito quando eu era mais novo, algumas vezes eu mal a via durante a semana. Certo dia, eu fiquei tão chateado que falei que ela não me amava, pois quase nunca a encontrava. Ela se sentou na minha cama, me puxou para o seu colo e disse que todas as manhãs, antes de ir trabalhar, e de noite, quando chegava em casa, ela passava no meu quarto para me dar um beijo e dizer que me amava. Eu respondi que não tinha como saber se era verdade, já que eu estava dormindo quando ela saía para trabalhar por ser muito cedo, e quando voltava para casa eu não estava mais acordado, pois era tarde. — Theo suspira e passa a mão por seu cabelo ondulado. — Então, ela combinou comigo que daria um jeito de me provar a sua presença. Todos os dias, durante anos, ela passava no meu quarto de manhã cedo e deixava uma dobradura de avião de papel na cômoda do lado da minha cama, mostrando que havia passado por ali e que me amava. — Ele esboça um sorriso triste e me fita com seus olhos sentimentais. — Todas as manhãs, a primeira coisa que eu fazia ao acordar era procurar pela dobradura. Eu entendia o seu significado, o que minha mãe queria me dizer. Parece bobeira, mas minha mãe encontrou naqueles simples aviões de papel uma forma de a gente se comunicar durante aquele período conturbado.

Sinto meus olhos se encherem de água.

— Não é bobeira. Essa é a história mais bonita que eu já escutei. E sua mãe é incrível.

Theo solta seus ombros largos e olha para o chão.

— Minha mãe sabia que passaria um tempo no hospital. — Sua voz falha e ele se obriga a respirar lentamente. — No dia de sua internação, quando acordei, tinha um avião de papel em cima da minha cabeceira. Foi o dia que fiz essa tatuagem.

A tristeza dele é de partir o coração. A mãe de Theo parece ser tudo para ele. Que merda de situação. Queria poder fazer alguma coisa, dizer que vai ficar tudo bem e que ela logo voltará para casa com ele, mas não tenho como afirmar nada disso. Apenas colo as minhas costas na parede fria e recosto a cabeça em seu ombro, esperando junto com ele por alguma notícia. Porque como a história da mãe dele ensinou, o que verdadeiramente importa são os gestos, estes têm muito mais significado que qualquer palavra.

Após um tempo de espera, uma enfermeira, chamada Paula, nos informa que a mãe de Theo se encontra estável, porém que a cirurgia ainda prosseguia. Já é alguma coisa. Vejo um lampejo de alívio no rosto de Theo, e seu corpo se relaxa um pouco.

Estamos em silêncio, e Theo brinca com os dedos da minha mão esquerda. Enquanto isso, reflito um pouco sobre a sua situação, e algo parece não se encaixar nesse cenário. Penso em seus olhos tristes e em sua mãe, também recordo das suas festas barulhentas. Um pensamento surge em minha mente, como se tivesse descoberto a resposta, mas decido ouvir diretamente dele.

— Theo?

Ele não diz nada, apenas me fita. Eu o observo, pensativa, enquanto ele aguarda, pacientemente, na expectativa de que eu continue. No entanto, permaneço calada, decidindo se devo ou não mencionar o assunto.

— Pode falar, Olívia — ele me encoraja, num tom tranquilo.

— É que... Você se sente sozinho naquela casa enorme?

Theo suspira e reponde brevemente:

— Às vezes.

Ao perceber que ele não demonstrou desconforto com a pergunta, decido continuar:

— Por isso as festas?

Ele não responde de imediato. Na realidade, demora tanto que me faz achar que não vai dizer nada. Porém, suspira e começa a falar:

— Sim. — Ele se volta para a frente, mas posso ver a angústia em seus olhos. — Me sinto vazio, então encho a minha casa para ver se algo muda.

— E ajuda? — questiono.

Ele se vira para mim novamente, me encarando. Sabe aquele poético ditado "os olhos são as janelas da alma"? É exatamente o que sinto ao olhar nos olhos de Theo. Por trás de uma barreira, há escondido um brilho de ternura, e mais adiante, quase oculto naquele mar castanho, vejo dor e solidão.

— Nem um pouco — responde, se recostando na parede e fechando os olhos.

Eu não posso acreditar que o julguei dessa forma antes. Fui rápida em rotulá-lo como um garoto inconsequente e fútil por causa das festas. Todos esses anos trabalhando para desconstruir pré-julgamentos... Me sinto uma tola por ter falhado. Observo Theo por mais um momento, sua expressão triste e dolorosa, sua respiração entrecortada. Isso aperta meu peito.

— Talvez seja melhor você ir, Olívia — ele sussurra.

Fico sem palavras por alguns segundos diante da brusca mudança de rumo do momento que estávamos compartilhando. Sinto um nó na garganta de imediato. Percebo que sua mente e o seu coração parecem estar numa batalha constante desde que o conheci. Em um momento, estamos nos aproximando, e em outro, ele se afasta e constrói um muro ao seu redor. Seus olhos me dizem uma coisa, mas seus lábios verbalizam palavras diversas. Gostaria de poder entrar em sua mente e entender o que se passa lá dentro.

Alcanço minha bolsa e a coloco no ombro antes de me levantar. Não digo mais nada depois disso, nem me viro para ele. Estou chateada demais para isso. Simplesmente saio caminhando em direção ao estacionamento, com os olhos ardendo, pensando em como o conheço tão pouco e, ainda assim, o que sinto é tão intenso. É algo que não consigo explicar, apenas sinto. Chega a ser meio ridículo.

Então, vou para casa pensando em como aquele garoto dos olhos castanhos, sempre rodeado por tantas pessoas, estava despedaçado, e ninguém mais parecia notar. Isso parte meu coração.

CAPÍTULO QUATORZE

Theo

Nesses últimos meses, em razão da doença da minha mãe, eu vinha me sentindo muito sozinho e angustiado. Isso, somado aos meus demônios do passado que começaram a aparecer com mais força do que nunca, contra os quais sempre lutei para afastar da minha mente. Acreditava que com as festas e rodeado de pessoas essa sensação ruim no meu peito iria sumir, mas na verdade só me mostrava o quão triste e solitário eu realmente estava.

Sinto meu peito pesado por causa do muro que criei ao meu redor para afastar as pessoas. Guardo tantas mágoas dentro de mim que agora parecem estar me sufocando. Estou exausto de me sentir assim o tempo todo.

Meus pensamentos se voltam para Olívia. Me recordo da noite em que nos sentamos à beira da piscina, quando ela notou a solidão em meus olhos, algo que ninguém mais conseguia enxergar. Para ser sincero, a sua percepção me assustou. Logo ela havia reparado, a garota que havia acabado de retornar à cidade. Mesmo não querendo admitir e lutando contra meus sentimentos, sei que ela vem trazendo luz para os meus dias sombrios. Gosto da maneira como ela me olha, como se realmente me enxergasse. Mas, lá no fundo, ela não sabe absolutamente nada. E não seria justo arrastá-la para a escuridão, ela merece brilhar. No entanto, devo admitir que foi muito doloroso mandá-la embora.

— Oi, filho — ouço a voz fraca da minha mãe, que me traz de volta ao presente.

Me sobressalto e levanto depressa, caminhando até a beirada da sua cama.

— Oi, mãe, como está se sentindo? — pergunto, tentando não soar tão preocupado.

— Ótima. Você já pode marcar aquela aula de salto de asa delta que eu sempre quis fazer — ela brinca.

— Você tem medo de altura — rio.

Ela revira os olhos dramaticamente e dá um sorriso fraco. Eu amo seu senso de humor, acho que é uma das coisas que mais amo nela. Em qualquer situação séria, ela sempre diz algo engraçado ou tenta fazer uma piada, é seu jeito de levar as coisas de forma leve. Isso me lembra um pouco a Olívia, percebi que ela faz isso também.

Sento ao seu lado, encarando a mulher que está à minha frente, e tento não transparecer o medo que passa pelo meu coração. Seus cabelos são castanhos e ondulados como os meus, porém, seus olhos são mais alegres e ligeiramente mais escuros. Sua pele, que era linda e bronzeada, está amarelada por causa da maldita doença. Ver minha mãe nessa cama de hospital me corrói por dentro. No entanto, me mantenho como uma rocha por ela. Seus olhos me analisam por alguns instantes antes de dizer as mesmas palavras de sempre. Então, com delicadeza, põe a mão espalmada do lado esquerdo do meu peito.

— Como estão as coisas aí dentro, querido? — ela pergunta, com um sorriso gentil.

— Indo... — Um suspiro quase imperceptível escapa dos meus lábios.

Depois coloca a mesma mão na minha têmpora esquerda e faz um carinho.

— E aqui, meu amor? — questiona.

Sem responder, seguro sua mão e a puxo para os meus lábios, dando um beijo leve. Minha mãe assente. No fundo ela sabe como me sinto, sempre sabe, e eu nunca minto para ela. Assim, prefiro ficar calado. Ela percebe que quero mudar de assunto. Segundos depois vejo se formar em seu rosto uma expressão brincalhona.

— A Paula me falou que você estava no corredor com uma garota bonita... — diz, me lançando um sorrisinho.

— Quando ela teve tempo de fazer isso? Aquela enfermeira fofoqueira... — digo, com humor na voz.

Minha mãe ri.

— Não vai me contar? — pergunta, com os olhos brilhando de curiosidade.

— É só uma garota que eu conheci. — Dou de ombros. — Se chama Olívia.

No mesmo instante, Olívia retorna à minha mente. Hum, como se eu a esquecesse por algum segundo. Acho que estou enlouquecendo. Sempre que ela invade meus pensamentos, consigo sentir seu aroma único, visualizar seu sorriso com aquela covinha perfeita na bochecha e seus olhos brilhantes. No entanto, a imagem que se sobrepõe é a dos seus olhos cheios de mágoa, dias atrás, antes de se virar e ir embora. Não consigo acreditar que a mandei ir embora. Não me lembro da última vez que fui tão escroto. Desde então, não nos falamos mais. Engulo a dor na minha garganta.

— Filho? — minha mãe diz, ainda achando graça, me trazendo de volta ao presente. — Só uma garota? Theo, por favor, você já mentiu melhor... — ela ri, e eu também. Ela me conhece muito bem para saber que Olívia é alguém especial.

Fico feliz em ver minha mãe acordada e sorrindo, e apesar de estar visivelmente fraca, o brilho dos seus olhos continua lá. Ela nunca se deixa abater por nada, essa mulher é forte para cacete. Sou grato por isso e faço uma prece silenciosa. Não sei se eu teria a mesma força que ela.

Após um tempo de conversa, percebo que ela está cansada. Decidimos assistir a um episódio de *Friends* na televisão. Estamos vendo o episódio de Ação de Graças em que o Brad Pitt aparece e odeia a Rachel. Esse é hilário, um dos meus favoritos. O som da risada da minha mãe me traz uma sensação reconfortante no meu peito. Quase no final do episódio, ela acaba adormecendo. Foi ela quem me ensinou a amar esse seriado, passamos inúmeras noites em casa assistindo aos episódios e rindo juntos. Ela sempre me dizia: "Filho, nunca confie em alguém que não gosta de *Friends*." Por causa disso, duas coisas me ajudaram a superar todos os meus momentos difíceis até hoje: a música e *Friends*.

Sinto meu celular vibrar e o tiro do bolso. É uma mensagem do Neto dizendo que está quase chegando ao hospital. Olho para minha mãe, que está dormindo profundamente, seu rosto transmite um pouco de paz, o que me deixa aliviado.

Antes de encontrar meu amigo, pego uma revista em cima da mesinha ao meu lado e rasgo uma das páginas. Brinco um pouco com o papel e me levanto, colocando na cômoda, ao lado da minha mãe, a dobradura de um aviãozinho que acabei de fazer.

Eu te amo, mãe.

Beijo sua testa e passo pela porta.

Sento em uma das várias mesas da cafeteria do hospital e tomo um gole do meu café. Não tenho dormido muito bem esses dias, e é o café que vem me mantendo acordado. Sinto seu sabor amargo invadir minha boca e instantaneamente me sinto um pouco melhor.

Perdido em pensamentos, nem percebo Neto chegar. Tomo um susto quando o ouço arrastar a cadeira e se acomodar à minha frente.

— Como ela está?

— Estável, teve uma melhora depois da cirurgia. Agora está dormindo.

— Que bom, fico feliz em saber. — Meu amigo coloca uma sacola de papel pardo em cima da mesa. — Minha mãe mandou. Vou ali pedir um café.

Neto se levanta e caminha em direção ao caixa para fazer seu pedido. Aproveito para ver o que tem na sacola. Coloco a mão em seu interior e retiro um pote plástico cheio de cookies com gotas de chocolate. Os cookies da mãe dele são os melhores. Sempre que ia até a casa de Neto, a tia Mara fazia seus famosos cookies. Ela sempre dizia que eles curam qualquer coisa. Espero que seja verdade. Tia Mara é uma pessoa maravilhosa. Desde que descobrimos a doença, ela manda Neto levar cookies para mim toda semana. Ela visita minha mãe com frequência, as duas se tornaram grandes amigas desde a nossa época de faculdade.

Neto volta à mesa com seu café. Abro o pote, tiro um cookie lá de dentro e o encaro.

— O quê? — me pergunta, franzindo a testa. — Tem alguma coisa no meu rosto?

— Não — respondo, rindo. — É que... desculpa, mas acho que não vou te oferecer. Você tem a mestre cuca só para você em casa.

Ele dá uma risada.

— São só nove horas da manhã e acho que já comi uns dez. Pode ficar com todos.

Então, coloco um cookie quase inteiro na boca, aliviado. Eu não queria mesmo dividir, eles são divinos. Estou o tempo inteiro aqui no hospital, mereço comer alguma coisa boa e caseira. Nada mais justo. Por isso, como quase quatro de uma vez só.

Fito minhas mãos, que agora brincam com um sachê de açúcar em cima da mesa, tentando dissipar minha agonia ao lembrar da espera por alguma notícia sobre a minha mãe enquanto estava na sala de cirurgia.

Conversamos um pouco mais sobre a situação da minha mãe e depois sobre o trabalho. Minha chefe é uma ótima pessoa e me liberou para trabalhar de forma remota. Portanto, nesses últimos dias tenho trabalhado daqui do hospital. Não queria deixar minha mãe sozinha depois da cirurgia, por isso, antes que terminasse, corri até minha casa e peguei o que precisava. No caminho liguei para Neto e perguntei se podia deixar Paçoca aos seus cuidados. Para o meu alívio, a sua resposta foi positiva. A minha sorte é que a família dele adora meu cachorro, mais ainda sua irmã mais nova, a Lila.

Eu já havia deixado Paçoca com eles algumas vezes, mas nunca me esqueço do dia em que fui buscá-lo na casa de Neto, depois de quase uma semana viajando a trabalho. Lila havia colado diversos adesivos coloridos nele inteiro, colocado laços vermelhos em suas orelhas e uma saia de tule rosa. O mais engraçado é que ela mesma estava vestida igual ao Paçoca e cheia de adesivos no rosto e pelo corpo. Além disso, ela estava com um esmalte rosa na mão a ponto de pintar as unhas dele. Quando Paçoca me viu, me lançou um olhar de alívio e súplica ao mesmo tempo. A tia Mara tomou um baita susto quando entrou na sala de estar e viu aquela cena toda. Lembro do gritinho agudo que deu e dos seus olhos arregalados. Enquanto Neto gargalhava tanto que saíam lágrimas dos olhos, ele mal conseguia ficar em pé de tanto que seu corpo sacudia, estava dobrado apoiando as mãos nas coxas, depois encostou as costas na parede e foi escorregando até se sentar no chão. A cena foi inesquecível. Felizmente para Paçoca, Lila está mais velha hoje.

Voltando ao presente, conto para Neto sobre o passeio no lago com Olívia e seu desfecho. É claro que não conto todos os detalhes, porque a maior parte deles quero ter guardado só para mim. Digo que ela voltou ao hospital e ficou algumas horas comigo sentada no chão do corredor esperando até termos alguma notícia.

— Essa menina é das boas — Neto pontua. — Tá, e o que aconteceu depois?

— Nada, eu falei pra ela ir embora — respondo, deixando meus ombros caírem.

Neto me olha boquiaberto.

— Cara, você é idiota?! — meu amigo fala alto demais e as pessoas ao redor olham em nossa direção.

Dou de ombros e suspiro.

— Não quero envolvê-la nessa merda toda. Seria muito egoísta da minha parte — digo, me remexendo desconfortável na cadeira.

— Mas você não acha que é ela quem deve fazer essa escolha? — ele me questiona.

— É, talvez. Só acho que ela é boa demais para isso. — Para isso e para todo o resto, eu deveria dizer, mas me detenho, mencionado apenas a primeira parte. Meu coração pesa.

Neto suspira e balança a cabeça num gesto de desaprovação.

— Você parece gostar dela — constata. Ele toma um gole do café antes de continuar: — Olha, eu te conheço e sei que você gosta de afastar as pessoas. Se continuar assim, vai acabar perdendo quem gosta de verdade de você. Então vou te perguntar de uma vez: você gosta mesmo dela?

Faço uma pausa, passando a mão pelo rosto.

— Gosto tanto que chega a doer — admito.

Neto arrasta sua cadeira para trás e se coloca de pé.

— Bom, você sabe o que deve fazer — ele diz com um sorriso amigável e bate de leve no meu ombro. — Me liga se precisar de alguma coisa. E manda um beijo para sua mãe, volto outra hora para visitá-la.

Às vezes, me surpreendo como Neto pode ser tão maduro em algumas situações.

— Obrigado. Por tudo — agradeço.

Ele assente e começa a caminhar. Mas se vira novamente para mim.

— E, Theo! Vai para casa tomar um banho, você tá fedendo, cara! — Neto ri e continua caminhando como se chamar atenção de todos ao nosso redor fosse algo normal. Quer dizer, para ele é normal. Noto algumas pessoas me olhando e prendendo o riso. Sorrio e balanço a cabeça.

Nem sempre tão maduro assim, mas meu melhor amigo é um cara foda e me sinto grato por isso.

CAPÍTULO QUINZE

Theo

Depois que Neto foi embora, fiquei sentado na cafeteria por mais um tempo, olhando para o vazio e refletindo sobre o que ele havia me dito. Talvez ele esteja certo. Será?

Me levanto e vou me arrastando até o quarto da minha mãe. Acho que a cafeína não está mais fazendo tanto efeito no meu organismo. Não me olho no espelho faz dois dias, sei que realmente preciso de um banho. Assim que passo pela porta, minha mãe já está acordada e me observa atentamente.

— Querido, vá para casa. Você precisa descansar. E de um banho — ela diz, franzindo o nariz.

— Caramba, estou tão péssimo assim? Já é a segunda vez que ouço isso hoje — brinco.

Ela ri do meu comentário. Seu riso é tão fraco que quase desabo nesse exato momento. O cansaço também não ajuda, mas me mantenho firme. Só consigo pensar no quanto estou exausto de ver minha mãe nessa cama há meses e não poder fazer porra nenhuma. Exausto desse hospital. Exausto de me sentir sempre sozinho e mesmo assim afastar as pessoas. Exausto fisicamente. Na realidade, tudo é exaustivo. Respiro fundo.

— A Mara vem ficar comigo hoje. Vá descansar um pouco — ela diz, gentilmente.

Fico mais tranquilo, já que a mãe do Neto vai ficar por aqui. Preciso mesmo tirar a cabeça um pouco disso tudo e descansar. Além do trabalho acumulado que preciso fazer.

— Tudo bem, mas amanhã eu volto — respondo. — Ah, o Neto passou por aqui e te mandou um beijo. Ele disse que volta outra hora.

— Ele é um querido.

Junto as minhas coisas espalhadas pelo sofá. Estalo o pescoço e olho um instante para o sofá marrom. Minhas costas agradecem por esse descanso, minha lombar está queimando e meu pescoço está um pouco travado.

Antes de eu sair, minha mãe me chama. Vou até a sua cama e ela põe algo em minha mão. Um pequeno avião de papel. Sorrio e lhe dou um beijo na testa. Saio do quarto com os olhos ardendo.

Chego em casa e me jogo no sofá. Minha cabeça parece estar rodando. Estou muito cansado e, por isso, irritado com tudo. No momento que estico o braço para pegar o controle da televisão, meu celular vibra no bolso da calça. Pego o aparelho e leio a mensagem na tela:

Neto: Futebol daqui a pouco. Minha mãe disse que a sua mãe mandou você espairecer primeiro, e depois descansar.

Eu: Não sei.

Neto: Te encontro na praça daqui vinte minutos. Ou vou ter que passar na sua casa?

Parece que não tenho muita escolha. Neto consegue ser irritante quando quer. Droga. Com relutância, me levanto do sofá, pego uma banana e uma barrinha de cereais e vou me trocar, pois, aparentemente, vou jogar bola daqui a pouco. Subo as escadas em direção ao meu quarto. Quando passo pela porta, por pouco não me jogo na cama do jeito que estou.

Vou com pressa em direção ao banheiro. Quase me assusto no momento em que vejo meu reflexo no espelho. Meu cabelo está desgrenhado, minha barba por fazer e as olheiras profundas. Seguro as bordas da pia, fechando os olhos, inspiro profundamente, pensando que estou quase no meu limite.

Ao passar pelo portão, olho as horas no celular. São 19h31. Vou caminhando pela alameda. Chegando ao final do muro da minha casa, ouço baixinho ela cantando. Hoje parece não estar tão animada como de costume, a música é triste, *Thinkin 'Bout You*, do Jake Isaac. Olívia canta cada palavra com uma emoção nítida na voz.

Uma parte da letra me chama atenção: "*I say a little prayer, that the Good Lord keeps you safe*"[1]. Essa frase se encaixa perfeitamente no que sinto por ela, já que não posso estar perto dela.

---

[1] Eu faço uma pequena prece para que Deus te mantenha seguro.

Logo, ela canta mais uma frase e depois o refrão: *"I'll be thinking 'bout you"*[2]. Após a última palavra do refrão, ouço a água do chuveiro cessar e não escuto mais nada, apenas as folhas das árvores balançando com o vento. Por isso, sigo caminhando em direção à praça para encontrar Neto, como combinado. Quer dizer, acho mais é que fui forçado.

Como não ouço mais a voz de Olívia, pronto, meu mau humor volta com força.

Talvez eles estejam certos e seja melhor mesmo eu extravasar no futebol toda essa energia acumulada.

E... eles não estavam certos, porque agora estou no chão em cima de Tiago.

Entrei com força numa jogada contra ele, que cambaleou e caiu no chão. Por causa disso, ficou puto, se levantou e veio para cima de mim, me empurrando e xingando. Furioso, fui em sua direção e lhe dei um soco. Depois disso, foi tudo um borrão e agora estou em cima dele, até que Neto me puxa com força e me segura.

É, acho que o jogo acabou...

Tiago levanta com o nariz sangrando e olha para mim com raiva, antes de sair andando para o lado oposto do gramado.

Passo as costas da mão no canto da boca: sangue.

Porra!

Bem, posso dizer que literalmente extravasei as minhas energias. Eu sabia que não deveria ter vindo hoje. Nunca briguei com ninguém aqui, então alguns caras parecem um pouco assustados com a minha reação. Mas Neto não, ele sabe a verdadeira razão por trás desse meu surto. Acho que posso descrever assim.

— Vamos pra casa — Neto diz, ainda me segurando.

Me desvencilho dele e saio caminhando pelo gramado, bufando de raiva. Sinto alguns olhos sobre mim, mas os ignoro. Vou em direção aos

---

[2] Estarei pensando em você.

bancos de madeira, pego minha mochila jogada no chão e vou embora sem falar com ninguém.

Ouço Neto gritar meu nome, mas continuo marchando sem olhar para trás.

Paro no meio do caminho e toco o canto da minha boca, já inchado e dolorido. Que droga! Chuto forte uma pedra que está à minha frente. Preciso me acalmar, agora. Não sou e nunca fui esse tipo de pessoa explosiva ou violenta.

Me curvo para frente, apoiando as mãos nas coxas, e respiro lentamente. Uns instantes depois me sinto mais calmo, na medida do possível, e me endireito, seguindo meu caminho para casa.

No momento em que estou passando pela casa de Olívia, a vejo saindo para colocar o lixo para fora. Estamos a poucos metros de distância quando ela me nota. Ela arregala um pouco os olhos, surpresa por me ver passando por ali naquele momento. Nós dois congelamos e nos entreolhamos. Ela estreita os olhos para o machucado no meu rosto e o analisa, franzindo o cenho de leve. Meu Deus, como ela é linda.

Olívia abre a boca para falar alguma coisa, mas parece se arrepender, pois logo a fecha. Seu olhar é pensativo, no entanto, ela não revela nada, apenas se vira, passando pelo portão de sua casa.

Permaneço ali por mais uns segundos, fitando o portão por onde ela acabou de passar. Diante disso, só o que me resta é continuar meu caminho. Afinal, estou sendo uma péssima pessoa hoje.

Assim que chego em casa, a primeira coisa que faço é lavar meus machucados. Abro o freezer e pego a forma de gelo, colocando algumas pedras numa toalha limpa. Me sento na bancada, revezando o gelo entre minha mão e meu lábio, ambos inchados.

Suspiro pesadamente.

Como perdi a cabeça dessa forma hoje? Preciso me acalmar e recarregar minhas energias. Sei exatamente que a única coisa que posso fazer neste momento está no meu quarto. Subo, pego meu violão e desço para a noite fresca, na área da piscina. Me acomodo na poltrona e respiro lentamente algumas vezes, até que minha mente se tranquilize. Sinto que o violão nesse momento é como se fosse o meu tanque de oxigênio, o agarro com força e o ajeito no meu colo, logo tocando algumas notas.

Meus olhos vão em direção à porta fechada da varanda de Olívia e canto a primeira música que vem à minha mente, *Arcade*, de Duncan Laurence.

A broken heart is all that's left
I'm still fixing all the cracks
Lost a couple of pieces when
I carried it, carried it, carried it home
I'm afraid of all I am
My mind feels like a foreign land
Silence ringing inside my head
Please, carry me, carry me, carry me home[3]

Suspiro e passo para o refrão:

Oh-oh-oh-oh, oh-oh-oh-oh
All I know, all I know
Loving you is a losing game[4].

No instante em que termino, fico um bom tempo em silêncio. Reflito sobre o meu dia e os meses difíceis que se passaram. Sinto meu peito pesado e minha cabeça num turbilhão.

Então, entro em casa e pego um bloco de papel e uma caneta. Volto para a poltrona, seguro o violão novamente e dedilho algumas notas aleatórias que parecem fazer sentido para mim. Escrevo algumas palavras que surgem em minha mente e vou montando as frases junto com a melodia que estou tocando. Toco repetidas vezes, mudo algumas palavras e adiciono outras. Alguns minutos depois tenho algumas estrofes prontas. Leio o papel que está na minha mão e depois escrevo no topo dele: *O Seu Lugar é Aqui.*

Ajeito o violão no meu colo e toco a música, ainda incompleta:
Sentado sob o céu escuro

---

[3] Um coração quebrado é tudo que sobrou / Ainda estou consertando as rachaduras / Perdi alguns pedaços quando / Eu o carreguei, o carreguei para casa.
[4] Tudo que eu sei, tudo que eu sei / Amar você é um jogo perdido.

Com raiva do mundo
A solidão me consome
Meus amigos não sabem nem mais meu nome
Daqui vejo tudo sem poder fazer nada
O carma rindo bem na minha cara
Mesmo cansado me levanto
Vejo estrelas ao longe brilhando
Sei que um dia lá em cima será você
Vou olhar para o céu e me perder?
Por que tão cedo? Por que assim?
Deveria estar comigo, perto de mim
O seu lugar é aqui
É bem aqui.

Sinto o nó na minha garganta, não consigo continuar. Fecho os olhos com força, o que faz uma lágrima rolar pelo meu rosto. Depois outra e outra. Choro porque sei que não são só palavras aleatórias num pedaço de papel. É a realidade.

Pego o papel, me levanto da poltrona e entro em casa, junto com todo o meu cansaço e minha solidão, minhas únicas companhias.

CAPÍTULO DEZESSEIS

Olívia

Ontem, quando me deparei com Theo perto da minha casa, eu estava tão perdida em meus próprios pensamentos que tomei um susto, não esperava mesmo encontrá-lo ali. Nossos olhares se cruzaram por alguns instantes, até que notei seu machucado. A boca dele estava inchada e sangrando. Me perguntei o que será que havia acontecido com ele. Além disso, a tristeza presente em seus olhos era inconfundível. Abri a minha boca, mas nem sabia o que falar. Então, apenas me virei e entrei em casa. Ainda estou magoada por termos nos conectado de forma tão profunda e ele ter simplesmente me mandado embora. Agi como uma criança? Talvez, que seja.

Quando era tarde da noite, ouvi Theo cantar. A porta da minha varanda estava fechada, mas fiquei ali, ouvindo através dela. Minha vontade era de escancarar aquela porta, pois ele soava tão triste, a música era tão triste. Ele estava desolado, e aquilo me deixou arrasada.

Após um tempo de silêncio, pude ouvir alguns acordes se repetindo, depois pausa, novos acordes, repetição, pausa, novos acordes, repetição, repetição e repetição. Foi quando percebi que ele estava compondo. Ele tocava repetidamente o mesmo trecho e depois acrescentava outro novo. Esse processo continuou por vários minutos.

Pude notar quando a melodia estava quase finalizada. Então, ele a repetiu cinco vezes antes de cantar a letra. Era lenta e comovente. Assim que cantou a primeira estrofe, meus olhos já estavam cheios de lágrimas. Apaguei as luzes e corri até a janela do meu quarto, espiando pelo vão da cortina. À medida que as palavras saíam de seus lábios, entendi para quem era a música que Theo estava compondo... Era para sua mãe.

Ele cantou com tanto sofrimento que a cada palavra pronunciada meu peito se apertava um pouco mais. Em certo momento, sua voz falhou e ele parou de cantar, fechando os olhos. Estava chorando. Como doeu ver aquela cena.

Depois disso, Theo entrou em casa, e o silêncio permaneceu, junto com meu coração partido por ele, sozinho naquela casa, tentando se agarrar ao último fio de esperança que ainda restava dentro de si. O rapaz que acredita que ninguém se importa com ele.

Meu quarto estava escuro e quieto, mas ainda podia ouvir em minha cabeça a composição que acabara de ganhar vida. Meu coração estava em frangalhos. Me sentei na cama e chorei por Theo. Também chorei por sua mãe, que nem conheço.

Os dias seguintes permaneceram silentes. Na maioria das vezes, a luz da casa dele fica apagada e sua varanda sempre vazia. Toda vez que chego em casa, meus olhos vão diretamente para a casa dele, através das janelas da minha cozinha, do meu quarto ou da varanda. Não ouço nada vindo de lá. Se alguém perguntasse, eu até poderia afirmar que não há ninguém morando ali.

Não ter contato com a pessoa que você pensa o tempo inteiro é uma merda. Estar chateada com essa pessoa, enquanto ela está triste, é uma grande merda. Posso estar sendo orgulhosa demais, mas não quero me machucar. No entanto, ele não sai da minha cabeça, penso nele dezenas de vezes ao dia, parece que estou ficando louca. Sem dúvidas estou confusa com isso tudo que está acontecendo desde que o conheci.

Pulo da cama, abro a porta da minha varanda, como de costume, e vou ao banheiro. Ao sair do meu quarto, me sinto um pouco mal. Estranho. Contudo, não dou atenção a isso e desço para tomar café da manhã.

Entro na cozinha e vejo minha mãe com uma xícara na mão e o celular na outra. Aqui em casa não temos a regra da proibição do celular à mesa, desde que quando alguém fale algo, você responda.

— Chegando ou saindo? — pergunto a ela.

— Chegando — responde, com a voz arrastada, tirando os olhos do celular. — Estou exausta.

— Imagino.

Moramos na mesma casa e mal nos encontramos. Observo minha mãe e noto as olheiras sob seus olhos verdes, um pouco mais claros que os meus. Ela parece extremamente cansada, provavelmente sem dormir por muitas horas. Essa rotina deve ser exaustiva, não é para qualquer um. Certamente, não é para mim. Seus cabelos claros estão presos num rabo de cavalo alto e sua pele não contém um pingo de maquiagem. Apesar de ter envelhecido um pouco por tudo o que passou nesses últimos anos, ela continua linda.

Arrasto a cadeira e me sento no lugar de costume, ao lado da minha mãe. Pego a xícara que está à minha frente e sirvo meu café, bastante café, pois o dia será longo.

Ouço um latido vindo da casa vizinha e me viro na direção da minha mãe, que está concentrada lendo alguma coisa no celular.

— Mãe, você tem alguma notícia da mãe do Theo? — pergunto, fingindo desinteresse ao passar manteiga no pão.

— Não tem mais falado com ele? — ela me analisa, colocando o celular sobre a mesa.

Olho para ela, colocando a xícara na boca e tomando um gole de café para não responder. Ela entende o recado. Não quero falar sobre isso, nós duas não falamos mais sobre esse tipo de coisa. As interações são apenas superficiais, essa é a nossa dinâmica. Ela finge que é normal e eu também.

— Filha, o prognóstico da Iara não é nada bom. — Noto seu olhar preocupado e triste. — É um caso muito grave. Ela precisa de um transplante com urgência.

Não me dou o trabalho de perguntar nada, pois entendo exatamente o que ela quis dizer com essas palavras. Sinto um bolo se formando na minha garganta. Não consigo imaginar o que Theo está passando, e sozinho.

Isso me faz refletir sobre como algumas pessoas só precisam de alguém que esteja ali presente, mesmo que estejam constantemente tentando afastar a todos.

Chego cedo no trabalho e consigo uma vaga bem na frente do edifício. Ainda estou me sentindo um pouco estranha, deve ser a sonolência que persiste em mim mesmo após ter tomado várias xícaras de café.

Assim que entro no prédio, vejo Marta chegando, a secretária da clínica do quinto andar. Apresso o passo e entro no elevador. Marta a essa hora não rola. Não estou com vontade de ouvir seus papos maçantes, não vou cometer esse erro de novo. Marco bem que me avisou no meu primeiro dia aqui.

Entro no escritório, dou bom dia aos colegas e vou em direção à minha mesa. Quando me sento, sinto um calafrio. O que há de errado comigo hoje? Tento não prestar atenção nisso e começo abrindo um processo que preciso terminar de analisar o mais rápido possível.

Marco chega um pouco depois de mim. Larga sua bolsa, ruidosamente, em cima da mesa, se senta e geme.

— Adivinha com quem subi no elevador? — ele diz, revirando os olhos.

Seguro o riso, porque sei exatamente com quem ele subiu: Marta. Ele toma um gole de café no seu copo descartável.

— Você está bem, Olívia?

Assim que ele me pergunta, sinto um forte enjoo e corro para o banheiro. Coloco para fora todo o café da manhã. Eca. Lavo minha boca e minhas mãos e retorno à minha mesa.

— Acho que você não está muito bem — Marco constata.

Apoio o cotovelo na mesa e a cabeça entre as mãos, respirando lentamente. Estou muito enjoada. De fato, não estou muito bem, ou melhor, não estou nada bem.

— Pedi um lanche ontem à noite, acho que alguma coisa devia estar estragada — digo a ele.

— Não percebeu na hora?

— Ah, a maionese estava um pouco estranha, mas amo tanto aquele lanche com aquela maionese, e eu estava faminta — sorrio, dando de ombros.

Marco me olha com uma cara engraçada, como se quisesse dizer que sou louca.

— Vá embora. Eu termino essa análise para você.

— Obrigada, você é demais.

Pego minhas coisas da mesa, vou até a sala de Helena para informar que não estou me sentindo bem. Quando minha chefe me vê, fica preocupada e me manda sentar. Pelas últimas reações, eu devo estar mesmo péssima. Ela se certifica de que conseguirei chegar em casa dirigindo e me diz para descansar. Tenho sorte de ter uma chefe tão atenciosa. Pensando bem, eu trabalho pra caramba, acho que me liberar por estar passando mal é bem razoável, mas ela é atenciosa de qualquer forma.

Vou dirigindo o mais rápido possível para casa, sinto que posso vomitar a qualquer instante.

Quando chego na porta de casa, saio correndo do carro, direto para o banheiro. Quase não chego a tempo. Fico sentada no chão gelado, respirando profundamente.

Isso é horrível.

Minutos depois, me levanto, passo na cozinha para pegar um copo de água e depois vou direto para o meu quarto. Me jogo na cama do jeito que estou. Antes de me desconectar do mundo, pego meu celular e mando uma mensagem rápida para minha mãe, que responde quase imediatamente, me orientando a tomar muito líquido, repousar e comer coisas leves, nada que eu não saiba.

Horas depois, acordo com uma mão gelada na minha testa. Com dificuldade, abro somente um olho, está difícil me mover. Minha mãe está sentada na beirada da cama.

— Como está se sentindo?

Apenas gemo, essa é a única resposta possível no momento, estou péssima.

Pior. Noite. Da. Vida.

Foi simplesmente terrível. Passei a madrugada inteira em claro no banheiro. Quando não estava sentada no vaso, estava com a cara dentro dele. Nojento, eu sei. Foi um verdadeiro caos. Mas estou acordando um pouco melhor. Minha mãe fez sopa ontem, soro caseiro, me entupiu de água e me medicou.

Olho para o relógio, são quase 8h. Assim que me sento na cama, minha mãe entra no quarto.

— Um pouco melhor? — pergunta.

— Sim, acho que não tenho mais líquido no corpo para expelir — respondo, fazendo uma careta.

Ela sorri, com pena de mim.

— Fique em casa e descanse.

Eu concordo e me deito de novo. Durmo por horas a fio, já que a noite anterior passei em claro. Ainda me levanto algumas vezes para ir ao banheiro, porém com muito menos frequência.

Horas depois, me desperto e me sento na cama, completamente desnorteada. Ainda me sentindo um pouco fraca, decido permanecer na cama. Tomo mais um pouco do soro caseiro que minha mãe deixou na minha cabeceira e alcanço o controle remoto. Ligo a TV, está passando um episódio de *Friends*, o do Brad Pitt, um dos meus favoritos, é hilário. Aperto para ver as informações da programação e vejo que é uma maratona. Perfeito! Fico assistindo à série a tarde inteira. Não é possível existir alguém que não goste de *Friends*.

No dia seguinte, olho meu reflexo no espelho e faço uma careta. Que tragédia. Tento ajeitar um pouco a minha cara, parece que um caminhão passou por cima de mim, ainda me sinto um pouco fraca.

— Você não vai trabalhar hoje, não é? — minha mãe me pergunta ao entrar no meu quarto.

— Eu tenho muita coisa para fazer, preciso ir.

— Não acho uma boa ideia, filha.

Mas acabei indo para o trabalho mesmo assim. Continuo me sentindo péssima, fraca e sonolenta. Me alimentei um pouco antes de sair de casa e pelo menos não estou mais indo ao banheiro. Devo ter perdido dois quilos só nesses dois dias.

Então, uma onda de fraqueza passa pelo meu corpo, sinto minha pressão lá embaixo e... Pah! Passo com o carro por cima de um canteiro e colido com uma árvore.

Bem... quando sua mãe diz que algo não é uma boa ideia, não é uma boa ideia. Merda. A minha sorte é que reduzi a velocidade antes de bater.

Sinto uma dor aguda na cabeça, bem em cima da minha sobrancelha direita. Passo os dedos no local e sinto o sangue escorrendo. Permaneço mais um tempo dentro do carro sem me mexer, controlando a minha respiração. Odeio ver sangue. Pessoas começam a rodear o carro e ouço um barulho de sirenes. Uau, isso foi rápido. Ou sou eu quem está aérea? A porta se abre e vejo um socorrista.

— Você está bem? — o homem me pergunta.

— Hum, acho que sim.

— Consegue descer do carro? Precisamos te examinar — ele diz.

Sou examinada e me fazem um curativo na testa. Eu os informo que me sinto bem, mas eles insistem que eu vá ao hospital fazer uns exames, afinal, bati a cabeça. Caso eu não vá, tenho certeza que minha mãe vai me matar, logo, acho que não tenho muita escolha.

Eles me deixam tirar o carro do canteiro e estacionar. Depois, entro na ambulância e ligo para o seguro. Acho que não precisava de toda essa comoção e me recuso a entrar no hospital em cima dessa maca!

CAPÍTULO DEZESSETE

Theo

Hoje acordei mais descansado. Tomei um café da manhã reforçado e vim direto para o hospital visitar minha mãe. Estou a apenas alguns metros de distância da porta de entrada quando vejo Olívia chegando. Em cima de uma maca? Mas que porr…?

Fico paralisado com a cena. Ela tem um curativo na testa e sua blusa tem pequenas manchas de sangue. Meu coração bate com força dentro do peito.

Ela está reclamando de alguma coisa enquanto é levada de maca para o interior do edifício. Fico uns instantes tentando assimilar o que acabou de acontecer na frente desse maldito hospital. Em seguida, entro correndo, mas não vejo para onde a levaram. Pergunto na recepção e ninguém me informa nada, obviamente, já que não sou parente dela. Minha esperança é Paula.

Verifico as horas e corro em direção ao quarto da minha mãe. Passo pela porta quase sem fôlego. Da entrada do hospital até aqui é um percurso considerável. Vejo Paula colocando o soro no suporte, e as duas me olham confusas.

— Theo? O que aconteceu? — minha mãe pergunta.

Ignoro a sua pergunta e me viro em direção à Paula. Normalmente eu não faria isso, mas a situação é crítica e pede por isso.

— Paula, você precisa ver como a Olívia está. Me faz esse favor?

— O que você está falando, menino? — questiona.

Ela sempre me chama de menino, apesar de eu ter vinte e cinco anos e ela ser somente dois anos mais velha do que eu. Acho que é porque nossas mães são amigas e nos conhecemos há bastante tempo, então, quando éramos mais novos, fazia diferença, já que meninas amadurecem mais rápido.

— Olívia, a garota que estava aqui comigo naquele dia. Eu a vi entrando numa maca. Não sei o que aconteceu com ela e não vi para onde a levaram — digo, ofegante.

Paula olha para minha mãe com uma cara maliciosa e dá uma risadinha.

— Paula, é sério! — informo.

— Theo, você sabe que é contra as regras do hospital passar informações de pacientes para pessoas que não são parentes, né? — ela diz, tentando conter um sorriso zombeteiro.

Ela está querendo me torturar? Reviro os olhos.

— Por favor, descubra o que aconteceu com ela e se está bem. Por favor? — peço, ou melhor, imploro.

— Tá bom, tá bom, não precisa implorar tanto, só queria mesmo saber o nível da sua preocupação. Aparentemente é alta — diz, rindo.

Eu a fito com um ar de seriedade. Eu não estou achando nenhuma graça, estou preocupado. Logo depois Paula sai do quarto.

— Desculpa a confusão, mãe.

— Só aceito suas desculpas se me falar sobre a Olívia, que vem te deixando tão distraído e preocupado — declara ela, sorrindo.

Me sento na beirada da cama e suspiro de modo quase imperceptível antes de respondê-la.

— A Olívia é nossa vizinha, mora na casa de trás — digo, hesitante.

— A filha da Dra. Martinez?

Assinto, e minha mãe apenas me observa atentamente, seus lábios formam uma linha fina e seu olhar reflete algo que não consigo interpretar. Sua reação inicial não me dá nenhum sinal e ela não fala nada por alguns instantes. Então, ela finalmente balança a cabeça de modo positivo e abre um sorriso tímido.

— Me conte mais sobre ela — pede, segurando minha mão.

Solto o ar que nem reparei estar prendendo e conto para minha mãe como a garota que vem infiltrando meus pensamentos é incrível.

— Ela parece ser extraordinária, filho — sorri. — Acha que algum dia vou conhecê-la?

— Bom, não estamos exatamente conversando nesse momento — respondo, passando a mão na nuca.

Minha mãe franze o cenho e me fita, aguardando por uma explicação.

— Digamos que tudo que vem acontecendo é muito confuso... — Apesar de eu saber que não vai adiantar, desvio o meu olhar para ela não ver a tristeza em mim. — Não quero envolvê-la em nada.

Ela suspira. Sei que entende exatamente o que estou dizendo. Olho para ela novamente e vejo seus olhos marejados. Ela me observa com certo pesar, colocando a mão na lateral da minha cabeça e depois em cima do meu coração, uma coisa que ela costuma fazer comigo desde criança. Mas dessa vez, em vez de perguntar como estão as coisas aqui dentro, ela me dá um conselho.

— Posso ver através dos seus olhos a batalha que está travando aí dentro. — Ela faz uma pausa. — Theo, você precisa viver o presente, precisa ser feliz. Você merece isso.

Fico em silêncio. Sinto meu coração cair do peito por causa de suas palavras.

— Eu sei que fará o que é certo, filho — diz ela.

Assim que ela termina de falar, Paula volta para o quarto.

— Ela está grávida de sete meses! — comunica.

— Set...?! O quê?! Mas... o quê?! — digo, um pouco desorientado pela informação.

— Filho, você está saindo com uma garota grávida?! — minha mãe questiona, com os olhos arregalados, parecem que vão pular para fora.

— Tá! — Paula responde.

— Não! Não estou! — digo, nervoso.

As duas me observam, perplexas.

— Paula, você não pode estar falando da mesma pessoa que eu.

— Vamos lá fora — ela diz e me arrasta para fora do quarto.

— Acho bom vocês voltarem aqui e me explicarem tudo! — minha mãe grita enquanto saímos pela porta.

Eu sigo Paula, ela vai em direção aos assentos de espera no atendimento de emergência e para perto de uma garota grávida que está sentada, nem um pouco parecida com Olívia. Friso, ela não tem nada a ver com Olívia. Talvez, se eu estivesse de frente para ela, diria que o branco dos olhos pode ser semelhante.

Bufo, frustrado com Paula. Ela aponta para a garota e eu faço que não. Mas ela não entende. Passo as mãos pelo rosto, agitado. Então vejo alguém parado do meu lado. Quando viro a cabeça, vejo... Olívia. Porra! Sua cabeça está ligeiramente inclinada e ela me olha confusa.

CAPÍTULO DEZOITO

Olívia

Saindo do atendimento médico, me deparo com uma cena um pouco estranha. Theo está de longe, gesticulado igual a um doido para uma enfermeira, que aponta para uma garota grávida sentada numa das cadeiras de espera. Theo levanta as mãos e balança a cabeça em negativa. A enfermeira, confusa, aponta de novo para a garota e sua boca questiona um "não" sem som. Theo revira os olhos e balança a cabeça mais uma vez. A enfermeira balança a cabeça também, como se não estivesse entendendo. Ele passa as mãos pelo rosto, frustrado, então se vira, arregalando os olhos quando me vê parada ao seu lado. Estou confusa. Agora ele está encarando minha barriga, também confuso.

Mas o que está acontecendo?

A enfermeira se aproxima de nós dois.

— Ah! Era dela que você estava falando! — diz, olhando para Theo. Depois volta a atenção para mim. — Tem razão, ela não está nada grávida.

— Quem está grávida? — questiono.

— Você — ela responde, apontando para minha barriga.

— Eu?!

— Sim. Quer dizer, não — ela diz.

— Já chega, Paula! — Theo a fulmina com os olhos, e ela dá de ombros.

— Bom, agora que vocês se encontraram, ele vai te dar uma carona para casa. — Ela se vira, mas logo nos olha novamente. — Melhoras, Olívia. E… usem camisinha. — Ela nos dá uma piscadinha e sai andando pelo corredor.

Começo a rir. Mas o que foi isso?! Observo Theo, que está de boca aberta e olhos arregalados.

— Aceito a sua carona — digo e passo por ele, andando devagar.

Me medicaram no hospital e estou um pouco sonolenta, por isso aceito a carona, só quero minha cama nesse momento. Na teoria, ele não ofereceu, mas quem se importa? Quero ir para casa, estou mal e cansada. Só espero não vomitar no carro dele, mas acredito que não vai acontecer. Nossa, estou bastante sonolenta.

Theo vem logo atrás de mim, ainda sem dizer nada. Ele segura meu braço para me dar apoio, tendo em vista a minha lentidão. Sem contar que a minha aparência deve estar horrível nesse momento. Caramba, devo estar muito péssima.

Quando sinto seu toque, parece que uma descarga elétrica passa por meu corpo, mas tento fingir indiferença.

— Sua mãe sabe o que aconteceu? — ele pergunta.

— Sabe, ela me acompanhou nos exames para certificar que estava tudo bem. Pediu para eu esperar que atendesse um paciente e depois me levaria embora. Não quero esperar, só quero ir para casa. E eu sei que ela ainda tem trabalho a fazer.

Ele abre a porta do carona para mim, espera que eu me acomode e depois vai para o seu lado. Se senta no banco e me estuda.

— Hum... Olívia, o que aconteceu? — Sua voz é calma e seu olhar é cheio de preocupação.

Ele observa a minha camisa manchada de sangue e sua expressão demonstra aflição. Porém, eu sorrio, afinal, foi tudo tão confuso que ele ainda nem sabe o que aconteceu.

— Resumindo, eu passei mal esses dois últimos dias por causa de algo que comi. Ainda estava fraca hoje, minha mãe me mandou ficar em casa, mas eu fui para o trabalho mesmo assim. Só que antes de chegar lá, me senti mal, subi num canteiro e bati numa árvore. Moral da história: mães estão sempre certas.

Conto de um jeito engraçadinho, mas ele não ri.

— Você poderia ter se machucado de verdade — fala, me fitando com seriedade.

— Eu sei, fiz besteira.

Ele aquiesce.

— Você está bem agora? — Ele me observa de uma forma intensa, como costuma fazer. Eu adoro isso.

— Já estive melhor. — Dou de ombros e encosto a cabeça no banco.

Ele ri e dá partida no carro.

— Me avise se sentir alguma coisa no caminho.

Depois de um tempo, Theo para no sinal vermelho e se vira no banco.

— Tudo bem?

— Sim, Theo, estou bem. É sério, estou medicada, não precisa se preocupar.

O trajeto para casa é bem rápido. Apenas peço que pare na farmácia antes, já que é caminho e preciso comprar alguns remédios. Theo estaciona o carro e pega a receita da minha mão, me mandando ficar no carro. Eu obedeço e me recosto na poltrona, fechando os olhos.

Devo ter cochilado, pois não percebi quando ele voltou para o carro e dirigiu até minha casa. Sinto um toque leve no ombro, me fazendo despertar, mas ainda fico de olhos fechados. Como não me movo, Theo deixa a sua mão ali por alguns instantes, acariciando o local com o dedão, um carinho suave. Sinto o calor de sua mão reverberar por todo o meu corpo. Depois, coloca atrás da minha orelha uma mecha de cabelo que estava caída em meu rosto, acariciando minha bochecha com as costas dos dedos. Até que não sinto mais o seu toque.

— Olívia, chegamos — Theo sussurra.

Abro os olhos e me viro lentamente no banco. Seu olhar é contemplativo e profundo, há uma mistura de sentimentos ali. Gostaria tanto de saber o que se passa em sua cabeça. Desço o olhar para sua mão apoiada no banco, a mesma que acabou de me tocar, estendo meu braço e a seguro. Faço um carinho suave nela, assim como o dele, e a levo para perto da minha boca, deixando um beijo na palma de sua mão. Theo suspira de forma quase imperceptível e fecha os olhos por alguns instantes. Quando os abre, reparo um brilho de tristeza, vejo mais uma vez a batalha sendo travada dentro dele, a qual não consigo entender. Ele retira gentilmente a sua mão da minha.

— Vou te ajudar a sair — me informa.

Suspiro, ligeiramente frustrada.

Ele desce do carro e abre a porta para mim, me ajudando a sair e me levando até o portão de casa. Não precisava disso tudo, estou me sentindo bem, apenas com uma dorzinha de cabeça, mas deixo que ele me ajude. Por mim ele poderia segurar meu braço o dia todo, então não sou eu quem vai reclamar, não é? Dou uma risadinha mental.

Pego as chaves na bolsa, abro o portão e me apoio na maçaneta, fitando Theo.

— Precisa de alguma coisa? Você está mesmo bem? Vai ficar bem aí sozinha? — pergunta com certa inquietação.

— Não, sim e sim — digo, rindo por causa da frase feita só de perguntas. — Minha mãe já deve estar chegando, não se preocupe. E obrigada pela carona.

Sinto que chegou a hora da despedida, sei que ele vai se afastar de mim novamente. Eu poderia fingir um desmaio e pedir para ele me levar para dentro de casa, mas acho que não seria muito legal da minha parte. Ou seria?

Ele fica parado, me olhando daquele jeito intenso e profundo. Acho que esse olhar é uma das coisas que mais gosto nele, é apaixonante e sensual.

— Então... tchau — digo.

— Tchau — responde, mas nem se move.

— Tchau — rio, também sem me mover.

— Tchau — ele diz, rindo. Depois balança a cabeça de uma forma fofa e tira a mecha de cabelo que tanto amo da frente dos olhos. — É melhor você descansar.

É perceptível que nenhum dos dois quer se afastar. Então por que será que ele continua lutando contra isso?

Com relutância, dou um passo para trás, passando pelo portão, mas ele segura meu braço no mesmo instante e dá um passo para frente. Estamos muito próximos, a centímetros de distância, posso sentir o calor de seu corpo.

Theo sobe lentamente a mão pelo meu braço, acompanhando o movimento com os olhos, fazendo os pelos do meu braço se arrepiarem. Notando o efeito que causa sobre mim, sorri. Ele interrompe o movimento um pouco antes de chegar à minha nuca e suspira de leve, fixando os olhos nos meus olhos. Não me movo, esperando sua próxima reação. Ele deposita um beijo no cantinho da minha boca, como fez da última vez, e dá um passo para trás. Cacete, esse foi o toque mais sensual que já recebi na vida, e foi só no meu braço. Ficamos uns instantes um pouco atordoados com as emoções, acredito eu. A ligação que temos é evidente e também inexplicável. Aliás, gosto dos momentos em que ele baixa sua guarda.

— É melhor eu ir, né? — finalmente falo. É claramente uma pergunta retórica, pois ele não responde.

Dou um passo para dentro, estou quase fechando o portão, mas paro e o fito com um ar brincalhão.

— Ah! Acho que você precisa de espiões melhores do que aquela enfermeira Paula — aviso.

Theo fica visivelmente constrangido, consigo notar, apesar da pele bronzeada, que ele fica levemente vermelho. Solto um risinho e balanço a cabeça. Ele também ri. Interessante vê-lo encabulado, é fofo, acho que vou fazer isso mais vezes. Faço essa anotação mental antes de fechar o portão e virar para minha casa.

Sei que a minha presença também o deixa agitado, isso ficou claro e já me diz muito. O que posso fazer é ter paciência para ir derrubando aos pouquinhos os tijolos do muro que ele insiste em deixar erguido. Consigo perceber os momentos em que ele me deixa entrar, sei que gradualmente vou conseguir, só preciso ter calma. Por algum motivo, sinto que por esse cara vale a pena esperar.

CAPÍTULO DEZENOVE

Theo

Olívia entrou em casa, mas ainda estou aqui parado na frente do seu portão. Já não sinto mais meu rosto queimar por causa do seu comentário. Ao menos ela achou a situação toda engraçada, e não estranha ou constrangedora. Da próxima vez que eu for ao hospital tenho que tentar não querer matar a Paula, que deve estar rindo de mim numa hora dessas. Bufo e volto para o carro. Me sento no banco e observo minha mão apoiada no volante, ainda consigo sentir os lábios quentes de Olívia ali, bem onde ela beijou. Precisei usar toda a força de vontade que tenho em meu corpo para não a puxar para mim naquele instante em que ela segurava minha mão. Meus batimentos ficaram erráticos, ela não faz ideia do que causa em mim. Naquele momento não ocorreu nada demais, eram apenas duas pessoas de mãos dadas. No entanto, conosco, aquilo significa muito. Minha cabeça e meu coração duelavam vorazmente, até que a razão acabou vencendo, pois gritava mais alto: se afaste, se afaste! E foi o que eu fiz. Lá no fundo, não sei mais se é isso que quero fazer. Temos uma ligação profunda, sei que ela também compartilha desse mesmo sentimento. Já não sei mais se consigo lutar contra isso. A fala da minha mãe no hospital volta à minha mente e penso se eu não deveria mesmo escutá-la.

Por tanto tempo eu senti estar carregando o peso do mundo nas costas, mas quando estou com ela, inexplicavelmente, me sinto mais leve. Como isso é possível? Essa garota chacoalhou a minha vida inteira no instante em que apareceu e nada mais parece igual.

Volto a pensar no que ocorreu algumas horas atrás na porta do hospital, acho que nunca fiquei tão preocupado com alguma garota antes. Na verdade, eu fiquei desesperado quando vi Olívia com a roupa manchada de sangue em cima daquela maca. Agradeço silenciosamente por não ter acontecido nada sério com ela, pois não sei como me sentiria com isso. Dou partida no carro, afastando esse pensamento, e sigo para casa.

Em meio minuto estou estacionando o carro na garagem de casa. Ao passar pela porta, me deparo novamente com o silêncio ensurdecedor que habita ali, o qual algumas vezes é interrompido pelo latido do meu cachorro. Caminho até a sala e vejo Paçoca deitado de barriga para cima no chão gelado. Ele vira a cabeça, abre apenas um olho, me observando andar em direção a escada, e volta a dormir. Antes de subir, acaricio sua cabeça e ligo o ventilador em cima dele, pois hoje está mais calor que o normal e ele é bastante peludo. Paçoca faz um som de preguiça e nem se move. Balanço a cabeça e sorrio, que cara mais preguiçoso.

Entro no meu quarto, tiro a roupa que fui ao hospital e a jogo dentro do cesto. Vou até o armário e escolho uma bermuda leve. Caramba, parece que está fazendo quarenta graus hoje. Quando me sento à escrivaninha para começar a trabalhar, a tela do meu celular acende.

— E aí, cara? — atendo o telefonema de Neto.

— Tá em casa? — ele pergunta com uma voz desconfiada.

Digo que sim, também desconfiado com o que vem por aí.

— Hum, é que passei no hospital para deixar minha mãe lá para uma visita... — Ele começa, e logo sei onde quer chegar. — Fui ver como sua mãe estava e ela me contou que você tinha ido embora para dar carona para a vizinha...

— É — respondo e seguro o riso, ele deve estar se corroendo de curiosidade. Se existe alguém curioso, é Neto.

— É — ele me imita. — Só isso que vai dizer? Qual é, cara? Pode contar tudo!

Começo contando sobre quando cheguei ao hospital e vi Olívia entrando de maca. Depois sobre o erro de ter pedido a Paula para investigar o que havia acontecido e a vergonha que ela me fez passar. Neto está rindo tanto que não consigo narrar o restante.

— Espera! Ela confundiu com uma grávida? E disse para vocês usarem camisinha? — ele diz, entre as risadas. — Da próxima vez que eu for ao hospital me lembre de agradecer a Paula por essa história!

— Há, há. Não foi engraçado, Neto — respondo. Contudo, ouvindo meu amigo dar risada enquanto conto o que aconteceu mais cedo me faz mudar de ideia. — Tá, pensando bem, na verdade foi um pouco engraçado mesmo.

— Engraçado? Deve ter sido hilário, Theo! Daria tudo para estar presente e ver a cena.

Nós dois rimos por mais uns instantes e continuamos a conversa. Ele conta que minha mãe estava feliz porque eu finalmente parecia interessado por alguém. Reviro os olhos. Claro que eles ficaram conversando sobre a minha vida amorosa, eles adoram fazer isso. E um tempo depois a conversa termina.

— Te vejo amanhã — ele se despede e eu desligo.

Amanhã retorno ao trabalho presencialmente. Minha chefe havia me liberado por mais uns dias para trabalhar fora do escritório, já que estou entregando todas as tarefas com antecedência e minha ausência não tem afetado tanto a rotina presencial. Algumas vezes precisamos ir até uma obra ou fazer reuniões, porém nenhum dos meus projetos está demandando isso no momento. Somente uma vez precisaram de mim e Neto foi no meu lugar. No entanto, minha mãe disse que não precisa de mim como babá e praticamente me obrigou a voltar ao trabalho presencial.

Passo as duas horas seguintes tentando trabalhar, mas apenas o que faço é pensar na minha vizinha. Parece que é a única coisa que consigo fazer. Analiso a planta à minha frente, mas lembro do sorriso dela e do seu cheiro. Tento fazer um cálculo, minha mente divaga pensando em seus olhos verdes inebriantes e perco o raciocínio. Tento elaborar um relatório, mas de repente estou pensando nos seus lábios cheios e convidativos. Parece que passou uma eternidade desde aquele beijo no lago. O que senti naquele momento... era como se eu estivesse respirando novamente. Por culpa disso, eu quase a beijei no portão de sua casa, queria sentir aquela sensação outra vez.

Ponho as mãos sobre os olhos. Merda, o que há de errado comigo?

Largo o que estou fazendo, ou melhor, não conseguindo fazer, e desço até a área externa da minha casa para praticar um pouco de exercício, já que não consigo de forma alguma me concentrar no trabalho.

Corro ao redor da piscina, pulo corda e levanto alguns pesos que tenho em casa. No entanto, toda a pausa que faço entre um exercício e outro, meus olhos encontram a varanda dela. Gemo de frustração e pulo na piscina. Nado de um lado ao outro repetidas vezes, até a exaustão dominar meu corpo. Respiro profundamente e mergulho, ficando com a cabeça submersa, numa tentativa de permanecer no silêncio do fundo da água. Mas nada adianta.

Desisto, ela não sai da minha cabeça. Não tem outro jeito. Saio da piscina, pego a toalha na cadeira e me seco um pouco. Depois, entro em casa e volto com meu caderno e uma caneta, me acomodando na poltrona à sombra para mais uma vez escrever sobre ela. Reflito em como isso vem acontecendo com mais frequência do que deveria. Incontáveis foram as noites mal dormidas escrevendo sobre a garota da varanda vizinha. Na realidade, desde que a vi, ela não sai da minha cabeça.

Me recordo de uma vez em particular que escrevi, na primeira vez que saímos juntos, no dia do parque. Penso na tristeza evidente em seus olhos enquanto me contava sobre seu irmão e na angústia que senti no peito por ela. Apenas a abracei, sem dizer uma única palavra de conforto, pois nada que eu dissesse mudaria a sua dor. Queria que ela soubesse que não está sozinha. Depois do parque, quando cheguei em casa, sentei na minha cama e escrevi até cair no sono. Acordei com o caderno aberto sobre o peito.

Penso em seu olhar frustrado todas as vezes que eu tentei me afastar, porém ela pacientemente continuou ali. Abro o caderno e diversas palavras passam pela minha cabeça. Escrevo sobre a garota dos olhos verdes que eu magoei. Escrevo tanto que minha mão dói. Palavras bonitas, palavras tristes, anoto todo o tipo. A folha está completamente preenchida. Então, pego uma folha em branco e tento montar frases. Normalmente, saem músicas, outras vezes, poesias, frequentemente saem as duas juntas. Foi um exercício que aprendi com a psicóloga anos atrás, escrever em um papel todas as palavras que vêm à minha mente, liberando com a caneta tudo o que estou sentindo, e depois disso formulo minhas ideias. Já escrevi inúmeros poemas e letras de canções assim. Escrever ajuda a organizar minhas ideias e a entender meus sentimentos. Por vezes, descubro coisas que nem sabia que estavam lá.

Todavia, dessa vez, de todas as palavras que anotei, somente consegui escrever poucas linhas, mas que contêm muito significado:

> Você chegou e tirou todo o peso do mundo das minhas costas, tão facilmente como se ele tivesse a leveza de uma pena. Só gostaria de poder fazer o mesmo por você.
>
> Acho que posso tentar...

Continuo observando o papel, relendo o que escrevi. Talvez eu tenha entendido errado e o destino esteja me dando uma chance de fazer algo certo. Fecho o caderno e entro em casa, pensando.

Acho que posso tentar.

CAPÍTULO VINTE

Olívia

Após o acidente, fiquei uma semana de molho em casa. Embora não tenha sido nada muito grave, o médico me receitou alguns remédios que me deixaram um pouco sonolenta, recomendando descanso. Ainda um pouco contrariada por não achar necessário ficar uma semana em casa sem fazer nada, enviei o atestado para a minha chefe, que me proibiu de colocar os pés no escritório durante aqueles dias, também me orientando a descansar. Assim, depois de uma semana, finalmente acordei descansada e disposta.

Pego o celular na minha cabeceira e checo o horário. Desliguei o alarme ontem à noite e me dei o luxo de acordar um pouco mais tarde por ser final de semana. Mesmo nesses dias em casa, preferi acordar cedo com o despertador para não perder o costume. Ponho o telefone de volta no móvel ao meu lado e cochilo por mais um tempo. Meia hora depois me levanto da cama e vou ao banheiro. Analiso meu reflexo no espelho, estou um pouco pálida, mas com um ar de descansada. Quem inventou o termo sono da beleza estava mesmo certo.

Ouço do banheiro meu telefone tocando com a chegada de várias mensagens e vou ver quem é. Só podia ser Catarina, já que dez mensagens chegaram de uma vez só perguntando se eu estava acordada e mais vários emojis. Respondo dizendo que sim e no mesmo segundo ela me faz uma chamada de vídeo.

— Bom dia, flor do dia! — Catarina diz, animada, do outro lado da linha.

— Bom dia.

— Anotou a placa?

— O quê? — pergunto, confusa.

— Do caminhão que passou por cima de você, tá toda amassada — ela ri com a piada boba e eu reviro os olhos, já que não sou uma pessoa matutina, mas depois rio também.

Acho que me desacostumei com a animação matinal de Catarina, ela costumava me acordar sempre com alguma novidade, uma música alta animada ou sua risada quando se lembrava de algo engraçado e aleatório logo cedo. Me lembro de um dia em que ela me acordou entusiasmada contando que Shawn Mendes havia terminado com a Camila Cabello e ela ainda tinha chances com ele. Fiquei olhando para ela sem entender de onde ela tirava aquelas ideias. Só Catarina mesmo... Lembrar disso me faz rir.

— Nossa, que desânimo é esse? Hoje é sábado, mulher! — ela fala.

— Calma, acabei de acordar. Você sabe como sou de manhã. E eu que pergunto, que ânimo é esse? Posso saber?

— É, sei bem — ela ri. — É que tenho uma super novidade! Preparada?

— Preciso me preocupar? — ela revira os olhos, mas dou de ombros, pois espero qualquer coisa vindo dela.

— Daqui duas semanas espero sua carona no aeroporto. Passagens compradas!

— É sério?! — digo, entusiasmada.

— Seríssimo! Eu disse que ia te visitar. Você está melhor, não é? Quero você inteira para nos divertirmos muito!

— Já estou bem! Amei a notícia!

Conversamos sobre coisas aleatórias do dia a dia e ela também me conta algumas fofocas do nosso antigo bairro. Nós duas trocamos mensagens quase todos os dias e conversamos por vídeo constantemente. Sinto saudades dela, mas a tecnologia ameniza isso de certa forma. Após mais um tempo de conversa, minha amiga pergunta:

— Alguma notícia sobre o vizinho gostoso?

Solto um riso desanimado.

— Não, está sumido.

— Por que você não joga alguma coisa por cima do muro e diz que caiu lá sem querer? Se eu fosse você, jogaria aquela calcinha de renda preta e branca linda que você tem, sabe qual? Seria um item perfeito.

— Ah, sim, com certeza — digo, com tom de ironia — E como eu vou explicar para ele? Minha calcinha tem asas e voou para o seu quintal?

— Ai, Oli, você não vai precisar explicar nada, porque quando ele colocar os olhos naquela calcinha, vai querer te agarrar e você só tem que aproveitar a oportunidade — ela pisca para mim, como se seu raciocínio fosse óbvio. Eu caio na gargalhada. Como ela consegue pensar numa coisa dessas? O cérebro de Catarina funciona de um jeito inexplicável para mim, não consigo acompanhar suas ideias.

Passamos mais alguns minutos conversando, falando besteira e depois nos despedimos. Saio do quarto para preparar alguma coisa para comer e depois aproveito para assistir a um filme novo que lançou na Netflix.

Cansada de olhar para a tela da TV, pego meu livro favorito para ler, *Todas as suas imperfeições*, da Colleen Hoover. Como está fresco hoje, vou para a área externa de casa e me acomodo na poltrona perto da piscina, à sombra, debaixo do guarda sol gigante. Olho para a capa do livro que já li incontáveis vezes e o viro de lado, observando a quantidade absurda de marcadores e post-its contidos naquelas páginas, fora as anotações e as partes sublinhadas dentro do livro. Suspiro. Ele é tão precioso. Eu o amei tanto que compus uma música no ukulele sobre a história na primeira vez que o li.

Depois de me desligar do mundo, absorvida pelo amor de Graham e Quinn, secando algumas lágrimas hora ou outra, fecho o livro e alcanço o celular para checar as horas. Vejo que já são onze da manhã e dou um pulo da poltrona. Preciso chegar ao hospital em meia hora para tirar os pontos da testa, quase me esqueci disso. Corro e vou ao banheiro tomar uma ducha, mas antes fico olhando o curativo colado na minha testa, me perguntando se vou ficar com uma cicatriz feia. Por que eu não ouvi minha mãe e fiquei em casa? Solto um gemido de arrependimento.

Surpreendentemente, consigo chegar ao hospital com cinco minutos de antecedência. Assim que passo pelas portas e viro no primeiro corredor, meu coração dispara ao ver Theo com seu violão nas costas caminhando a alguns metros de distância. Paro no mesmo instante, me certifico de que não há nenhuma placa de limpeza que eu possa derrubar e, em silêncio, o observo se afastar. Sinto vontade de segui-lo, mas confiro o horário no meu celular e vejo que estou ficando atrasada. Sigo caminhando, pensando que após a consulta vou dar uma voltinha pelos corredores do hospital.

— Olívia — a secretária chama meu nome e me levanto da poltrona de espera. — Pode entrar no consultório três.

Bato na porta e o médico diz que posso entrar.

— Ora, ora! Olha quem apareceu!

— Tio Saulo! — respondo com um grande sorriso ao passar pela porta. — Não sabia que tinha voltado das férias! Como foi na Austrália? Incrível? Finalmente encontrou alguma mulher que roubou seu coração?

Tio Saulo é cirurgião plástico e muito amigo dos meus pais há anos, muito antes de eu nascer, por isso ele é meu padrinho de batismo e o chamo de tio. Sempre esteve presente em todos os momentos da nossa família e da minha vida também. Ele é a alegria das festas, a pessoa mais amigável que conheço. Meu padrinho também é muito bonito, as mulheres costumam virar o pescoço quando ele passa, mas sempre foi bastante na dele. Minha mãe diz que ele namorou muitos anos com uma mulher que partiu seu coração e depois disso ele nunca mais teve nada sério com ninguém.

— Foi incrível, sim. Encontrei algumas, mas nenhuma conseguiu esse feito. Depois tenho uns presentes para te entregar. E como está minha afilhada favorita? — ele diz, me dando um abraço apertado.

— Sou sua única afilhada — reviro os olhos, rindo, e dou um tapinha leve em seu braço. — Quero saber de tudo depois. Estou bem, tirando esse corte na minha testa. Ainda não tive coragem de olhar, minha mãe que estava limpando.

Meu padrinho estreita os olhos na direção do meu curativo.

— Sua mãe me contou o que aconteceu. Vamos dar uma olhada nisso. Sente ali.

Me sento na maca e, depois de lavar as mãos, ele retira o curativo da minha testa. Tio Saulo dá um grunhido e arregala os olhos para mim.

— Que merda.

— O quê? — grito, assustada.

— Relaxa, estou te sacaneando — ele ri. — Os pontos foram perfeitos, fez uma ótima cicatrização. Daqui um tempo nem vai aparecer.

— Tio, você não pode me assustar desse jeito — bufo.

Ele dá risada, me entregando um espelho onde vejo a pequena cicatriz rosada na minha testa. Ele estava certo, é realmente pequena. Ele me prescreveu o que passar no local e depois ficamos uns minutos conversando sobre as férias dele até a secretária avisar que a sala de espera estava lotada.

— Até logo, Dr. Soretto! — brinco ao me despedir.

Passo pela sala de espera e vou em direção à ala de oncologia das crianças, onde Theo provavelmente está, pois, graças à minha mãe, sei que o trabalho voluntário acontece lá, o que me poupa tempo. Como passei bons minutos no consultório conversando com meu tio, receio que Theo já possa ter ido embora.

Quando estou chegando perto do corredor da ala de destino, consigo ouvir música e meu coração dá um salto. Caminho mais rápido e logo paro na porta, me apoiando no batente. Theo está de perfil a alguns metros de distância, ele não consegue me reparar por estar concentrado na música e nas crianças, mas eu o vejo perfeitamente. Vejo seu cabelo castanho, ondulado e levemente bagunçado, vejo seus olhos igualmente castanhos e com um toque de tristeza, que sempre está ali, reparo na sua barba por fazer e no seu corpo definido. Me concentro na melodia que ele faz soar no violão e nas letras da música que saem de seus lábios.

Fico encostada na porta, completamente hipnotizada por ele, durante três músicas inteiras, até alguém parar do meu lado e me fazer voltar para a Terra. Quando viro a cabeça, reconheço a garota de uniforme olhando na direção de Theo, a mesma que causou toda aquela confusão uma semana atrás.

— Ele é bom, não é? — ela sorri.

— É, sim — solto um suspiro baixinho e sorrio.

Ficamos mais uma fração de segundo em silêncio ouvindo Theo, até que ela se vira para mim com um sorriso amigável no rosto.

— Conheço o Theo faz anos, nunca o vi olhar para ninguém como ele olha para você, e apenas presenciei isso por alguns minutos naquele dia. Sei que ele tem o costume de se fechar, mas se você se importa mesmo com ele, não desista. — Paula dá uma piscada e com um sorriso enorme no rosto ela dá um passo para trás. — Foi bom falar com você, Olívia, agora preciso checar um paciente. — E assim como da última vez, ela some pelos corredores do hospital.

Permaneço olhando em direção ao caminho tomado por Paula quando percebo que Theo parou de tocar. Ele segura o violão e olha para as crianças. São cerca de dez crianças sentadas em um meio círculo, admiradas com Theo. Algumas estão mais debilitadas que outras, mas todas possuem um brilho no olhar e um sorriso no rosto por causa dele, isso é perceptível. É uma imagem que faz minha garganta se apertar e meus olhos encherem de água.

— Sabe, vocês não estão sozinhos nisso, sempre tem alguém que se importa de verdade, e vou contar um segredo: o mundo fica muito mais bonito com esses sorrisos — ele diz, olhando com carinho para cada uma das crianças sorridentes.

Como não me apaixonar por ele? É isso mesmo, me apaixonar. Acho que é isso que estou sentindo, pois se não for isso, como explicar o fato de que penso nele mil vezes por dia e como apenas o seu olhar ou o som de sua voz me afeta tanto? E ainda tem essa cena que acabei de presenciar.

Theo começa a dedilhar uma música que reconheço logo nas primeiras notas, *Hey, Jude*, dos Beatles, uma das minhas bandas favoritas. Ela foi escrita por Paul McCartney para confortar Julian, filho de John Lennon, na época do divórcio de seus pais. É uma letra encorajadora, que apresenta otimismo e conforto para superar as dificuldades.

Nas primeiras palavras sinto uma lágrima escorrer pela minha bochecha, e nesse momento Theo olha em minha direção. Seus olhos também estão um pouco marejados, sinto seu olhar se amenizar ao encontrar o meu. Seco minha bochecha e lhe dou um sorriso ligeiramente envergonhado, ele faz um aceno de cabeça em minha direção e esboça um sorriso quase imperceptível.

Foi naquele momento que tive a certeza de que eu me importo e que ele igualmente se importa. É inegável. Com relutância, ele desvia o olhar e se vira para as crianças, afinal, a música é para encorajá-las. No entanto, sinto que Theo também está cantando para si mesmo.

Quando a música termina, as crianças aplaudem e dão gritinhos. Theo abre um sorriso enorme, se levanta e brinca fazendo uma reverência. Sorrio e vou embora, deixando-o curtir aquele momento.

Antes de ir para casa, passo no escritório para pegar uns documentos para adiantar um pouco o trabalho que ficou acumulado. Marco me abraçou e depois deu dois passos para trás, me analisando de cima a baixo e ajeitando meu cabelo que, aparentemente, estava um caos. Quando terminou, disse que eu estava linda e pronta para estrelar em uma comédia romântica. Bem, se nesse filme Theo fosse meu par romântico, eu não iria reclamar.

Depois me despedi e fui direto para casa. O dia passou tão rápido que estou meio zonza, parece que ainda não me recuperei completamente. Abro a porta de casa com dificuldade, segurando minha bolsa num ombro e no outro braço uma pasta grossa que trouxe do escritório. Entro em casa, dou alguns passos e jogo tudo em cima da poltrona vermelha que fica perto da porta. Eu acho que nunca me sentei nela, mas não é que serviu para alguma coisa?

Tomo um banho demorado e lavo bem a testa para remover a marca de cola do curativo. Ponho uma roupa confortável e vou até a cozinha preparar um macarrão com molho vermelho para almoçar. Ponho o prato com a minha comida numa bandeja e vou para a sala de estar assistir a uma série enquanto almoço. Assisto a três episódios da 6ª temporada de *Outlander*, perdendo totalmente a noção do tempo.

Verifico as horas, passa das três da tarde, minha mãe deve chegar daqui algumas horas. Como estacionei meu carro na frente do portão da garagem, preciso tirá-lo de lá para quando ela chegar. Procuro a chave do carro na mesa, dentro da minha bolsa, pelo meu quarto e até dentro da geladeira. Abro a porta e olho para fora, analisando o caminho por onde passei. No mesmo instante, tenho um estalo. Eu tirei a chave da ignição? Arregalo os olhos. Puta merda! Quando me dou conta de que ela ainda está lá, desço os degraus correndo e quase caio de cara no chão. Por sorte as portas não trancaram com a chave dentro. Minha nossa, onde estou com a cabeça hoje? Bom, está empiricamente comprovado que moro num bairro seguro, penso e rio de nervoso.

No final das contas, nem foi preciso tirar o carro da frente da garagem, pois minha mãe ficou em casa apenas algumas horas e voltou para o hospital para uma operação aparentemente complicada e de última hora. Foi o tempo de tomar banho, comer e cochilar. Essa rotina dela é exaustiva, no entanto, ela parece amar a agitação.

O resto da tarde foi bastante produtivo, consegui trabalhar um pouco e adiantar algumas coisas para a próxima semana, o que me deixou mais tranquila.

Agora, me jogo na cama, prestes a ler um livro, quando ouço barulhos vindo do lado de fora. Curiosa, me levanto da cama e vou em direção à porta da varanda, de onde vejo Theo dando vários socos e chutes num saco de pancadas pendurado no teto da área externa de sua casa. Ele está usando apenas uma bermuda cinza, e consigo ver o elástico da sua cueca preta. Seu peitoral e abdômen estão completamente à mostra e seu corpo inteiro está brilhando por causa do suor. Seria uma visão perfeita, se não fosse pela clara frustração e exaustão em seu rosto. Meu coração dói ao vê-lo assim.

Permaneço observando-o atentamente, cada golpe naquele pobre saco parece liberar um pouco de sua dor. Em certo momento, ele desfere vários golpes seguidos e então para, ofegante, apoiando as mãos nas coxas e respirando profundamente por um tempo. Finalmente, Theo solta um suspiro pesado, endireita a postura e se vira para pegar uma garrafa de água na bancada. Antes que ele me veja ali, entro rapidamente no meu quarto e me sento na cama, com o coração batendo forte.

Pouco mais de uma hora se passa, estou deitada na minha cama, ainda pensando em Theo e todo o seu drama. Sinto vontade de correr até ele, abraçá-lo, beijá-lo e dizer que eu me importo. Isso mesmo, eu me importo. Queria falar para ele parar de me afastar, parar com esses altos e baixos. Não posso mais vê-lo assim, não quero mais ficar longe dele, preciso fazer alguma coisa.

Vou novamente para a varanda e vejo que a luz de seu quarto está acesa, o que significa que ele está lá. Sem pensar, pego meu violão e passo pela porta da varanda. Me lembro da música triste que ele estava tocando naquela noite, antes da composição para a mãe. Fico pensando na letra de *Arcade*, cantando apenas a parte que quero que ele ouça. Sento na cadeira e começo a dedilhar uma introdução antes de tocar a ponte da música.

> *I don't need your games, game over*
> *Get me off this rollercoaster[5].*

Canto somente isso, quase como se fosse uma súplica: chega de jogos, de me afastar e de se segurar tanto quando está comigo. Continuo com mais um pouco de dedilhado até finalizar a música.

Sei que ele está em seu quarto e que pode me ouvir, pois é o único cômodo da casa que tem a luz acesa. Olho para a porta de sua varanda na expectativa de que ela se abra, porém ela nem se move.

Espero mais um pouco...

Nada.

---

[5] Eu não preciso dos seus jogos, fim de jogo / Me tire dessa montanha-russa.

Então, me lembro do que conversamos na piscina da casa dele na primeira vez que nos conhecemos e no seu discurso para as crianças hoje no hospital. Assim, dedilho outra música, *Hey, Jude*, a mesma que ele tocou hoje mais cedo e que parecia ter tanto significado para ele.

Quando termino, eu grito para que ele tenha certeza de uma coisa:

— Eu me importo, Theo! — digo e espero uma resposta.

Mas nada acontece, me sinto uma idiota parada aqui. Para completar essa cena patética, só falta um barulho de grilo para demonstrar o silêncio que recebi depois de abrir meu coração.

No momento em que desisto e me viro para entrar no quarto, ouço a porta da varanda dele se abrindo lentamente, o que me faz prender a respiração. Meu coração martela tão forte no peito que Theo pode ser capaz de escutá-lo há metros de distância. Ele passa pela porta com os olhos fixos em mim, caminhando lentamente até apoiar as mãos no parapeito de madeira escura. Nós nos entreolhamos em silêncio por um bom tempo. O que me surpreende é que mesmo de longe consigo perceber que ele derrubou parte do muro que o rodeava.

CAPÍTULO VINTE E UM

Theo

Apoiado no parapeito da minha varanda, enquanto fito Olívia com a maior intensidade que posso, várias coisas se passam pela minha cabeça. Penso no conselho da minha mãe para viver o presente e aproveitar minha vida, também sobre essa garota parada metros de distância à minha frente e em como ela se tornou tão importante para mim.

Minha garganta quase se fecha, meu coração está disparado, ela não faz ideia do quanto eu me importo.

Caramba, se ela soubesse...

Fico tão imerso no seu olhar que perco a noção do tempo. Seus olhos brilham, ela parece enxergar a minha alma, e eu simplesmente deixo, pois não sei como ela é capaz de fazer isso comigo. Ela torna o peso do mundo, que carrego em minhas costas há tanto tempo, parecer leve.

Eu não aguento mais um segundo longe dela, então meneio a cabeça como um sinal e passo apressadamente pela porta, no mesmo momento que ela sai pela sua. Desço a escada pulando dois degraus de cada vez, acho que nunca desci com tanta rapidez. Estou com tanta pressa que sequer me lembro de calçar os chinelos.

Estou na esquina da minha casa e vejo Olívia na outra ponta, no final da alameda. Paramos por uma fração de segundos ao nos avistarmos, até que corremos um em direção ao outro.

Nós nos encontramos no meio do caminho. Agora apenas centímetros de distância nos separam, e não conseguimos dizer uma palavra. Estamos ofegantes, o desejo ao nosso redor é palpável. Nada no mundo parece ser capaz de nos deter nesse momento. Então, nossas bocas colidem como se fossem imãs feitos com o material mais poderoso do mundo, gerando uma atração magnética que nunca mais poderá ser separada. Puxo Olívia contra meu corpo e ela faz o mesmo. Esquecemos do mundo ao nosso redor, há somente eu e ela, nada mais. Agarro sua cintura, enquanto ela segura minha nuca com entusiasmo. Passo a mão pelo seu ombro, subo pela nuca até chegar em seu cabelo, onde seguro com intensidade e delicadeza ao mesmo tempo.

Ela suspira e eu sorrio, eu suspiro e ela sorri.

Não conseguimos nos afastar, um parece ser o oxigênio do outro.

De repente, um trovão ressoa alto no céu e uma chuva leve começa a cair sobre nós, o que nos faz despertar daquele transe louco. Ainda de olhos fechados e ofegantes, encosto a testa na dela, segurando seu rosto com delicadeza, pensando em como consegui ficar tanto tempo longe.

Me afasto um pouco e olho para ela, sorrindo.

— Oi.

— Oi — ela responde, com um sorriso doce.

— Acho que esse deveria ter sido nosso primeiro beijo — comento.

— Hum, acho que não, seria muito clichê — ela diz, com um ar brincalhão, nos fazendo rir.

Nós nos encaramos em silêncio por mais um momento, o que virou um hábito entre nós, se perder na intensidade do olhar um do outro, poucas palavras, mas tanto significado. Nada disso parece real.

Afasto uma mecha de cabelo molhado que está grudada em sua bochecha e ela sorri.

Estou sorrindo de orelha a orelha, igual a um bobo.

Ela faz isso comigo.

— Jogo das perguntas. Se um cara idiota te mandasse ir embora do hospital, depois de você ter feito tudo por ele, e então ele ficasse dias sumido e um tempo depois te pedisse desculpas e dissesse que foi a maior estupidez que ele já fez na vida, você o perdoaria?

Novamente, ela ri. Parece que essas são as únicas coisas que conseguimos fazer no momento: rir e sorrir.

— Essa foi a pergunta mais longa já feita na história desse jogo. Além de muito específica. Acho que não é assim que se joga. — Olívia para por uns segundos e morde o lábio inferior. — Mas a resposta é sim, perdoaria.

Eu a abraço forte e sussurro em seu ouvido:

— Eu também me importo, Olívia.

Ela me aperta mais.

— Eu sei — sussurra de volta.

É somente isso que preciso para constatar que estou perdidamente apaixcnado por essa garota, que tem o olhar mais suave e a voz mais doce que já vi e ouvi na vida, e farei de tudo para deixá-la de fora de todas as merdas da minha vida, porque ela só merece o melhor.

A chuva começa a cair mais forte, um novo trovão ressoa, fazendo Olívia apertar meu braço.

— Corra! — digo e pego sua mão.

Nós dois corremos de mãos dadas em direção à minha casa para nos abrigarmos da chuva. Abro o portão com pressa e a puxo para dentro. Estamos encharcados, nossas roupas e cabelos pingam, quase formando poças no chão da cozinha.

Entramos em casa rindo da cena.

— Vou pegar toalhas, já volto.

Quando me viro para buscá-las, Olívia me segura pelo braço e me puxa para ela. Estamos frente a frente, porém, enquanto ainda não encosto a boca na dela, parecem quilômetros de distância. Sinto meu coração pulsando forte de desejo. Aproximo meus lábios mais perto dos dela, sua respiração faz cócegas na minha boca.

Dessa vez ela segura meu rosto e toma a frente. Agora o beijo é lento e demorado, saboreamos com calma cada segundo. Seu cheiro é irresistível, seu toque me faz delirar. Aos poucos, o ritmo do beijo vai aumentando e quando menos percebo, pego Olívia pelas coxas e ela entrelaça as pernas na minha cintura. Vou caminhando lentamente até colocá-la em cima da bancada de mármore da cozinha. Apenas descolamos as nossas bocas no momento em que Olívia tira minha camisa.

Quanto mais nos beijamos, mais a vontade parece crescer.

E quando estou prestes a tirar sua blusa encharcada...

Au, au!

Porra, Paçoca...

Paramos o beijo, mas permanecemos de olhos fechados. Suspiro forte, tentando conter a frustração. Acho que Olívia percebe, pois solta um risinho.

Ela se ajeita e desce da bancada.

— Oi, Paçoca! Que saudade eu estava de você, rapaz.

Me viro para eles e a vejo sentada no chão com Paçoca lambendo seu rosto, o mesmo que eu estava devorando segundos atrás.

Dessa vez, seguro o suspiro de frustração, pois olho os dois interagindo no chão e sorrio. Acho que essa é a minha cena preferida.

Depois de observá-los por alguns instantes, me junto a eles.

— Como está a testa? — pergunto, passando o dedo de leve por cima da pequena cicatriz.

— Melhor, tirei os pontos hoje, por isso estava no hospital. Meu padrinho disse que vai ficar quase imperceptível.

— Seu padrinho? — pergunto.

— É, ele é cirurgião plástico, trabalha lá.

— Entendi, ele fez um ótimo trabalho. Apesar de que, com marca ou sem marca, não faria diferença, porque você até que é uma gracinha — brinco, fazendo ela rir.

O som da sua risada é o meu novo som favorito.

Continuamos sentados no chão da cozinha com Paçoca, e em determinado momento, meu estômago ronca.

— Está com fome? — me pergunta, rindo.

— Como adivinhou? — sorrio e me levanto do chão, estendendo a mão para ela. — Vou fazer algo para nós.

Antes de tudo, subo para o segundo andar, troco minhas roupas molhadas e pego uma toalha e uma muda de roupas secas para Olívia. Depois desço e abro a geladeira, pego alguns ingredientes para fazer sanduíches, minha especialidade. Pergunto se Olívia gosta dos ingredientes que separei e ela diz que sim.

Enquanto preparo nossa comida, ela vai ao banheiro trocar a roupa e quando volta, caminha pela sala observando as fotos nos porta-retratos.

— Você era uma gracinha quando pequeno.

— Era? Não sou mais?

— Sinto muito, às vezes o tempo não é tão generoso com algumas pessoas — seus lábios se curvam num sorriso travesso.

— Gosto do seu senso de humor.

— Quem disse que eu estava brincando?

Nós rimos.

Quando eu achava que jamais seria capaz de rir de forma genuína novamente, essa garota me provou completamente o contrário. Ela me dá esperança.

Com os sanduíches prontos, pego os pratos e peço para ela me seguir até a área externa. Nos acomodamos na poltrona protegida pelo telhado e comemos, observando a chuva cair, com Paçoca deitado aos nossos pés.

— Então, mais um final de semana sem festa? Deve ser seu recorde. Meus chacras agradecem, acho que eles estão até mais alinhados.

— É — rio e dou de ombros. — E, você? Foi em mais alguma?

Ela apenas balança a cabeça, fixando o olhar na piscina com uma expressão triste e distante. Provavelmente relembrando o que aconteceu na última festa que ocorreu aqui em minha casa.

— Sabe, você não pode deixar de fazer as coisas por ter medo de não conseguir — digo, voltando minha atenção para o meu sanduíche.

Vejo que ela sorri, melancolicamente, ainda olhando a chuva, e então sussurra:

— Nunca deixe o medo de errar impedir que você jogue.

Quase engasgo, já ouvi essa frase.

— Tudo bem? — ela pergunta e balanço a cabeça afirmativamente. — Meu irmão dizia essa frase para mim o tempo todo, depois de eu obrigá-lo a assistir ao filme *A nova Cinderela*. Ele não queria de jeito nenhum, mas no final adorou. Caio nunca admitiu isso em voz alta, mas sempre repetia para mim essa frase que foi dita no filme.

— Nunca assisti ao filme, mas já ouvi essa frase antes.

Continuamos a comer em silêncio. Assim que terminamos, levo os pratos para dentro, coloco uma música e volto a me sentar ao lado dela.

— Você ama música? — pergunta.

— Não só amo, mas sinto que apenas sobrevivo por causa dela.

Olívia assente.

— Sei o que quer dizer — ela me olha de relance e vira para frente, perdida em pensamentos. — Na verdade, acredito que somos todos melodias.

— Me explica melhor? — peço.

Fico em silêncio, deixando-a formular o que vai dizer em seguida, estou curioso para saber o que ela sente sobre música, pois sei que é algo muito especial para ela, assim como é para mim.

— Acredito que todos nós somos melodias contínuas. Algumas vezes, soam mais alegres e rápidas, outras vezes, tranquilas e doces, ou também tristes e lentas. E ao longo da nossa vida, essa melodia vai variando, de acordo com nosso humor, nossas experiências, com momentos de felicidade e também de dor. Algumas pessoas aparecem na vida das outras e trazem sua melodia junto, tocando em harmonia. Algumas vezes as notas não se encaixam e não são tão perfeitas, mas não importa o que aconteça, ela nunca deixa de ser única e bonita. Cada um tem o seu som original. E posso te falar uma coisa? — Ela para e me observa atentamente. — Pelo pouco que já ouvi, eu acho a sua melodia linda, Theo, mesmo que você pareça não achar.

Permaneço em silêncio, com o peito apertado, digerindo tudo o que ela acabou de falar. Acho que nunca escutei nada tão profundo e que tenha me tocado tanto como as palavras que ela acabou de pronunciar.

Sem dúvida alguma, Olívia deu certo senso à minha vida novamente. Eu sentia que vagava por aí, sem rumo e no escuro, como se minha alma estivesse suspensa em algum lugar, desconexa do meu corpo, numa constante melodia triste. No entanto, com ela por perto me sinto inteiro novamente, apesar de ainda tão quebrado.

Fixo o olhar no dela.

— Você é minha melodia favorita, Olívia — digo a ela e dou um beijo nos seus lábios, fazendo-a sorrir.

Tudo parece tão simples com ela.

Olívia apareceu de repente e, sem nem perceber, coloriu os meus dias com a sua melodia leve e doce. Então, penso: enquanto ela tocar, sinto que tudo vai ficar bem.

CAPÍTULO VINTE E DOIS

Olívia

Dias se passaram desde aquele momento intenso na chuva que tive com Theo, e estamos nos aproximando cada vez mais. Como não temos muito tempo livre durante o dia, todas as noites nos encontramos na frente da minha casa para passear com Paçoca. São momentos simples, mas que me fazem sentir completa, feliz e em casa. Acho que é isso, ele faz com que eu me sinta em casa, é uma sensação muito boa.

A cada passeio, eu percebia que quase todos os tijolos do muro que ele construiu ao seu redor não estavam mais ali. Também não via mais aquela batalha constante sendo travada dentro dele. Desde a primeira vez que o conheci, ele parece genuinamente feliz. Acredito que faço bem a ele, assim como ele faz a mim, é algo meio inexplicável.

— Olívia? Tá aí? — Theo pergunta.

— An? O quê? — Acordo dos meus devaneios sobre ele mesmo. Caramba, eu estou pensando sobre ele enquanto estou com ele. Qual é o meu problema?

— Acho que você estava em outro planeta — ele ri. — Perguntei se quer ir comigo amanhã ao hospital para o voluntariado.

— Ah, eu quero, sim. Tinha um tempo que eu queria ir. Obrigada pelo convite.

Ele se vira e olha para Paçoca, que está correndo pela pracinha junto com outros cachorros.

— Paçoca! Aqui! — ele assobia e depois vira para mim. — Ele acha que é independente e dono do mundo, se eu não o chamar, vai longe.

Nós dois sorrimos, enquanto Paçoca voltava correndo em nossa direção, com a língua toda para fora.

— Acho que já deu por hoje, não é, cara? Você tá acabado — Theo fala com Paçoca, que entende o recado e sai caminhando em direção à sua casa. A interação dos dois é incrível de se ver.

Theo pega minha mão enquanto caminhamos de volta. Ele fez isso na primeira vez que viemos passear com Paçoca e agora virou costume. Para falar a verdade, eu nunca gostei muito de andar de mãos dadas com nenhum cara, sempre pareceu muito forçado, mas com Theo é diferente, parece certo. Toda vez que ele segura minha mão, me toca ou me beija, sinto um friozinho na barriga e meu coração dá piruetas, me sinto uma adolescente bobinha outra vez.

— Tenho que chegar ao hospital às 10h. Passo aqui para te buscar uns minutos antes, tudo bem?

— Combinado — respondo.

Num piscar de olhos, chegamos à pracinha da minha casa.

— Pronto, entregue — Theo diz.

— Obrigada. Até amanhã — sorrio e solto sua mão.

Faço um carinho de despedida em Paçoca e me viro em direção ao meu portão.

— Ei, nã nã não! — Theo diz, me puxando para ele. — Acha que vou te deixar ir embora assim?

— Ah, não vai? — o provoco.

Eu o observo com um sorriso travesso no rosto. Noto seus olhos mais alegres, sua feição mais descansada e suave. Nesse momento, ele me puxa para mais perto, e mais perto, até que não haja quase nenhum espaço entre nós, pois sabemos que distância não combina conosco.

Então, ele me beija, bem devagar, é quase uma tortura. Não, na verdade, é um sonho.

Tento gravar tudo o que está acontecendo, o gosto de menta de Theo, o seu cheiro, o misto da forma doce e máscula como me beija, com os lábios que passei a conhecer tão bem. Sinto a brisa do vento de verão no meu rosto e o cheiro das flores das árvores da alameda. Parece tudo fruto da minha imaginação, nem consigo acreditar. Estou me apaixonando perdidamente, algo que nunca aconteceu antes.

Solto um suspiro, o que faz Theo sorrir.

— É, você faz o mesmo comigo — ele comenta, parecendo ler meus pensamentos.

Chegamos exatamente às 10h ao hospital, como combinado. Theo pega minha mão, me guiando até a ala de oncologia infantil, onde faz o trabalho voluntário. Ele cumprimenta vários funcionários e outras pessoas pelo caminho, o que me faz refletir o quanto ele frequenta este local, e não só pelo voluntariado.

Me sinto inquieta, nunca fiz um trabalho voluntário desse tipo, com crianças ou com música, e acho que Theo percebe.

— Fique tranquila, você vai gostar. Prometo — fala, apertando minha mão e sorrindo.

Sem dúvidas esse sorriso tem o poder de me tranquilizar, pois é o que acontece.

Chegamos a uma sala ampla e iluminada, repleta de brinquedos, cadeiras baixas e mesas coloridas. Cerca de dez crianças de diferentes idades estão presentes e ficam animadas quando Theo entra pela porta. Elas gostam mesmo dele. Mas quem não gostaria, certo?

Algumas crianças perguntam quem sou eu e Theo me apresenta, dizendo que vou cantar e tocar com ele hoje. As crianças estão em êxtase esperando pelas músicas.

Nós nos sentamos um ao lado do outro e começamos com a música *Aquarela*, de Toquinho. A criançada não desgruda os olhos da gente, cantam junto conosco, batem palmas, e algumas menos tímidas se levantam para dançar.

Tocamos cerca de quarenta minutos. Depois eles me pedem para ler uma história, coisa que faço com prazer. Peço para Theo ser o lobo mau e ele entra de cabeça no papel, divertindo a todos com sua interpretação.

— Vamos lá, crianças! Hora de se despedir do Theo e da Olívia — diz uma funcionária.

Todas elas nos agradecem, algumas vêm nos cumprimentar e abraçar. Enquanto todos estão se dispersando, uma garotinha pequenina e magra, com um pano rosa na cabeça, vem caminhando com um sorriso enorme em nossa direção. Percebi que a todo momento em que eu cantava e lia a história, ela não tirava os olhos grandes e brilhantes de mim, além de sorrir sempre.

— Theo, você não contou que tinha uma namorada — ela diz e depois se vira para mim. — Você é muito linda e talentosa. Quando eu crescer, quero ser como você — ela envolve seus bracinhos magros e frágeis nas minhas pernas, num abraço apertado.

Sentindo um nó na minha garganta, retribuo o abraço. Penso em como não é justo uma menina tão pequena e doce precisar ser uma guerreira todos os dias, lutando contra essa maldita doença.

Theo percebe meu abalo momentâneo e acaricia minhas costas. Respiro fundo, me contendo, e me agacho para ficar na sua altura.

— Qual o seu nome? — pergunto.

— Meu nome é Maria, tenho 6 anos, amo rosa e tenho um cachorrinho preto chamado Tito. — Ela toca o paninho na cabeça: — Ah, meu cabelo era loiro e liso, mas mamãe diz que não é para eu falar essas coisas, porque algumas pessoas ficam desconfortáveis.

Sorrio com a sua grande e sincera resposta.

— Maria, vou te contar um segredo... — Ela arregala os olhos de excitação e chega mais perto. — Eu consigo ver um pouquinho o futuro.

— Uau — ela sussurra, incrédula, e de canto de olho vejo Theo sorrindo.

— Sabe o que eu vejo? — faço uma pausa dramática e ela balança a cabeça. — Vejo que você vai ser muito mais talentosa que eu.

— Oh! Verdade? E vou ser linda também?

— Ah, isso não — respondo e ela faz uma carinha triste, por isso, logo me adianto. — Você não vai ser linda, porque você já é linda.

Ela me puxa para outro abraço, sorrindo de orelha a orelha, seus olhos grandes brilham ainda mais. Ela é adorável.

— Você vai voltar para cantar de novo, não é, Olívia? — ela pergunta.

Olho para Theo, que sorri e dá de ombros.

— Vou, sim, prometo.

Damos os últimos acenos e caminhamos para fora da sala.

— Gostou? — pergunta.

— Se gostei? Eu amei! Aquelas crianças são incríveis. Obrigada por me trazer — respondo, animada. Em agradecimento, lhe dou um beijo no canto da boca, como ele costuma fazer comigo.

Ele sorri, satisfeito com a minha resposta.

Após uns instantes, ele para no corredor, me fazendo parar de caminhar também.

— O que foi? — questiono.

— É que... eu preciso passar para ver a minha mãe. Será rápido, prometo. Então, é, se você quiser, an, vir junto comigo, acho que... que ela gostaria de te conhecer, mas, bom, não sei, se você não quiser, tudo bem, claro, é só me esperar um pouco... an... — ele fala de uma vez só, sem pausar para tomar ar.

Ele fita o chão e um rubor invade seu rosto, coisa que nunca vi antes, pois sempre é tão confiante quando fala. Esse seu gesto me deixa ainda mais encantada.

— Uau, essa frase foi enorme e confusa — brinco, porque não posso perder a oportunidade. — Theo, tá tudo bem. — Mordo o lábio para segurar o riso, pois ele encabulado é uma gracinha. — Se você quiser, é claro que vou com você, eu também gostaria de conhecê-la.

Passamos por alguns corredores até chegar ao quarto da mãe de Theo. O hospital não está tão cheio como de costume, mas a correria é sempre a mesma.

Sinto certa ansiedade por estar indo conhecer a mãe dele, a mulher de quem ele tanto se orgulha e por quem tem um amor incondicional. Penso nas condições em que vamos nos encontrar. Ai, será que ela vai gostar de mim? Foco no caminho, tentando dispersar a insegurança.

— Oi, mãe! Tudo bem hoje? — Theo diz, passando pela porta. — Trouxe alguém para te conhecer.

— Theo! Por que não me disse que ia trazer visita, eu teria me arrumado um pouco.

Passo pela porta e vejo uma mulher de cabelos castanhos e ondulados, seus olhos são alegres e seu sorriso é parecido com o de Theo, ela também sorri com os olhos, mas a única diferença é que a sua gengiva não aparece como a dele, o que acho tão fofo nele. Theo é praticamente a cópia de sua mãe, exceto talvez por sua altura e seu porte atlético. Mas que idiota sou, como posso comparar isso se ela está doente? Isso é perceptível, pois a sua pele e os seus olhos têm um tom amarelado.

— Mãe, deixa de besteira, você está sempre linda.

Ela balança a cabeça, e ainda sustentando seu sorriso doce, se vira para mim.

— Olá, querida, é um prazer te conhecer. Já ouvi falar bastante de você — ela pisca para mim.

— Mãe... — ele diz, encabulado.

Sorrio e sinto minhas bochechas queimarem um pouco.

— O prazer é meu. E eu também ouvi muitas coisas boas sobre a senhora.

— Senhora, não, por favor. Se não vou me sentir mais velha do que já sou. Só Iara está ótimo.

— Ah, me desculpe, é o costume, por causa do trabalho. Certo, só Iara.

— Cantaram para as crianças hoje? — Iara pergunta.

— Sim, eu nunca tinha vindo antes. Elas são adoráveis — respondo.

— Você já ouviu o Theo cantar? Ele parece um anjo.

— Caramba, estou quase me arrependendo de ter te trazido aqui, estou passando vergonha — Theo sussurra, e todos nós rimos.

Apesar das circunstâncias, o ambiente é leve e confortável. O carinho e o cuidado que Theo tem com sua mãe, e vice-versa, é evidente. A forma terna como se olham e conversam é admirável. Consigo notar que a preocupação que Theo tenta esconder da mãe é em vão, pois é quase tangível.

— Parece um anjo mesmo, Iara — concordo com ela.

— Mãe, você tem que ouvir a Olívia cantar, ela sim parece um anjo — ele diz, me olhando daquele jeito que eu tanto gosto. Fico novamente ruborizada, pois estou na frente da sua mãe.

Eu e Theo nos sentamos na poltrona ao lado da cama e nós três ficamos batendo papo. Iara conta histórias engraçadas sobre Theo e minhas bochechas doem de tanto rir. Theo estava certo quando disse que sua mãe é uma mulher extraordinária. Fico pensando em como seria estar com ela em outra ocasião, pois se nesta situação difícil ela já é maravilhosa, imagine em circunstâncias normais.

Quase meio-dia, Iara diz que está com fome, e Theo vai atrás de alguém para trazer seu almoço. Logo após ele sair do quarto, Iara me observa, com um olhar contemplativo.

— Querida, posso te falar uma coisa? — pergunta.

Sorrio e balanço a cabeça em afirmação.

— Sabe, o Theo já passou por momentos muito difíceis no passado, o que o deixou na escuridão por muito tempo. Mas agora, quando o vejo falar sobre você, ele se ilumina, e quando ele te olha, vejo o brilho em seus olhos novamente, algo que eu não via há anos. — Ela pisca para conter as lágrimas. — Isso deixa meu coração tranquilo. Queria te agradecer por fazer tão bem a ele.

Fico sem fala por alguns instantes, porque, caramba, eu não esperava por essa.

— Desculpe se te deixei sem graça, Olívia. Não consegui me segurar, coisa de mãe.

— Não, Iara, não é isso. Fiquei tocada com o que disse. Você não imagina o quanto o Theo é importante para mim e como me faz bem. Então, acho que sou eu quem deve te agradecer por ter criado um homem tão especial.

Uau, não acredito que estou falando isso para a mãe do cara que estou ficando, a qual acabei de conhecer. Seria estranho se não fosse tão natural como está parecendo.

Nós duas começamos a rir por causa disso, acho que ela leu meus pensamentos.

— Almoço! — anuncia Paula, a enfermeira, ao passar pela porta, seguida de Theo. — Ora, ora — fala, enquanto entrega a bandeja para Iara. — Eu disse que ela apareceria aqui até o final do mês, você me deve um bom dinheiro, tia Iara.

— Nada disso! Você disse até semana passada, Paula — Iara responde.

— Vocês o quê? — incrédulo, Theo pergunta às duas, e eu mordo o lábio inferior para esconder o riso.

— Ai, Theo, por favor, estava na cara que vocês iam ficar juntos e que você iria trazer ela aqui — Paula alega, revirando os olhos para ele.

— Vocês são impagáveis mesmo — Theo balança a cabeça.

As duas dão de ombros.

Iara liga a televisão e está passando um episódio de *Friends*.

— Ah, não, isso de novo? — Paula reclama.

— Tá vendo porque eu não confio nela, mãe? Ela não gosta de *Friends* — Theo fala, e Paula ri.

— Eu sei, filho, mas tenho que gostar dela, já que é minha afilhada — Iara replica.

A dinâmica deles é divertida e leve. É tão perceptível o carinho que cada um tem pelo outro. É muito agradável estar num ambiente desses, ficaria aqui o dia todo na companhia deles.

Um tempo depois, eu e Theo nos despedimos, até porque estávamos mortos de fome.

Passamos pelo corredor próximo ao centro cirúrgico e nos deparamos com minha mãe, que está caminhando desatenta, examinando uns papéis em sua mão.

— Oi, mãe! — chamo sua atenção.

— Oi, filha! Ainda por aqui?

— Sim, chegamos cedo, mas ficamos um tempo conversando com a Iara, mãe do Theo — aponto para ele — Ah, esse é o Theo, mas você já o conhece.

— Oi, Theo. Tudo bem com sua mãe? — ela indaga.

— Oi, Dra. Sandra. Sim, ela está bem, obrigado por perguntar — ele responde, um pouco sem jeito.

Sinto o clima um pouco estranho. Noto a forma como minha mãe fita Theo, de um jeito diferente. Ele tenta desviar o olhar, abaixando a cabeça, claramente desconfortável com o encontro. Que estranho... Talvez seja compaixão pela situação da mãe dele, sei lá. Não dou muita atenção.

Então, finalmente saímos do hospital e vemos a luz do dia.

Me sento no banco do carona e me viro para ele.

— Tudo bem? — o questiono.

— Uhum, tudo. Você?

Balanço a cabeça afirmativamente.

— Desculpa, não foi tão rápido assim. Você tem algo para fazer agora? Tem um restaurante muito bom que quero te levar, topa?

— Topo! Estou morrendo de fome. E eu adorei a manhã. — respondo e minha barriga ronca.

Theo ri, dando partida no carro.

Vamos ao restaurante, ambos com enormes sorrisos no rosto.

CAPÍTULO VINTE E TRÊS

Olívia

Estou sentada na frente do meu notebook terminando uma petição. Olho para o lado e vejo Marco mexendo no celular.

— Marco — o chamo, mas ele não desgruda os olhos da tela. — Marco?

— Hum? — responde, ainda sem me olhar.

Fico curiosa e me debruço um pouco para saber o que está prendendo tanto a sua atenção. Agora entendi, ele está deslizando o indicador freneticamente pelas fotos de caras gostosos no Grindr. Reviro os olhos e tento chamar sua atenção mais uma vez.

— Amanhã uma amiga de fora vai chegar na cidade. E nós três vamos sair — aviso, pois não é uma opção ele não ir.

A última palavra chama a sua atenção.

— Sair? — Marco levanta a cabeça na minha direção. — Aonde? Ah, quem quero enganar? Não importa. Tô dentro, sempre.

Começo a rir.

— Amanhã te dou detalhes.

Ele aquiesce e volta sua atenção para um cara sem camisa na tela do celular com um arco de unicórnio na cabeça e uma gravata borboleta rosa no pescoço. Me estico mais e olho por cima do ombro dele, lendo a biografia:

"Daniel: 28 aninhos, com carinha de 18. Espécie mágica em busca de alguém para me domar. Tá vendo o meu chifrinho de unicórnio? Espere até ver o de baixo... ;)".

Dou um risinho. Esse povo tem muita criatividade mesmo. Me viro para o computador no mesmo instante em que meu celular vibra. Olho para a tela e dou um sorriso bobo. Theo mandou um oi. Logo, abro a conversa.

Eu: Oi! Amanhã minha amiga vai chegar na cidade. Vamos num barzinho. Topa?

Theo: Não posso, é confraternização do pessoal do trabalho e depois vou dormir no hospital. Sexta vocês podem?

Eu: Acho que sim, sem planos. Podemos sair para comer, o que acha?

Theo: Ótimo. Vou levar um amigo.

Eu: Bem pensado. Catarina vai gostar ;)

Theo: Pelo que você já me contou sobre ela, sei exatamente quem vou levar.

Eu: Perfeito! Até amanhã.

Theo: Ah! Sábado, festa aqui em casa. A presença de vocês duas é obrigatória, ok?

Suspiro, fitando a tela do celular na minha mão. Não respondo. Não sei se estou com vontade de festa, não depois do que aconteceu na última, exatamente na casa dele. Mas parece que ele lê minha mente.

Theo: Não se preocupe, confie em mim, ok?

Eu: Ok.

Respondo, um pouco incerta, não querendo me arrepender disso. Deixo o celular de lado e volto para o que estava fazendo.

Ontem fiquei até mais tarde no escritório para hoje sair mais cedo e buscar Catarina no aeroporto.

Caminho em direção ao desembarque quando as portas automáticas se abrem. No mesmo instante, vejo Catarina saindo, e ela também me vê.

— Ah, chegueeei!!! Quem é a melhor amiga do mundooo?! — ela corre na minha direção com um sorriso escancarado, arrastando uma mala rosa-choque de rodinhas atrás dela. E quando digo arrastando, significa que as rodinhas estão literalmente voltadas para o alto e a mala está virada, raspando todo o tecido no chão. Que cena. Catarina modo furacão chegou.

— Que saudade, mana!

Catarina larga a mala e pula em cima de mim, me dando um abraço apertado. Ela ama me fazer passar vergonha, então já me acostumei com isso e acabo entrando na zoeira junto. Assim, estamos como duas malucas no meio do desembarque.

Minha amiga é autêntica e não se importa com o que os outros pensam, tem uma língua afiada e quase nenhum filtro. E o mais importante, ela não faz maldades e nem chateia ninguém. É apenas... Catarina.

— Muita saudade! Como foi o voo? — digo, entre risadas.

— Bem tranquilo. Peguei o número de um gatão que sentou ao meu lado — ela pisca.

Nós duas rimos.

Com ela aqui percebo o quanto sentia falta do seu jeito. Catarina é daquelas pessoas que tem uma luz própria e faz você se sentir brilhando também. Por isso eu amo tanto essa maluca. Nos meus dias mais sombrios, ela me fazia brilhar.

— Uau, amigona! Olha só seu look advogata!

Sorrio e agarro seu braço.

— Vem, vamos para casa. Mais tarde vamos sair.

— Uhul! — ela dá um gritinho animado.

Como senti falta dessa energia.

Mi casa, su casa? Nem precisei falar, minha amiga chega na minha casa se sentindo a própria dona do local. Não é pelo fato de ela já ter vindo aqui uma vez, é apenas seu jeito expansivo de ser, e acho isso ótimo.

Sem cerimônia, ela vai até a cozinha, abre os armários, pega uns pacotes de biscoito, um refrigerante e subimos para o meu quarto.

A primeira coisa que faz é ir até a porta da varanda para espiar.

— E o vizinho gato?

— Não vai poder nos encontrar hoje, mas vamos jantar amanhã. Ele vai levar um amigo para você.

— Já gostei dele! — ela diz, mordendo um biscoito e fazendo uma dancinha feliz com bastante rebolado, animada com o suposto encontro às cegas. Acho que se fosse eu em seu lugar, pelo menos iria pedir uma foto do cara ou fazer mais perguntas, sei lá. Bom, pelo visto, tudo certo para amanhã.

Nós duas nos arrumamos devagar, conversando bastante e já bebendo um pouco de vinho. Afinal, temos muito assunto para colocar em dia.

Estou com um vestido vermelho, com uma pequena fenda na perna esquerda, que Catarina me obrigou a usar, dizendo que era tudo ou nada. Então, sem escolha, foi o tudo mesmo. Acho que estou arrumada demais para um barzinho com karaokê, e ela também, com um vestido preto colado, mas não vou reclamar, porque estamos bem gatas.

Marco nos encontrou na frente do bar, dizendo que todos os caras vão quebrar o pescoço quando passarmos, pois, em suas palavras, estamos deusas.

Nós três estamos sentados bebendo e conversando por mais de uma hora. Já estou meio altinha. Meus amigos parecem se conhecer há anos, se deram bem logo de cara, amo quando isso acontece, sempre gostei de juntar todos os meus amigos. Detesto aquela coisa de panelinha, já que minha cidade está cheia disso.

— Olívia, não olha — Catarina diz, e me viro imediatamente. — Eu disse para não olhar!

— Por que as pessoas falam isso? Nunca dá certo, é claro que qualquer um vai olhar! — respondo, revirando os olhos.

— Vitor — minha amiga diz o nome dele, fazendo cara de nojo. — Só tinha visto ele por foto, mas pessoalmente é ainda pior.

— Vitor? — Marco indaga.

— O cretino do ex dela — ela fala.

— Ah! — ele diz e dá uma olhada rápida. — Ah! Péssimo!

Nós três rimos.

Catarina se vira para mim.

— Olívia… — ela para e abre a boca, como se estivesse tendo uma grande ideia, e isso me deixa um pouco apavorada. — Essa é a oportunidade perfeita para você cantar a música! A música!

— Música? Que música? Tô perdido, alguém pode me ajudar aqui? — Marco pergunta.

— Marco, ela compôs uma música para esse babaca.

— Não foi para ele, foi me inspirando no relacionamento — eu a corrijo.

— Amiga, você tem que cantar! Meu Deus! Vai ser babado! Por favor, você será a Taylor Swift por três minutos. A Taylor, porra! — ela soa animada, muito animada.

— Ela tá certa, Oli! Você tem que fazer isso! Uhul, vai Taylor! — Marco grita, igualmente animado.

— O quê?! Vocês tão loucos? — digo, sem entender nada.

E antes que eu fale mais alguma coisa, eles me empurram na direção do palco, dando palminhas animadas.

E lá vamos nós.

Oh, céus.

Subo as escadas do palco, um músico está no canto sentado num banco alto com seu violão, esperando a próxima pessoa escolher a música que ele deve tocar. No entanto, digo a ele que eu mesma gostaria de tocar e peço o violão emprestado.

— Ainda bem, estava me mijando — ele se levanta, passando o violão para mim, saindo do palco.

Quando percebo, estou no meio do palco com a iluminação direto em mim. Puta merda. Quando foi que concordei com isso mesmo? Ah, espera, eu não concordei!

Normalmente, eu não tenho vergonha de cantar, nem de palco. Mas cantar uma música autoral, inspirada sobre um relacionamento horrível com um indivíduo mais que horrível, e que está bem na sua frente, aí já é outro nível. Pelo menos o álcool deu uma ajudinha.

— Am, boa noite. — Um ruído alto sai da caixa de som e afasto a boca do microfone. Quando o barulho para, eu continuo. — Desculpe por isso. Meu nome é Olívia e essa é uma música autoral, se chama *Me Libertei*. Espero que gostem.

Assim que termino minha fala, vejo Vitor em pé numa mesa alta com seus amigos. Seus olhos escuros estão arregalados, ele deve ter uma breve ideia do que vai acontecer.

Bom, acho que é isso. Inspiro lentamente e início a música:

Hoje tava lembrando

Dos traumas que você me fez passar

Hoje tava feliz pensando

Que nunca mais vou te encontrar

Você era abusivo

Me tratava que nem lixo

Mas quando tinha plateia

Era um príncipe polido

Dava em cima das garotas

Na minha cara

E me culpava

Me abandonava

Eu acordei, me libertei

Das suas garras que me sugavam

Eu aprendi, me defendi

Fiquei mais forte sem ti

Uh, uh, uh, uh, uh, uh, uh, uh, uh.

Hoje tava pensando

Que isso nunca mais vai se repetir

Hoje eu entendi

Que quem me ama não quer me diminuir

Não vou mais me calar

Nem me culpar ou aceitar

E uma coisa eu sei

Tudo o que vai... sempre volta.

Assim que termino, reparo o nervosismo de Vitor, sua boca está tão escancarada que quase bate no chão. Ele entendeu o recado. Todo o pessoal do bar começa a aplaudir e assobiar. Catarina e Marco gritam e aplaudem feito loucos. Me sinto feliz.

Não, me sinto triunfante pra porra!

Desço do palco e passo por Vitor, encarando-o com uma expressão angelical e com um pouco de deboche, afinal, essa sou eu. Ele me olha com escárnio e dá um longo gole na sua bebida.

É muito horrível que eu esteja imaginando que no líquido de seu copo contenha algo venenoso e ele morra em cinco segundos? Bom, foda-se.

Continuo indo em direção aos meus amigos, que me recebem com sorrisos gigantescos e abraços. Instantes depois, Catarina se vira para mim, com um brilho de malícia no olhar, pega sua taça cheia de vinho tinto e caminha em direção à mesa de Vitor.

— Ai. Meu. Deus. — falo, com os olhos arregalados, esperando o que vai acontecer. E vindo de Catarina, qualquer coisa pode acontecer.

E pronto, acontece.

Ela finge tropeçar enquanto passa e espirra vinho tinto nele inteiro. Parece que tudo se passa em câmera lenta. A camisa branca dele está completamente arruinada, seu rosto e seus cabelos pingam líquido vermelho. A cena é impagável, ele está muito, muito puto.

— Opa! Foi mal! — leio os lábios de Catarina, mas sua expressão não tem nada com um pedido de desculpas pelo que ela acabou de fazer. Seus amigos e uma galera do bar estão rindo, enquanto Catá sai andando em direção ao balcão e depois volta para nossa mesa.

— Nossa, como sou desastrada — Catá diz tranquilamente —, mas tá tudo bem, já pedi a taça e coloquei na conta da mesa dele. Tem mais duas taças vindo para vocês também. Ah! Tudo o que vai, sempre volta — ela cantarola, com um sorriso divertido no rosto, dando uma piscadinha.

Eu e Marco olhamos boquiabertos um para o outro, então nós três gargalhamos até chorar.

Que noite, meus amigos!

CAPÍTULO VINTE E QUATRO

Olívia

Faz uns cinco minutos que eu e Catarina chegamos ao restaurante. Apesar de Theo morar perto, viemos em carros separados porque ele precisava passar no hospital antes de vir.

— Olívia! Não olha agora, mas tem dois modelos da Calvin Klein vindo na nossa direção — ela diz, chamando minha atenção. E eu me viro na cadeira. — Eu disse para não olhar!

Reviro os olhos, ela sempre faz isso e eu sempre me viro. Por que as pessoas dizem isso? É lógico que qualquer um vai olhar!

— É o Theo e o amigo — digo.

Uau.

Realmente os dois chamam bastante atenção. Ambos são altos e muito bonitos. Se eu não soubesse, também acreditaria que são modelos da Calvin Klein.

Caramba...

Catarina baba mais um pouco, então se direciona a mim:

— Ah, não o reconheci. Tá, finge desinteresse.

Quando Catarina está muito interessada num cara, ela tem essa mania de fingir desinteresse, ela diz que quando um cara sabe que você está interessada, 75% das vezes ele foge. Ela nunca me disse de onde tirou esse percentual, que claramente é inventado, e eu jamais segui seu conselho. Se estou interessada, não me importo em demonstrar. Nunca tive paciência nem tempo disponível para esses joguinhos.

Assim que me viro novamente, meus olhos encontram os de Theo, e seu rosto se ilumina. Ele me encara como se somente eu estivesse nesse restaurante e ninguém mais.

— Nossa, esse cara te ama — minha amiga sussurra para mim, me fazendo rir.

Apresento Catarina a Theo e ele nos apresenta ao seu amigo, que descubro se chamar Neto.

— É um prazer, vizinho! Soube que amanhã teremos uma festa — Catarina diz a Theo. Depois se vira para o amigo dele: — Oi, você vai amanhã?

Sério, isso é mostrar desinteresse?

— Só se você for — Neto responde, fazendo-a sorrir.

Nossa, esses dois são bem diretos, penso comigo mesma, e Theo parece achar o mesmo, porque olha para mim e ri.

Depois das apresentações, Theo senta ao meu lado e se inclina perto da minha orelha, colocando a mão no meu joelho.

— Você tá linda — ele diz, se afastando devagar e me encarando. — Quer dizer, você é linda.

Isso tudo me deixa arrepiada e sinto um frio na barriga. Se isso fosse num filme, eu talvez reviraria os olhos pensando: que clichê. Mas, bem, não é um filme, então eu gostei.

— Obrigada. Você também.

Ele tem um cheiro gostoso, uma mistura de roupa limpa, perfume amadeirado e Halls, que sempre costuma ter na boca. Seu cabelo está penteado e a franja teimosa está no lugar dessa vez.

Estou com um vestido terracota ombro a ombro. Ele olha meu ombro nu e deposita um beijo nele, ao se afastar, sorri para mim. É uma visão de tirar o fôlego.

Me viro para frente, porque acho que se ficar olhando para Theo, é capaz de eu começar a babar. Então observo Catarina e Neto numa conversa animada. O amigo de Theo está com um cotovelo na mesa e o corpo levemente inclinado na direção da minha amiga, que está com um sorriso de orelha a orelha. Realmente, para quem não iria demonstrar interesse, acho que ela está entusiasmada demais. O interesse de um pelo outro naquele momento é latente.

— Então, o que você faz da vida? — Catarina pergunta.

— Sou engenheiro. E você? Modelo? Atriz?

Catarina sorri do comentário.

— Sou psicóloga. Na verdade, já me abordaram várias vezes na rua, mas eu nunca quis seguir essas carreiras. É muita falta de privacidade na vida, e eu não tenho paciência para esse tipo de coisa — ela responde, jogando o cabelo e tentando parecer indiferente, porém sem sucesso.

Oh, mas que mentira!

Ela nunca foi abordada na rua e nunca nem cogitou ser modelo ou atriz.

Seguro o riso.

— Sei bem como é, já fui modelo por quase um mês, também não aguentei a falta de privacidade e os assédios.

Theo solta um riso que estava prendendo e percebo que os dois estão inventando tudo isso.

Tenho a sensação de que eles são perfeitos um para o outro.

— Escolheu bem o par dela — sussurro para Theo, que pisca para mim.

Estamos olhando o cardápio quando Marco e seu acompanhante se juntam a nós. No momento em que eles chegam perto da mesa, percebo que já o vi antes. Mas onde?

Ah!

Me dou conta que ele é o mesmo cara do perfil do aplicativo, o unicórnio. Ele se apresenta como Daniel, mas diz seu nome com a pronúncia em inglês.

— Você não quis dizer Daniel? — Neto pergunta, afirmando o nome dele, em uma clara pronúncia do nosso português.

Todos nós queremos rir, mas não fazemos isso.

Já vi que nessa noite vai ser difícil segurar o riso.

A comida chega depois de um tempo. Cada um pediu um prato diferente. Todos aparentemente deliciosos.

Olho para as ostras que Neto pediu. Ele começa a falar que as ostras são afrodisíacas e algo sobre como as ostras produzem pérolas. Catarina parece fascinada.

— Ele está tentando impressioná-la. Essa palhaçada da ostra ele aprendeu na semana passada vendo Discovery Channel — Theo sussurra, se divertindo.

— Eles estão fofos — digo, rindo.

Observo Catarina tentando espetar com o garfo um tomate cereja que está em seu prato. Ela está numa briga ferrenha com o tomatinho, não consegue pegar de jeito nenhum. Até que o tomate voa do seu prato e cai dentro de um carrinho de bebê que está vazio ao seu lado. Ela olha para os lados e nota que ninguém viu, apenas eu, e faz uma cara de desespero. Então, estica o braço, alcança o tomate e depois se volta para o prato, fingindo que nada aconteceu.

Eu abaixo um pouco a cabeça e mordo as bochechas para não soltar uma gargalhada. Preciso me concentrar bastante. Para isso, procuro engatar numa conversa.

— Daniel, o que você faz da vida? — pergunto, puxando papo com ele.

— Na verdade, um pouco de tudo. Gosto de ter várias possibilidades para me encontrar como pessoa. Mas trabalho numa empresa de vendas.

Ele parece ser uma pessoa bem singular, mas bastante agradável. Seu olhar me passa uma boa impressão.

Eu sempre costumo reparar no olhar das pessoas, acredito que ele diz muito sobre elas.

— E vocês todos se conhecem faz tempo? — Daniel pergunta, gesticulando com o garfo na mão.

— Eu e Catarina moramos juntas na época da faculdade. Theo é meu vizinho. E Marco tem a felicidade diária de trabalhar comigo — respondo.

— Eu e Neto nos conhecemos na faculdade — Theo diz.

— E ele nunca mais quis se afastar de mim — Neto completa.

— Bom, eu tentei — Theo, rebate.

Todos nós rimos.

— Então, Theo. Tenho ouvido falar de você... — Marco fala.

Faço uma cara feia para ele parar. Catarina ri e entra no jogo.

— Ah, eu também ouvi falar do vizinho.

— É mesmo? Me contem mais — Theo diz, se divertindo com a situação.

Eles claramente estão adorando me ver sem graça.

— Não tem nada para contar — digo.

— Certo, nada para contar. Mas se eu fosse você, fecharia as cortinas enquanto estivesse trocando de roupa — Catarina brinca.

— Catarina! — digo, chocada.

Todos dão risada.

— Calma, é brincadeira! — ela responde, com as mãos para o alto.

Ficamos algumas horas conversando e bebendo. As personalidades diferentes ao redor da mesa fizeram uma noite interessante e divertida acontecer.

Depois que pagamos a conta, vejo que Catarina cochicha alguma coisa no ouvido de Neto, seus olhos brilham de excitação. Ela pede licença e sai caminhando sozinha em direção ao banheiro, o que achei um pouco estranho, pois ela sempre me chama para ir junto.

— Acho que estou apaixonado por sua amiga — Neto comenta comigo, antes de pedir licença e ir ao banheiro também.

Ai, não. O que esses dois vão aprontar?

Theo me encara de forma divertida, como se estivesse insinuando saber o que eles vão fazer, o que nos faz rir.

Nós nos levantamos da mesa e aguardamos do lado de fora do restaurante.

Quando a porta do restaurante se abre, vejo a cena dos dois desgrenhados andando em nossa direção. Catarina passa a mão pelos cabelos, tentando ajustá-los, enquanto Neto fecha um botão de sua camisa.

— Típico de Neto — Theo sussurra.

— Típico de Catarina — sussurro de volta.

— Você estava certa, eles formam um ótimo par — ele diz.

Assim que os dois chegam perto, olho para Catarina.

— Amiga, o que aconteceu? Estava começando a me preocupar — pergunto.

Ela sabe que estou sendo sarcástica, então estreita os olhos na minha direção.

— Ela ficou presa no banheiro, tive que ajudar — Neto responde, em defesa de minha amiga.

— Nossa! Deve ter sido desesperador. — Olho para ela e depois para ele. — Ainda bem que você estava lá para ajudar.

Theo dá uma tossidinha para esconder a risada. Acho que nunca consegui segurar tanto o riso quanto fiz hoje, eu mereço um prêmio.

Catarina me encara e de forma inaudível me diz: "você me paga". Eu respondo mandando um beijo à distância para ela, que ri. Não levamos a sério essas situações, algumas vezes nos divertimos às custas uma da outra.

Me despeço de Daniel e depois de Marco.

— Depois me conta se ele é mágico mesmo — digo no ouvido do meu amigo.

— Ah, ele é mágico, sim… — ele pisca para mim e sai andando.

Me despeço de Theo, enquanto Neto e Catarina ficam de lado conversando mais um pouco.

— Preparada para amanhã à noite? — Theo me pergunta sobre a festa.

— Hum, estou? — o respondo com uma pergunta, fazendo ele sorrir.

— Vai ser legal, eu prometo.

— Tudo bem — sorrio de volta e lhe dou um beijo de boa noite, ainda que esteja um pouco ansiosa com a programação.

CAPÍTULO VINTE E CINCO

Olívia

Espio a casa de Theo pela porta da varanda do meu quarto, a música está alta e reparo luzes coloridas refletidas na água da piscina. No entanto, não ouço barulho de pessoas, sequer vejo alguém, além de Neto, que me vê na varanda e acena.

— Podem vir! — diz por cima da música.

— Ok, já vamos! — me viro e olho para Catarina.

— Amiga, tudo bem? — ela fala, vindo até mim e segura minhas mãos, que estão levemente suadas. — Ainda podemos dizer que não vamos.

Ela sabe do meu probleminha com festas e sobre a última que fui, na casa de Theo. Eu mencionei o ocorrido, então ela sabe que estou um pouco apreensiva.

— Não, tudo certo. Já disse que iríamos. Além disso, estamos prontas e gatas!

Minha amiga me fita por uns instantes, conferindo se estou bem, depois sorri enquanto me puxa para a porta.

— Oli, minha amiga, você fica uma gata de rosa — diz, me fazendo sorrir.

Respiro profundamente ao passar pelo portão de Theo. Ele nos guia até a área da piscina. Há luzes coloridas penduradas nas paredes e abaixo do telhado da entrada da casa na parte de trás. Ele montou um pequeno palco, um tablado de madeira, com dois bancos altos, seu violão num suporte de chão e dois microfones apoiados numa caixa de som.

Uau.

Fico um instante admirada com o que ele fez no local.

— Que demais, vizinho! — Catarina afirma e vai caminhando em direção a Neto.

— Onde está todo mundo? — pergunto, parada no mesmo lugar.

— Todo mundo já está aqui.

Olho ao redor, mas ainda não vejo ninguém, apenas nós quatro. Me viro para ele, confusa. Theo sorri e confirma com a cabeça.

— É que eu queria que você se divertisse em uma festa, por isso quis fazer essa surpresa. Bom, depois da última festa aqui... Então pensei que na presença de pessoas que você gosta seria mais confortável. Você gosta da gente, não é? — ele diz de um jeito fofo para amenizar a seriedade do assunto.

Olho de novo ao meu redor, assimilando tudo.

Ele fez mesmo isso tudo para mim?

Me viro para ele, um pouco encabulada e bastante fascinada. Theo me observa em silêncio, ligeiramente apreensivo, provavelmente por não saber se gostei da sua surpresa. Mas, caramba! Tem como não gostar? Ele fez uma festa somente para mim, pois sabe o que estava por trás do meu ataque de pânico em sua última festa. Theo quer que eu me sinta confortável e quer me ajudar a superar meu trauma.

Esse cara existe mesmo?

Suspiro.

— Hum, gosto só um pouquinho de vocês — digo, e ele ri de forma descontraída. — Obrigada, isso é incrível. Eu amei — é tudo o que consigo responder, apesar de querer lhe dizer mil coisas e querer agradecer de mil formas diferentes.

Theo balança a cabeça, contente com a resposta, como se dissesse que não foi nada de mais, mas o que ele fez... Foi simplesmente extraordinário. Meu coração parece estar transbordando nesse momento.

Me aproximo dele e deposito um beijo em seus lábios. Theo coloca suas mãos no meu quadril, me puxando ainda mais perto. Nós dois sorrimos, dentro da nossa própria bolha, onde nada nem ninguém parece estar ao nosso redor. Só eu e ele.

Isso até:

— Ei! Seu quarto fica no segundo andar, cara! — Neto diz e ri, junto com Catarina.

— Ah, é? Tinha me esquecido que ficava lá — Theo responde sarcasticamente o amigo e se volta para mim — Não liga para ele, é uma ótima pessoa, mas às vezes é um idiota.

— Eu ouvi isso! — Neto fala.

— Que bom! — Theo rebate e todos rimos.

Atrás do bar, Neto está fazendo drinks, ele conta que fez um curso livre de preparo de drinks e coquetéis no ano passado, e agora está fazendo mojitos para todos nós.

Realmente, o drink dele é uma delícia, e olha que eu amo mojito, já experimentei vários, e o dele ficou entre os melhores.

Neto tem um ótimo papo e é superdivertido, deixando todos à vontade ao seu redor. Ele é engraçado, falante, mas também consigo ver um lado doce e acolhedor. Dá para entender a razão dos dois serem tão amigos, a energia boa deles é perceptível.

— Ele está diferente hoje — comento.

— Falei para ele parar de ser idiota e agir normalmente — Theo me responde.

Balanço a cabeça e solto um risinho.

Depois de um bom tempo conversando, rindo e bebendo perto do bar, Catarina vira a cabeça em direção ao palco.

— Quem vai se apresentar primeiro? — ela pergunta, mas já vai saltitando em direção ao palco e aponta para Neto. — Vem, Neto, canta comigo!

Neto caminha em sua direção e pergunta o que eles vão cantar.

— Hum, meu sonho é repetir a cena do ano novo de *High School Musical* e cantar *Start Of Something New*. — Ela olha para ele com expectativa.

Seguro o riso enquanto espero pela resposta de Neto. Coitado, ele nem deve saber que filme é esse, pois é da Disney e foi lançado o quê? Há mais de 15 anos?

Neto inspira e fecha os olhos por um instante.

— Prazer, Gabriela, me chamo Troy — Catarina dá pulinhos de alegria e segura a mão dele. — Estava entrando no personagem — explica, dando de ombros.

— Você conhece o filme? — pergunto a ele, levemente impactada.

— Tenho uma irmã mais nova que adora Disney e nunca me deixa tocar no controle remoto.

Está explicado.

Theo se acomoda numa cadeira e me puxa para seu colo para vermos a apresentação dos dois.

Eles se arrumam de uma forma imitando a cena do filme, como se estivessem numa festa e os chamassem para cantar de surpresa. Depois, ambos sobem no palco, pegam os microfones, e Neto liga a música escolhida no karaokê.

Eu me arrependo de não estar filmando, pois foi absolutamente hilário.

Os dois entram nos personagens e continuam cantando como se estivessem de fato no filme.

— Porra, como eles cantam mal — Theo sussurra, em meio às risadas.

Dou uma leve cotovelada em seu braço e grito como uma fã animada, tentando não rir da apresentação. Eles estão muito envolvidos naquilo tudo. Juro, é cômico e terrível ao mesmo tempo.

— Eles foram mesmo feitos um para o outro — digo a Theo, e ele confirma com a cabeça, ainda gargalhando.

Os dois terminam a pior performance que já vi na vida, mesmo assim, eu aplaudo e dou gritinhos animados. Enquanto Theo enxuga lágrimas dos olhos de tanto rir.

Neto aponta o microfone para ele e o desafia:

— Quero ver você fazer melhor.

Theo pega minha mão e me leva ao palco com ele para um dueto.

Me acomodo no banco enquanto ele escolhe a música no karaokê. Depois ele se senta no banco à minha frente e os acordes iniciais da música *Can't Take My Eyes Off You* começa a tocar na caixa de som.

Theo me olha e eu aponto com a cabeça para ele, indicando que ele comece a música.

Ele canta a primeira estrofe, e eu a segunda. Então, no momento do refrão, Theo se levanta abruptamente, empurrando o seu banco para trás, fazendo-o cair no chão num estrondo.

— *I love you, baby*[6]! — ele canta, empolgado, vindo na minha direção. Pega minha mão e me puxa, fazendo com que eu também me levante.

Theo me gira, me puxa e me rodopia enquanto canta. Não consigo cantar, de tanto que rio daquilo. Catarina e Neto gargalham e gritam para a nossa apresentação.

---

[6] Eu te amo, amor!

Quando percebe que estou toda enrolada no fio do meu microfone, Theo começa a me rodopiar para o lado oposto, fazendo com que eu me desenrole do cabo.

Após, ele me coloca de volta no banco, caminha em direção ao dele, caído no chão. Ele o levanta e fica de pé em cima do banco, apontando para mim, cantando o refrão uma última vez.

A situação é totalmente diferente, porém me recordei daquela cena icônica do Patrick cantando nas arquibancadas para a Kat, no filme *10 Coisas que Eu Odeio em Você*. E, logicamente, não consigo deixar de sorrir.

Theo parece mais despreocupado e feliz. Seus olhos também sorriem nesse momento. Poucas vezes isso acontece. Meu coração fica quentinho ao vê-lo desse jeito. Reflito se essa festa teve mais efeitos positivos em mim ou nele.

Theo salta do banco e infelizmente a apresentação chega ao fim.

— Amei! — Catá grita, batendo palmas.

Theo segura minha mão e nós rimos ao fazer uma reverência, agradecendo os aplausos. Solto sua mão e aponto para ele, a estrela da apresentação. Todos nós aplaudimos novamente, rindo bastante.

Neto se dá por vencido.

— Realmente, foi uma baita performance! — ele diz, ainda aplaudindo.

— Foi incrível, mas agora sem karaokê! Vocês são musicistas legítimos, toquem algo de verdade — Catarina diz.

Nós nos sentamos novamente para conceder o pedido de Catarina. Theo se vira e alcança o violão no suporte. Não sei que música vamos cantar, deixo que ele me surpreenda novamente.

Ele começa a dedilhar *Tell Her You Love Her*, da banda Echosmith com o Mat Kearney. Eu não a conhecia, ele me mandou essa música no começo dessa semana, e simplesmente fiquei viciada nela.

Faz um tempo que começamos um novo hábito. Todos os dias, depois de acordarmos, enviamos uma música um para o outro. Uma música que gostamos e achamos que o outro não conhece. Isso porque descobrimos que ambos temos o costume de procurar músicas aleatórias ou novas, muitas vezes desconhecidas.

Agora Theo me encara, esperando pela minha anuência sobre a música escolhida. Sorrio, dando um aceno de cabeça, e começo a cantar a primeira parte da música.

Tell her a story
Tell her the honest truth
You treat her better
Make sure to see it through[7]

Não consigo deixar de sustentar nossos olhares enquanto canto e ele toca. A música sempre parece nos conectar de uma forma inexplicável.

Termino a primeira parte e Theo começa a cantar a segunda. No refrão, nossas vozes se encaixam perfeitamente. Transbordamos sentimentos, tornando aquele momento único e especial enquanto cantamos um para o outro. Estamos completamente hipnotizados pela melodia suave e o olhar um do outro. Eu ficaria presa nessa canção com ele para sempre.

No final, Theo termina a música num dedilhado arrastado.

Continuo sorrindo e o fitando por mais um instante após a música acabar, e ele faz o mesmo.

Percebo que Catarina e Neto estavam nos observando em silêncio somente após ela suspirar.

— Nossa, isso foi tão... fofo — Catarina diz, fazendo um biquinho e com as mãos unidas sob o peito.

— Caramba, não é? — Neto responde.

— Vocês são incríveis! Quero ser madrinha desse casamento.

Balanço a cabeça rindo do comentário aleatório, e todos riem também.

Theo caminha até mim e me abraça pelas costas, dando um beijo na minha bochecha.

— Você vai ser, Catarina, mas talvez demore um tempinho ainda — ele responde.

E eu? Seguro um pouco o sorriso enorme que quer se formar em meu rosto e o fato de estar completamente derretida com seu comentário. Catarina olha para mim e pisca, sabendo exatamente como me sinto.

---

[7] Conte a ela uma história / Conte a ela a verdade honesta / A trate melhor / Certifique-se de ver isso.

— Chega de romance! Nossa vez, cara — Neto diz.

Ele sobe no palco e chama Theo para um dueto. Os dois conversam e rapidamente decidem a música que irão cantar. Logo toca no karaokê a música *Tell me why*, dos Backstreet Boys.

É outra performance memorável. Ambos se agitam no palco, andam de um lado para o outro e cantam com animação. Neto até tira a blusa e a joga em Catarina. Nós duas não conseguimos parar de gargalhar enquanto ficamos na frente do palco dando gritinhos como fãs enlouquecidas.

Quando já estamos todos mais animados, depois de vários drinks, colocamos a lendária *Bohemian Rhapsody* e cantamos a plenos pulmões.

Estou atrás do bar fazendo mais um drink quando minha amiga chega com um enorme sorriso no rosto.

— É tão bom ver você feliz, Oli. Ele te faz bem, e a propósito, está apaixonadíssimo por você.

— Você acha? — a questiono, fracassando ao esconder a animação.

— Está brincando? Amiga, é só reparar no jeito como ele te olha. Como se você fosse a única coisa importante no mundo. E ele é um gato! Bate aqui! — Ela levanta a mão para que eu bata.

Talvez seja mesmo verdade, pois o jeito que Theo me olha é uma das coisas que mais gosto nele.

Sorrimos e olhamos para os dois amigos conversando perto da piscina.

— Falando em gato, e o Neto, hein? Uau. Você já viu a covinha em formato de bundinha que ele tem no queixo? — ela continua: — Falando em bundinha, você já viu a bundinha arrebatada dele?

— Não, só reparei na bundinha arrebitada do Theo, e sério... hum...

Os garotos estão de costas e cada uma admira o seu por um momento, depois nos olhamos, batemos as mãos de novo.

— Mandamos bem. É sério, olha isso. — Ela aponta para Neto de baixo a cima. — Confesso que ele me deixa um pouco tarada.

Reviro os olhos e rio.

— Amiga, você é tarada.

Nós nos olhamos e gargalhamos mais um pouco.

Sim, somos bêbadas felizes.

Caminhamos até perto da piscina, onde os garotos conversam animadamente. Chego ao lado de Theo, ele passa um braço ao meu redor e sorri, me dando um beijo na têmpora.

Catarina fala alguma coisa com Neto, ele ri e finge que vai empurrá-la na piscina.

— Ah, você não ousaria! — ela diz a ele.

— Tem certeza disso? — Neto sorri maliciosamente, dando um passo em direção a ela.

Ela tenta escapar, mas ele a segura pela cintura e a leva até a beirada da piscina. Catarina tenta se desvencilhar em meio às risadas e tenta empurrá-lo, porém os dois acabam caindo na água juntos.

Ambos emergem da água e riem.

— Você me paga, Neto! — minha amiga diz a ele, que apenas ri.

Neto lança um olhar para Theo, que me olha com um sorriso travesso.

— Rá, sem chance! — informo.

Porém, ele me segura e pula junto comigo na água.

— Ah! Theeeeo! — foram as últimas palavras que consegui dizer antes de cair na piscina.

O dia de hoje estava bastante quente, então a essa hora a água pelo menos está morna. Odeio água fria. Você jamais irá me ver tomar um banho frio. Se quer me deixar de mau humor o dia inteirinho, me faça tomar banho frio pela manhã. Não mesmo, não vai acontecer.

Apoio os pés no fundo da piscina e jogo água em Theo.

— Ei! Você disse que estava muito quente hoje — diz.

— Acho que você deve se vingar, Oli — Neto me aconselha.

— Qual é, Adão! — Theo diz.

Eu e Catarina franzimos a testa no mesmo instante.

— Hum, o nome dele é Adão — Theo explica.

— O quê?! — Catarina grita e dá uma gargalhada, e eu não consigo segurar o riso.

— Porra, cara! — Neto exclama, fulminando Theo com os olhos.

— Acho justo a Catarina saber o seu primeiro nome — Theo dá de ombros, não conseguindo conter um risinho, e o seu amigo joga água nele.

— O que a sua mãe tinha contra você para te dar o nome de Adão Neto? — pergunto rindo.

— Parece que você é neto de Adão e Eva — Catarina diz, rindo.

Theo bufa uma risada e Neto lança a ele um olhar de "nem pense nisso". Porém, foi o mesmo que nada.

— Você quer dizer, Adão Pinto Neto — Theo enuncia.

Catarina dá um grito, surpresa com a fala de Theo, e eu solto uma risada alta, junto com Theo. Nós rimos tanto que quase engulo um pouco da água da piscina.

— Ha, ha, ha. Tá bom, já podem parar. Sei que meu nome é uma piada — Neto fala, revirando os olhos.

Catarina seca as lágrimas e pula nos braços dele.

— Olha, pelo lado bom — ela para e pensa. Catarina ama olhar o lado bom das coisas, mas nesse caso eu duvido muito que ela encontre um. — É, acho que não tem um lado bom. — Ela faz uma cara de lamento e Neto choraminga.

— Vai ter volta, Theo — ele promete vingança.

Eu e Theo ainda não conseguimos parar de rir.

— Ah, deixa eles para lá. Vem, Adão, vamos dançar. — Catá dá um beijo no rosto dele. — E me chame de Eva!

Neto fica boquiaberto com o que acabou de ouvir. Ele olha para nós dois, apontando para Catarina.

— Eu tô apaixonado.

— Ah, não, eu que tô apaixonada — ela responde, se jogando no pescoço dele.

Minha barriga dói de tanto rir desses dois. Essa noite se tornou uma sucessão de momentos hilários. Fazia muito tempo que eu não me divertia dessa forma.

Neto sai da piscina, corre até o celular conectado à caixa de som, coloca a música *Minha Pequena Eva* e pula de volta na água. E os dois dançam juntos dentro da piscina.

— Eu não acredito nisso — digo.

— Você consegue imaginar os filhos deles? — Theo faz uma pergunta retórica.

Catarina e Neto formam um casal bem peculiar, é divertido e fofo ver a interação dos dois. Parecem mesmo terem sido feitos um para o outro.

Em meio às risadas, nós quatro dançamos um pouco de axé dentro da água morna.

Decidimos sair da piscina quando nossos dedos ficam completamente enrugados por causa da água.

Neto sai primeiro e puxa Catarina. Os dois entram na casa em busca de toalhas. Decido boiar de barriga para cima e observar as estrelas brilhando no céu por um instante. Theo chega perto de mim e apoia as mãos embaixo do meu corpo, me ajudando a flutuar.

Ficamos em silêncio por alguns minutos, enquanto a música alta toca. Depois de uns instantes, ele me puxa para ele e me beija.

— Está curtindo a noite? — Ele me olha daquele jeito intenso e doce, como se só existisse eu e ele no mundo.

— Muito, acho que nunca me diverti tanto. Obrigada por isso. — Dou um selinho nele.

Ele sorri, satisfeito com a minha resposta.

Finalmente decidimos sair da água. Theo sai primeiro, se apoiando numa das bordas. Ele se senta e tira a camisa.

Uau...

Me dou conta de que nunca havia visto Theo sem camisa de perto. Ele levanta e vira de costas para torcer a camisa, deixando uma enorme cicatriz à mostra. Ela vai do seu ombro esquerdo até mais ou menos perto da costela. Caramba, acho que nunca vi uma cicatriz tão grande.

— Como arranjou isso? — pergunto, apontando para a grande marca em suas costas.

Theo se vira para mim, com uma expressão de dúvida, mas logo entende a que estou me referindo. Ele se retesa de forma quase imperceptível, porém eu noto.

— Ah, isso? — Ele abaixa os olhos e tenta esconder uma expressão de desconforto. — Foi há muito tempo, um acidente.

Ele joga a camisa torcida no ombro e estende a mão para mim.

Pela forma evasiva como ele me responde, entendo que não quer falar sobre o assunto. Percebo que o muro que acreditava estar quase todo no chão era um pouco mais resistente do que eu imaginava. Há alguma coisa não dita por Theo, algo que o mantém distante de mim, e eu detesto não poder entrar ali.

— Vem, vamos pegar umas toalhas — ele diz.

CAPÍTULO VINTE E SEIS

Olívia

Cerca de duas semanas se passaram após a visita de Catarina. Senti um aperto no coração ao me despedir da minha melhor amiga. Sinto tanto a sua falta nos meus dias. No entanto, nos falamos o tempo todo, então é um pouco menos triste.

Viva a internet!

Também foi triste presenciar a despedida entre ela e Neto. Eles realmente gostaram um do outro. Acho que nunca a vi assim com um garoto.

Ela me contou que os dois ainda estão conversando e pelo que sei até agora, Neto é um cara bem legal. Não conversei ainda sobre os dois com Theo, talvez eu pergunte se ele sabe de alguma coisa. Ah, quem sabe não podemos dar uma forcinha. Sempre gostei de bancar a cupido.

Viro para o lado e vejo que Theo brinca com uma mecha do meu cabelo, enrolando-a entre os dedos, enquanto mexe no seu celular com a outra mão. Estamos acomodados no sofá da minha casa há mais ou menos uma hora, após ele tocar a campainha e aparecer de surpresa trazendo uma sacola cheia de picolés. Acho que comemos uns seis cada um. Eu amo picolés, ainda mais num dia quente como este.

Meus olhos se voltam para a tatuagem de violão na parte externa do seu antebraço esquerdo. É um desenho bem diferente. A última corda está arrebentada e as outras cinco se tornam linhas de uma pauta musical no braço do violão. Tem algumas notas na pauta, formando uma música. Me parece ligeiramente conhecida, algo que já vi, mas não me recordo no momento. Enfim, é realmente uma tatuagem muito bonita e elaborada.

Theo se remexe ao meu lado.

— Chega de não fazer nada. Cadê seu violão? — ele diz, tirando minha atenção de sua tatuagem.

— Lá em cima. Vou pegar.

Subo até o meu quarto e segundos depois retorno à sala trazendo meu violão.

— Vai fazer uma serenata?

Theo ri e me fita com um ar divertido.

— Vamos jogar um jogo? — ele propõe.

— Hum, jogo? E como seria?

— Um pede para o outro tocar um trecho de uma música. Por exemplo, tocar uma música que te lembre a sua infância, ou algo do tipo.

— Gostei. Posso começar? Com a da infância?

Ele assente, sorrindo para mim.

Olho para as cordas do violão, sorrio e começo a música *S.O.S.*, dos Jonas Brothers. Mantenho o sorriso no rosto enquanto canto, sendo arrebatada por uma onda nostálgica.

Termino de tocar, e Theo está sorrindo.

— Aposto que você era a maior fã deles — brinca.

— Era mesmo, tinha vários posters no meu quarto — digo, entregando o instrumento a ele. — Minha vez. Deixe-me ver... Uma música do seu filme favorito da Disney.

Theo sorri e começa tocar um trecho de *Hakuna Matata*, do filme *Rei Leão*. E quando termina, passa o violão para mim e diz:

— Eu sempre choro na parte que o Mufasa morre. Sério, isso não é filme para criança, é muito triste.

— Concordo — respondo e rio.

Ajeito o violão no meu colo e batuco com os dedos na madeira, aguardando o seu pedido.

— Tá bom, uma que você ama em segredo, tipo *guilty pleasure*, sabe?

Eu rio e penso um pouco. Acho que tenho várias na lista.

— Ok, mas você não pode rir.

Ele concorda e eu começo a tocar a música *Bootylicious*, da Destiny's Child, de uma forma mais melodiosa, o que deixou tudo engraçado, pois a letra da música... Bem, só mesmo citando uma frase para explicar: Porque meu corpo é muito bundelicioso para você, amor.

No refrão noto que Theo está segurando o riso, até que não aguenta mais e solta uma risada baixa. Eu fecho os olhos para não rir junto e continuo a música até o segundo refrão. Assim que termino, ele ainda está tentando controlar a risada. Finjo que vou jogar o violão nele.

— Desculpe, foi mais forte que eu. Jamais poderia prever que você cantaria essa música e dessa forma. Foi um dos meus momentos favoritos na vida. Bem contraditório, gostei.

Solto um risinho, balançando a cabeça.

— Perdoado. Agora eu escolho novamente — penso um pouco antes de responder. — Ok, uma música para os seus dias mais tristes — digo, pensando que se ele me pedisse isso, provavelmente ele iria gargalhar novamente, porque talvez eu tocaria *Despacito*, já que é uma música que me animaria nos meus dias tristes.

No entanto, Theo entende ao pé da letra e inicia uma melodia triste. Ele fecha os olhos, fazendo uma introdução lenta antes de entrar na primeira estrofe. Não conheço essa música, então fico atenta à letra, absorvendo cada palavra cantada por ele.

Hope got my hands tied around my back
And time put a rope around my head
And hung from the rafters of my fear
Dark in the eyes
Try and face the world, I can't bear to[8]

Ele faz uma pausa, respira fundo antes de continuar, depois entra no que parece ser o refrão.

Please help me chop this tree down
Hold me from underneath
Words never once cut me down
Oh, don't you cry for me[9].

Theo canta a música inteira de olhos fechados, se perdendo completamente naquelas palavras e melodia comoventes. A tristeza dele me destrói. É nesse momento que consigo enxergar o peso de seus pensamentos, o peso de sua alma. Minha garganta se aperta, não consigo tirar meus olhos dele.

---

[8] A esperança amarrou minhas mãos nas costas / E colocou uma corda ao redor do meu pescoço / E pendurado nas vigas do meu medo / Escuros nos olhos / Tente enfrentar o mundo, eu não suporto.

[9] Por favor, me ajude a derrubar esta árvore / Me segure por baixo / Palavras nunca me derrubaram / Oh, não chore por mim.

Ele faz uma pausa, dedilhando o violão, depois retoma em uma nova estrofe.

E quando termina, percebo que eu estava prendendo a respiração. Acho que nunca vi algo tão... genuinamente triste.

— *Don't you cry for me*, de Cobi — levanta os olhos para mim e diz, com um sorriso triste.

Meus olhos estão um pouco marejados, pois de alguma forma consegui sentir a sua dor.

Suspiro e o encaro.

— Eu me importo, Theo — digo, para lembrá-lo disso.

Muitas vezes esquecemos de dizer para as pessoas o quanto nos importamos e o quanto elas são especiais na nossa vida. Por isso, repito, para que ele não se esqueça. E vou repetir até que fique marcado nele, como uma tatuagem.

Vejo a dor em seus olhos, ele me deixa entrar um pouco mais, permitindo que eu veja cada parte dele, sem desviar o olhar dessa vez.

Percebo que quando ele finalmente me deixa enxergá-lo, me mostrando suas cicatrizes, sem todo aquele muro ao seu redor, consigo ver histórias em seus olhos.

Sabe aquelas pessoas que conseguem falar tudo através de um olhar? Quando ele quer, essa pessoa é ele. E acho que essa é a minha parte favorita nele.

Infelizmente, sei que ainda há uma parte inacessível ali, mas nesse momento me contento com o que recebi.

Ficamos um tempo em silêncio, até eu quebrá-lo:

— Sabe, Theo, às vezes precisamos de pessoas ao nosso lado, e por mais fortes que sejamos, devemos simplesmente permitir que elas entrem.

Theo fecha os olhos e passa a mão nos cabelos. Depois, olha para baixo, perdido em pensamentos por um instante.

— Eu acredito que as pessoas entram em nossas vidas por alguma razão. Algumas ficam apenas por uma estação, passando para ir embora rapidamente, mas independentemente disso, sempre deixam algo. Um ensinamento, uma marca, um despertar. — Ele faz uma pausa e se vira para mim lentamente, fixando seus olhos nos meus. — Por outro lado, existem pessoas que são mais marcantes e aparecem para sacudir a sua vida inteira. E você é uma dessas pessoas. Você apareceu para dar sentido à minha vida novamente.

Meu peito parece que vai explodir, ninguém jamais falou algo tão profundo assim para mim. Vejo em seus olhos um brilho de desejo e um calor toma conta do meu corpo todo. Theo põe o violão de lado, e quando vejo estou em seu colo. Nossas bocas colidem, nos beijamos de forma tão intensa que quase fico sem ar.

— Hum, melhor subirmos para o meu quarto?

Ele balança a cabeça e me pega no colo. Minhas pernas estão ao redor de sua cintura, não conseguimos parar de nos beijar, por isso, demoramos um pouquinho até chegar no meu quarto. E por sorte não caímos no chão quando ele tropeça no último degrau da escada.

Assim que entramos, ele me põe no chão. Seguro a barra de sua camiseta e a puxo para cima. Observo seu abdômen rígido e passo a mão em cada um dos quadradinhos até chegar no oblíquo, aquela entradinha que sonhava há semanas. Abro o botão de sua bermuda enquanto seus dedos vão até a parte de trás do meu vestido e desliza o zíper devagar. Meu vestido e sua bermuda caem no chão quase ao mesmo tempo.

Theo para por alguns segundos, me admirando. Seu olhar é atento, feroz e doce ao mesmo tempo, uma combinação que jamais imaginei existir. Me sinto bonita, desejada e cheia de vontade de me perder nele.

Ele me envolve novamente em seus braços e seus lábios roçam meu pescoço, fazendo com que todo o meu corpo se arrepie.

Agora na cama, somos um entrelaçar de mãos, pernas, corpos, gemidos e respirações ofegantes. Não é possível saber onde um começa e o outro termina. Somos como um só.

Theo fica em cima de mim, me fazendo desejar que aquilo nunca acabe. Seu corpo quente contra o meu quase me faz perder os sentidos. Na verdade, tudo parece um borrão. Um delicioso borrão.

Nós nos entregamos completamente um para o outro por vários minutos. Eu querendo o seu prazer, e ele o meu. Até que explodimos juntos. Minha cabeça tomba para trás e a dele se enterra em meu pescoço.

Um tempo depois, respirando de forma irregular como eu, ele encosta a testa na minha e sorri, ainda de olhos fechados.

— Você é a melhor coisa que já me aconteceu. Você é a minha melodia favorita.

Quando ele abre os olhos, vejo algo sincero e profundo ali.

— Você também, Theo — sussurro de volta.

CAPÍTULO VINTE E SETE

Theo

Meu despertador toca e me sento com dificuldade na cama. Hoje está um pouco frio e chuvoso. Paçoca está deitado na ponta da minha cama, todo enrolado no cobertor. Ele levanta a cabeça, sonolento, e me olha. Chego perto dele e faço carinho por alguns minutos antes de tomar um banho e me arrumar.

Ao sair do meu quarto, meus olhos focam no calendário em cima da escrivaninha e meu estômago se contorce ao pensar no dia que está se aproximando.

Mais um ano...

Suspiro e me viro para Paçoca.

— Vem, cara. Hora de comer.

Ele se levanta, com relutância, e pula da cama, me seguindo até a cozinha.

Coloco a ração para ele e faço um café rápido para mim. Checo o relógio na parede e percebo que demorei mais que o normal para ficar pronto para o trabalho. Só pode ser esse frio.

Entro no prédio onde trabalho em menos de vinte minutos, chegando no horário. Subo, deixo minhas coisas sobre a mesa e vou até a copa pegar um café, apesar de já ter tomado uma xícara em casa.

Encontro Neto enchendo sua xícara. Seus olhos estão um pouco vermelhos e seus cabelos levemente despenteados. Parece que ele acabou de cair da cama.

— Bom dia. Não dormiu essa noite? — pergunto.

— É tão óbvio assim? — Ele toma um longo gole de café. — Fiquei até de madrugada conversando com Catarina.

Acho que faz cerca de um mês que ela foi embora, não sabia que eles ainda estavam se falando. Se bem que Neto está mais tranquilo e saindo menos ultimamente. Como não notei antes?

— Cara, estou perdidamente apaixonado — ele suspira.

— Neto, já ouvi isso um milhão de vezes — respondo, rindo.

— Dessa vez é sério, acho que nunca me senti assim antes. Tô gostando dela de verdade, mas ela não me leva a sério.

— E o que pretendem fazer? Digo, com a distância.

— Não sei ainda. É péssimo — ele responde, com um ar de sofrimento.

Percebo sua sinceridade e algo me diz que realmente dessa vez é diferente para ele. Talvez pelo jeito como ele está agindo e falando sobre isso.

Neto se vira para a cafeteira, entornando quase todo o café em sua xícara enorme.

— Vai na pelada hoje? — me pergunta.

— Não, vou ao hospital.

Neto assente, pressionando os lábios.

— Mande um beijo para sua mãe e diga que vou fazer uma visita logo.

Encho minha xícara e caminhamos em direção às nossas mesas falando sobre os projetos que precisamos terminar.

O dia foi cheio, e quando me dou conta, vejo que já passou das seis da tarde. Termino o que estou fazendo e junto minhas coisas. Olho para o lado e noto que Neto está fazendo o mesmo.

— Que dia merda, não rendi nada — diz, chegando perto da minha mesa, bocejando.

— Talvez seja melhor você largar o celular e dormir mais cedo hoje — sugiro, zombando dele.

— É, aposto que você faria isso se estivesse no celular com a Olívia — responde, revirando os olhos.

— Verdade, não faria.

Enquanto esperamos o elevador, ele me conta sobre como estão as coisas com Catarina. A porta se abre e Karen, da contabilidade, está parada no canto quando entramos.

Seus olhos brilham ao ver Neto. Ela puxa a blusa uns centímetros para baixo, deixando seu decote mais à mostra. Surpreendentemente, Neto a cumprimenta e vira de costas. Ele põe a mão no bolso, pega o celular e checa as notificações na tela. Aparentemente, não há nada que ele queria ver, pois fecha a cara e guarda o celular no bolso novamente.

— Está frio hoje, não é? — Karen comenta, tocando o braço de Neto.

— Hum? — Ele vira a cabeça na direção dela. — É, acho que sim — responde desatento e depois se vira para a frente novamente.

Karen fica visivelmente irritada com a falta de interesse de Neto e, assim que a porta se abre, passa por ele dando um esbarrão proposital.

Após Karen sair, me viro para ele, um pouco surpreso.

— Eu te disse — ele fala, dando de ombros, me fazendo rir.

Caramba, Neto está mesmo a fim de Catarina, acho que nunca o vi fazer isso antes.

Quando chego no seu quarto, a vejo fazendo algo de crochê. Desde que foi internada, minha mãe começou a fazer crochê, dizendo que gostaria de aprender uma coisa nova e que fizesse com que o tempo passasse mais rápido. Desde então, já levei para casa inúmeros panos de prato, caminhos de mesa e alguns *sousplat*, que nem sabia o que era, mas aparentemente é uma peça que se coloca embaixo do prato.

Fico uns instantes encostado no batente da porta a observando. Ela parece um pouco mais cansada e fraca a cada dia que passa. Meu coração se comprime dentro do peito e sinto vontade de gritar. É tão injusto ver alguém que você ama sofrer e não poder fazer nada a respeito.

— Oi, filho — diz, me dando um sorriso frágil —, não tinha te visto.

— Oi, mãe. Como está se sentindo hoje? — pergunto, esboçando um sorriso forçado.

— Estou bem. Vem cá ver o que estou fazendo.

Chego mais perto e me sento na cama ao seu lado. Fito o crochê em sua mão, sem entender muito bem, esperando que ela me explique.

— É um sapatinho. Fiz amarelo porque é uma cor neutra, dá para usar se for menino ou menina.

Não respondo, pois ainda não entendi. Faço uma expressão de confusão e espero mais uma vez por sua explicação.

— Bom, não sei se estarei aqui quando você tiver um bebê, então quero deixar alguma coisa — diz, apertando o pequeno sapato de crochê nas mãos.

— Mãe, pode parar com isso. Primeiro, você vai estar aqui, sim. E segundo, vai demorar um bom tempo até isso ser usado.

Ela solta um risinho fraco, e eu a abraço, piscando para espantar as lágrimas.

Ela vai estar aqui, não vai?

Não gosto quando ela diz essas coisas, me deixa triste. Por isso, logo mudo de assunto.

— O Neto te mandou um beijo e disse que logo virá te visitar.

— Ele é um amor. Sinto saudades de quando vocês voltavam lá para casa, famintos depois do futebol, e eu precisava pedir duas pizzas gigantes. Até hoje não sei como conseguiam comer aquilo tudo.

Continuamos conversando por mais alguns minutos, até Paula entrar de forma abrupta no quarto.

— Fígado! Fígado! — Paula grita em nossa direção.

Ela está ofegante e um pouco descabelada. Eu e minha mãe a observamos sem entender o que está acontecendo. Ela apoia as mãos nas coxas para respirar, antes de gritar novamente.

— Um fígado!

— Do que você está falando, Paula? — a questiono.

— O fígado da sua mãe está chegando! Encontraram um doador compatível!

— É sério?! — pergunto, perplexo.

Ela balança a cabeça.

— Seríssimo! Ui, acho que nunca corri tanto na minha vida — ela diz, respirando fundo, com as mãos na cintura.

Olhamos para minha mãe. Ela está com a boca aberta, mas nenhuma palavra sai. Ela olha de mim para Paula, então toma fôlego:

— Um fígado! — ela grita.

— Um fígado! — eu e Paula dizemos ao mesmo tempo.

Paula corre até a cama e damos um abraço triplo bem apertado, esmagando minha mãe no meio.

Nós três rimos e choramos ao mesmo tempo, celebrando o fígado que, finalmente, minha mãe vai receber. Acho que posso dizer que estamos celebrando a sua nova chance de viver.

Olho para a coisinha amarela em cima da cama da minha mãe e sorrio. Acho que ela fez um sapatinho da sorte.

Um tempo depois, Paula me expulsa do quarto, porque minha mãe precisa começar a preparação para a cirurgia.

A primeira coisa que faço no momento em que piso no corredor é ligar para Olívia.

— O quê? Ela vai fazer o transplante? Estou indo aí! — diz Olívia.

Ela desliga e aproveito para avisar Neto, sua mãe e minha tia sobre a cirurgia. Todos ficam eufóricos com a notícia e pedem que eu mande atualizações.

Vinte minutos depois, Olívia aparece no corredor. Quando ela me nota, abre um enorme sorriso de aquecer a alma e vem correndo em minha direção. Eu a abraço forte. Ela se afasta um pouco para me dar um beijo nos lábios.

— Ela vai receber um fígado! — Oli grita no corredor.

— Acho que nunca gostei tanto de ouvir uma palavra — minha resposta nos faz rir.

Nós nos acomodamos num dos sofás da sala de espera e ficamos conversando por um tempo, contando histórias, falando sobre o trabalho, assistindo a vídeos engraçados no celular, ou seja, tentando fazer o possível para nos mantermos acordados, porém, após um tempo, acabamos cochilando.

Desperto um pouco zonzo. Olho para os lados, o hospital está vazio e silencioso. Não vejo sinal de Paula ou do médico da minha mãe até agora. Parece que meu peito está comprimindo a cada instante e minha garganta dói. Fecho os olhos e faço uma prece silenciosa.

Olívia entrelaça sua mão na minha e aperta meu braço, me dando conforto.

— Vai ficar tudo bem, Theo — ela diz, com os olhos sonolentos.

Cinco horas depois, Paula surge no corredor. Me levanto da cadeira abruptamente enquanto ela caminha em nossa direção. Meu coração bate forte e minhas mãos estão suando. Paula abre um sorriso tranquilizador e me puxa para um abraço apertado.

— Tudo correu perfeitamente bem. Sua mãe vai passar algumas horas dormindo e sob observação, não há nada para você fazer aqui. Vão descansar, vocês dois. Qualquer notícia, eu te ligo, fique tranquilo. — Paula começa a caminhar e depois se vira uma última vez para nós dois: — Um fígado!

Eu e Olívia rimos enquanto ela se afasta ligeiramente pelos corredores.

— Ela é uma figura — Oli diz.

— Você não viu nada.

Verifico as horas no celular, já são quase três da manhã. Seguro a mão de Olívia e caminhamos em direção à saída.

Olívia está cochilando no banco do carona quando paro em frente à casa dela. A acordo gentilmente e ela faz um barulhinho fofo ao se virar no banco.

— Obrigado por ter esperado comigo, você não sabe o quanto isso foi importante — digo.

Ela sorri e segura meu rosto.

— Eu ficaria lá por dias se fosse preciso — ela diz, fazendo meu coração se aquecer ainda mais.

Dou um beijo de boa noite nela e a aguardo entrar em casa.

Quando chego em casa, Paçoca está na porta me esperando. Ele pula alegre em minha direção com o rabo balançando. Late e corre de um lado para o outro parecendo entender o que está acontecendo.

— É, Paçoca, daqui a pouco ela vai voltar para casa — afirmo, e ele late mais uma vez.

Parece improvável para algumas pessoas, mas sei que ele entende tudo.

Estou exausto. Tomo um banho quente e desabo na minha cama, deixando rolar as lágrimas que tanto segurei durante as horas que passei no hospital.

Mas dessa vez são lágrimas de alívio.

Minha mãe vai ficar bem...

CAPÍTULO VINTE E OITO

Olívia

Estamos na cafeteria do hospital, eu, Theo e Neto. Passamos boa parte do tempo aqui nesses últimos dias.

Iara ainda está em observação, querem que ela fique aqui por mais uns dias para se certificar de que tudo correu bem. O médico disse que ela ainda vai precisar ir com calma e dar continuidade ao tratamento para garantir a saúde do fígado. Ele explicou também que o pós-operatório exige muitos cuidados, porque ainda está ocorrendo a adaptação do novo órgão, e não queremos a sua rejeição. Mas isso não é uma opção, tenho certeza de que Theo vai ficar de olho nela até que sua recuperação esteja completa.

Então, desde a cirurgia, eu e Neto fazemos companhia para Theo e sua mãe.

Mara, a mãe de Neto, também vem muito aqui. Eu a conheci quando entrei no quarto de Iara. As duas estavam tendo uma crise de risos enquanto estavam relembrando das vezes que seus filhos aprontaram. Eu me juntei a elas, é claro. Fui embora com a barriga doendo de tanto rir naquela tarde.

Neto é muito parecido com a mãe. Tenho passado bastante tempo com eles. Os dois são pessoas incríveis e muito divertidas.

Theo se senta ao meu lado e me entrega um café, enquanto Neto devora um sanduíche enorme à minha frente.

— Nossa, Neto, a sua mãe não te alimenta? — brinco.

— A mãe dele já desistiu de encher essa barriga, não tem fim — Theo diz.

Nós rimos.

— Podem rir. Estou faminto, só comi três pães com ovo hoje no café.

— Três? Você é magro de ruim — digo.

— A minha teoria é que ele tem uma lombriga de cinco metros no estômago.

Rio antes de tomar meu café. Ouço uma cadeira sendo puxada.

— E aí, galera — Paula nos cumprimenta ao sentar.

Ah, esqueci de mencionar a Paula. Tenho igualmente passado muito tempo com ela. São momentos em que também dou boas risadas. No fundo, acho que seu jeito a ajuda a passar de uma forma mais leve pelos momentos difíceis no trabalho. Isso é bom.

Neto coloca o último pedaço do sanduíche no prato para tomar um gole de suco. Nesse momento, Paula olha o sanduíche dando sopa e enfia o pedaço inteiro na boca.

— Ei! — Neto exclama.

— Qual é, Neto. Era só o finalzinho, ainda tenho horas de plantão. — Ela se levanta e pega o copo de plástico com o suco da mão dele. — Foi bom ver vocês.

E mais uma vez ela desaparece pelos corredores da mesma forma que apareceu.

— Cara, eu odeio dividir comida — Neto fala de forma rabugenta.

— Ela sabe disso — Theo diz, se divertindo com a situação.

Neto abre a mochila e pega outro sanduíche, que está comido pela metade. Apenas rio, pois nem me choco mais com ele.

Checo as mensagens no telefone no mesmo instante que os dois começam a falar algo sobre o trabalho. Respondo Catarina e Marco no grupo do WhatsApp. Eles o criaram após a noite do bar e não tem um dia de sossego ali, é mensagem que não acaba.

— Oi, queridos — diz Mara, ao se aproximar da mesa. — Theo, sua mãe está te chamando. Eu já vou, ok? Se precisarem de algo, é só me ligar.

Mara se despede, e Theo se levanta. Ele diz que já volta e me dá um beijo antes de se afastar.

Me viro para Neto e pergunto:

— Acho que vi sua irmã por aqui esses dias. Como ela se chama mesmo?

— Lila — responde.

— Lila Pinto? — brinco.

Ele solta uma risada.

— Pior. Lila Souza Pinto Neta.

— Neta? — Quase engasgo com o café.

— Minha mãe é feminista. — Ele dá de ombros. — Ela diz que se homens podem ter esses complementos no nome, as mulheres também podem. Por isso ela deu o nome da minha avó à minha irmã.

— Bom, acho que ela tem razão. Sua mãe é uma mulher sábia.

Eu disse que eles são divertidos. Mas eles são o tipo de pessoas divertidas por natureza, sem precisar forçar nada, sabe?

Noto que ele quer dizer alguma coisa, mas decide ficar quieto. No entanto, acho que sei o que é e acabo falando.

— Então, você e Catarina, hein?

Ele dá um sorrisinho involuntário e seus olhos quase chegam a brilhar.

— Estamos conversando... Ela é incrível. Mas a distância é foda — ele responde, curvando um pouco os ombros.

— É, posso imaginar.

— Você tem sorte, está apaixonada por um cara que está, literalmente, a vinte metros do seu quarto.

— Tudo vai se acertar — dou uma batidinha em sua mão apoiada na mesa.

Ele se remexe na cadeira e morde o lábio.

— Eu ainda não contei para o Theo, mas comprei ontem uma passagem para visitá-la no próximo mês.

— É sério?

Ele sorri, um pouco corado, e concorda com a cabeça.

Que fofo, ele gosta mesmo dela.

— Ah, que legal, Neto. Torço muito por vocês. Podem sempre contar comigo.

— Obrigado — ele diz e arrasta sua cadeira para trás. — Agora preciso ir, tenho algumas coisas para resolver.

Ele levanta, pega a mochila e me fita.

— Fico feliz por Theo ter te encontrado, ele merece alguém como você.

Sorrio, enquanto ele caminha em direção à saída.

CAPÍTULO VINTE E NOVE

Olívia

Hoje é o pior dia do ano: o dia da morte de Caio.

Faz exatamente seis anos que ele não está mais aqui. Caramba, tudo isso?

Me lembro como se fosse ontem. Eu estava viajando de férias com minhas amigas. Neste dia de madrugada, estávamos numa boate, então, senti algo estranho no peito, uma angústia inexplicável. Naquela manhã, minha mãe me ligou pedindo para que eu voltasse para casa. Sua voz estava embargada e eu só conseguia pensar no pior. Sem questionar, entrei no primeiro avião e voltei para casa. Ela não me contou nada do que havia acontecido até eu entrar no carro dela no aeroporto.

E foi nesse instante que o mundo desabou sobre mim.

Caio havia morrido de madrugada num acidente de carro, ao sair de uma festa na cidade ao lado da nossa. Nosso vizinho, Miguel, melhor amigo de Caio e quem conduzia o veículo, também morreu no acidente.

Me recordo de ter ficado sem ar enquanto mamãe me contava sobre o acidente, sua boca se mexia, porém eu não escutava mais nada. Tudo ao meu entorno parecia girar e girar, e fui sentindo que eu não tinha mais um norte. Meu peito se apertava a cada segundo, meus olhos se enchiam de água. Fiquei assim o restante do dia, da semana, do mês, dos anos. A sensação de aperto no peito nunca parecia cessar.

Caio era tudo para mim. Meu irmão, meu melhor amigo, minha pessoa favorita no mundo.

Quando entrei no meu quarto, encontrei uma partitura incompleta em cima da minha escrivaninha, a última música que nós estávamos compondo juntos. Nossa música inacabada. Ele a havia deixado ali para mim.

Fiquei com tanta raiva daquilo tudo que peguei o papel, o enfiei no fundo da gaveta e não encostei mais no meu violão.

Contudo, foi em vão, pois aquela melodia inacabada permanecia tocando dentro de mim.

O enterro dele e do amigo aconteceu em conjunto naquele dia. Diversas pessoas estavam lá. Eles dois eram muito queridos por todos, a cidade praticamente parou.

O que aconteceu foi realmente uma tragédia. Dois jovens mortos por causa de um motorista bêbado que perdera o controle no outro lado da pista. Miguel passou a festa inteira sem beber, completamente sóbrio, pois iria dirigir de volta para casa, foi o que os outros amigos contaram e o que os exames constataram.

Mas que chacota do destino.

E hoje, mais um ano sem meu irmão.

Acreditava que com o passar do tempo ficaria mais fácil, mas acho que me enganei.

Me viro na cama, esticando o braço em busca do meu celular na cabeceira. São dez horas da manhã de sábado. Suspiro forte e jogo o aparelho para o lado, me forçando a sair da cama.

Saindo do meu quarto, olho para o lado e espio a fresta da porta do quarto de Caio.

Minha garganta aperta, porém dou mais alguns passos até ficar de cara com a porta entreaberta. Respiro fundo e a empurro lentamente.

Desde que cheguei, essa é a primeira vez que piso no quarto de Caio. Na verdade, faz anos que não entro aqui, nunca tive coragem.

O quarto está exatamente igual, apenas mais organizado. Reparo na enorme prateleira cheia de CDs e discos de vinil de sua coleção, e no outro canto, a poltrona de couro preto que ele sempre ficava esparramado, tocando e escrevendo suas músicas. Os pôsteres de bandas e cantores ainda estavam espalhados pela parede acima de sua cama.

Era difícil estar ali, mas era uma coisa que eu sentia que precisava fazer.

Dou mais alguns passos, adentrando o mundo do meu irmão, e avisto o violão marrom escuro pendurado na parede, o instrumento que ele tanto amava.

Caio tinha tanto ciúme daquele violão que chegava a ser engraçado. Algumas vezes eu o pedia emprestado, e ele perguntava se eu tinha lavado as mãos. O que não fazia sentido, porque ele o levava a todos os cantos, o que o deixou com alguns arranhões e um pequeno amassado na madeira.

Devagar, dou mais um passo à frente e encosto nas suas cordas, passando a mão por elas e escutando o soar desafinado de cada uma.

Solto mais um longo suspiro e retiro o violão do suporte.

— Sim, Caio, minhas mãos estão limpas — sussurro e sorrio, enquanto me acomodo na poltrona.

Sorrio melancolicamente, isso era o que eu sempre respondia a ele, com uma leve revirada de olhos.

Depois de afinar as cordas, começo a dedilhar a melodia que nunca deixou de tocar dentro de mim, mesmo que inacabada. A toco até meus dedos começarem a doer.

Fico um pouco irritada, pois toco repetidamente e nada novo me vem à cabeça, nada parece encaixar para que ela possa ser finalizada.

Deixo de tocar por uns instantes, para recuperar o fôlego e limpar o rastro de lágrimas em meu rosto. Posiciono o violão no meu colo novamente e começo a tocar outra música, *Control*, da Zoe Wees.

Early in the morning I still get a little bit nervous
Fightin' my anxiety constantly, I try to control it
Even when I know it's been forever I can still feel the spin
Hurts when I remember and I never wanna feel it again[10]

Passo para a segunda estrofe sentindo a melodia e a letra me cortarem no fundo da alma.

Respiro com certa dificuldade antes de entrar no refrão:

I don't wanna lose control
Nothing I can do anymore
Tryin' every day when I hold my breath
Spinnin' out in space pressing on my chest
I don't wanna lose control[11].

---

[10] De manhã cedo ainda fico um pouco nervosa / Lutando contra minha ansiedade, tento controlá-la / Mesmo quando eu sei que já faz uma eternidade, ainda posso sentir o giro / Dói quando me lembro e nunca mais quero sentir isso.

[11] Eu não quero perder o controle / Nada mais que eu possa fazer / Tentando todos os dias quando prendo a respiração / Girando no espaço pressionando meu peito / Eu não quero perder o controle.

Ao repetir o refrão, tento cantar a sua última frase, mas desabo, soluçando em cima do violão. Tudo vem como uma avalanche. Minha garganta e meu peito doem. Meus soluços estão descontrolados e meus olhos se transformam em riachos insecáveis.

— Olívia? — ouço a voz da minha mãe.

Levanto a cabeça do violão e olho para ela, parada no batente da porta. Sua expressão é de dor e preocupação, provavelmente por ver a bagunça que eu estou nesse momento.

Minha mãe se senta ao meu lado e me puxa para ela.

— Mãe... — digo, com a voz falhando.

— Ah, filha... eu sei.

Ficamos ali juntas, chorando.

Depois de um tempo, finalmente consegui dizer:

— Me senti sozinha e abandonada quando eu mais precisei de você.

Ela solta uma respiração triste e pesada.

— Nenhuma mãe está preparada para perder um filho. Fiquei tão arrasada que me fechei e te deixei sozinha. Esqueci que a minha menininha precisava de mim. O tempo passou e por minha culpa nos afastamos. Depois disso, eu não soube mais como me aproximar, como retomar a ligação tão linda que tínhamos. Me culpo por isso todos os dias. — Ela funga e seca uma lágrima. — Você é a minha luz, Olívia. Foi você quem me deu forças para continuar, mesmo que não parecesse. — Ela me dá um beijo terno no topo da cabeça. — Me perdoe, filha.

O pesar em seus olhos faz minha garganta se fechar ainda mais. Lágrimas e mais lágrimas rolam por suas bochechas e pelas minhas também. Jogo meus braços ao redor da minha mãe e enterro a cabeça em seu ombro. Me agarro a ela, segurando forte, enquanto meu corpo todo treme. Penso em todos os anos que perdemos, todos os segredos que deixamos de contar uma para a outra, todos os sorrisos que esquecemos de dar juntas, em todos os dias que deixei de ligar para ela e todas as vezes que não disse que a amava. Porém, ao mesmo tempo, sinto minha mãe de volta, e um alívio passa pelo meu coração.

Ficamos um bom tempo abraçadas e chorando juntas. Precisávamos disso.

— Senti sua falta. Eu te amo, mãe.

Não preciso dizer mais nada, ela sabe que eu a perdoei.

Minha mãe me dá um beijo na testa e me chama para dar uma volta.

Entro no carro, mas ela ainda não me diz aonde vamos.

Cinco minutos depois, ela estaciona numa vaga em frente ao calçadão da praia e se vira para mim.

— Vem, vamos dar uma caminhada na areia. Lembro que você e Caio amavam fazer isso quando eram mais novos.

Meus olhos se enchem de água enquanto seguro a maçaneta e abro a porta para saltar do carro. São tantas lembranças...

Eu e minha mãe caminhamos um pouco e resolvemos nos sentar na areia para sentir a brisa do mar em nossos rostos.

— Na semana em que você se mudou, comecei a vir sentar na praia pelo menos duas vezes por semana. — Ela me olha e sorri. — Tenho boas memórias aqui com vocês. Elas me ajudaram a não desmoronar de vez.

Apoio a cabeça no ombro dela. Ficamos em silêncio por um tempo. Um silêncio reconfortante, que dizia tanta coisa...

Minha mãe corta o silêncio com uma risada divertida, me fazendo olhar para ela.

— Que foi? — pergunto.

— Estava me lembrando da vez que Caio inventou uma história absurda para você, dizendo que magicamente de madrugada toda a areia da praia tinha se transformado em farofa. Você só tinha 5 anos. Ele disse que era uma delícia e mandou você provar.

Ofego, surpresa, e dou uma risada.

— Não acredito que ele fez isso! Caio era terrível quando queria.

— Você cuspiu tanta areia em cima do seu irmão e depois foi tão furiosa para cima dele que seu pai precisou intervir. Fiquei tão brava com ele que o deixei uma semana de castigo. Nem o Miguel eu deixei ir lá em casa para brincar com ele — minha mãe bufa uma risada.

— Uau, então ficou brava de verdade. — Solto um risinho. — Eu não lembrava dessa história. Também sinto falta do Miguel.

O Miguel era nosso vizinho e o conhecíamos desde muito pequenos. Caio e ele eram inseparáveis, tinham a mesma idade, ele era da família também.

— Eu sei, querida, os dois eram muito especiais.

Durante as duas horas em que permanecemos sentadas na areia da praia, nós duas gargalhamos, sorrimos e choramos ao recordar tantas histórias antigas.

Um tempo depois, minha mãe se levanta para comprar água de coco e diz que me espera no carro, me dando mais um momento ali.

Olho para o lado e vejo uma concha pequena, de cor mesclada, com tons de branco, amarelo e laranja.

Ela é linda.

Pego a conchinha e a analiso com calma.

Fecho os olhos e lembro de todas as vezes que eu e meu irmão viemos à praia catar conchinhas e brincar. Meus pais se sentavam na areia conversando, rindo e também brincando conosco.

São lindas memórias.

É nesse momento que decido permanecer apenas com essas memórias e parar de sofrer. Entendi que as coisas mudam, a vida caminha para diferentes direções, e algumas vezes ela nos chacoalha tão forte que perdemos um pouco o rumo, mas basta escolher como vamos lidar com isso.

Aqui, agora, eu escolho a felicidade.

Ponho a concha perto do meu coração.

— Você iria gostar dessa, Caio — sussurro.

Uma brisa leve toca meu rosto e sorrio, sentindo a presença do meu irmão.

Com o coração mais leve, jogo a concha de volta na areia e caminho para o carro.

Horas mais tarde, estou deitada na minha cama, lendo um livro, quando ouço alguém gritar meu nome do lado de fora. Vou até a porta da varanda e sorrio ao ver Theo.

— Oi! — ele me cumprimenta, e dou um tchauzinho. — Quer vir ver um filme?

— Você sabe que tem o meu número, né?

— Sei, mas prefiro ficar aqui gritando como um maluco, pelo menos assim posso ver você. Então, filme?

Decido que será uma boa distração para mim.

Sorrio e balanço a cabeça.

— Filme! — concordo. — Me dá dez minutos.

Troco de roupa e corro para a cozinha para fazer um brigadeiro rápido para levar.

— Oi, de novo — ele diz, abrindo o portão e me puxando para um beijo.

— Ei.

Ele coloca meu cabelo atrás da orelha e me olha com a testa franzida.

— Tá tudo bem? — pergunta.

Respondo com um sorriso forçado.

— Oli, o que foi?

Ele pega a minha mão e subimos ao seu quarto.

— Você sabe que pode conversar comigo, não é?

Concordo com a cabeça e respiro fundo. Ele me envolve em seus braços e tento segurar o choro, mas seu abraço é tão sincero que não consigo.

— Me desculpa, acho que arruinei o clima — falo, limpando o nariz.

— Você é incapaz de arruinar qualquer coisa.

— Nem com esse nariz escorrendo? — brinco, em meio às lágrimas.

Theo sorri e balança a cabeça.

— Nem assim.

Ele pega uns lenços de papel para mim. Me sento na cama e ele faz o mesmo. Respiro fundo algumas vezes para controlar minhas emoções.

— Hoje faz seis anos que meu irmão morreu.

Percebo que Theo se retesa um pouco e prende a respiração. Ele segura minha mão, mas não me viro para ele.

— Esse dia sempre acaba comigo.

Quando termino de pronunciar essas palavras, desabo mais uma vez.

Ele me segura e me deita na cama. Com calma, tira meus sapatos e me cobre.

Deitada, me viro de costas para ele, não quero mais que me veja chorar. Theo também se deita e me puxa para perto. Com seu peito colado em minhas costas, me sinto um pouco mais calma, apesar da dor no coração.

Eu estava despedaçada, mas ele estava lá, juntando cada pedacinho.

Theo me abraça forte e beija meu cabelo, ficando em silêncio, até eu cair no sono.

CAPÍTULO TRINTA

Olívia

Abro os olhos devagar e olho em volta, um pouco confusa. Por alguns segundos, esqueço que acabei dormindo na casa do Theo.

Viro para o lado e percebo que ele não está mais na cama. Sinto cheiro de café passado, fazendo minha barriga roncar baixinho.

Me espreguiço e, assim que me sento na cama, ele abre a porta, equilibrando uma bandeja na mão esquerda.

— Bom dia — diz, com um sorriso lindo no rosto.

— Bom dia — respondo, enquanto ele coloca a bandeja na minha frente e me dá um beijo. — Nossa, eu poderia acordar assim todos os dias.

Ele se senta e me passa um copo com suco de laranja.

Paçoca entra correndo no quarto e pula na cama, quase derrubando tudo, nos fazendo rir.

Damos um pouco de atenção a ele, mas logo depois Theo pede para que ele desça da cama para que possamos tomar o café da manhã.

— Ele é muito comportado — digo.

— Você não sabe os apertos que passei até ele ficar desse jeito — responde, rindo, provavelmente se lembrando de alguma coisa.

Assim que terminamos de comer, Theo pega a bandeja e a coloca em cima da escrivaninha. Quando se vira, me olha de forma maliciosa e sorri.

— Que foi? — pergunto.

Ele não diz nada, apenas pula em cima de mim, me espremendo contra a cama.

— Ah, Theo!

Ele ri e eu também, e logo me beija com carinho.

— Vou tomar uma ducha. Quer usar o banheiro primeiro?

Assinto e me levanto, caminhando em direção ao banheiro.

Ao fechar a porta, me olho no espelho.

Puta merda.

Parece que um caminhão passou por cima de mim. Meus olhos estão um pouco inchados e meu rímel está borrado, logicamente porque chorei horrores ontem. Pareço um panda. Que ótimo. E para finalizar, tem um gominho do suco de laranja no meu cabelo, não faço ideia de como ele chegou até ali.

Bela forma de acordar pela primeira vez na casa do cara que você está saindo.

Lavo o rosto e depois coloco um pouco de enxaguante bucal na boca. Enquanto faço um bochecho, limpo o resto do rímel borrado.

Dou uma última checada no espelho antes de sair, parece que está tudo bem agora.

Saio do banheiro e Theo está sentado tranquilamente na beirada da cama. Ele me olha e vem em minha direção com um sorriso divertido no rosto.

— Quem é você? O que fez com a Olívia? Ela estava aqui uns minutos atrás, com os olhos borrados de maquiagem.

— Há, há, engraçadinho. Você devia ter me avisado que eu estava igual a um panda — digo, dando um tapa de brincadeira em seu braço.

Theo ri e me pressiona contra a parede.

— A propósito, você estava linda. O panda mais lindo que já vi — ele diz e me dá um beijo na ponta do nariz, me fazendo rir.

Depois beija minha boca, o canto dela e desce para o pescoço.

— Fico igual a um adolescente tarado perto de você.

Seu comentário me faz rir novamente.

— Vai tomar um banho gelado que passa.

Theo faz um biquinho e aproveito para dar uma mordida no seu lábio inferior. Ele me aperta e fico ainda mais pressionada contra a parede. Ele tem um hálito fresco de morango, que acabou de comer.

Eu o beijo lentamente, agradecendo o que fez por mim na noite passada, e ele entende, pois também me beija com ternura.

Theo deposita um último beijo na minha testa antes de se afastar. Depois vai até o guarda-roupa e pega uma muda de roupa limpa. Enquanto vai em direção ao banheiro, me observa novamente de forma maliciosa antes de entrar.

— Se quiser tomar uma ducha comigo, não vou reclamar — fala, dando de ombros.

Sorrio, balançando a cabeça. Não vou mentir, fiquei um pouco tentada, mas vou deixar para a próxima.

Escuto quando ele liga o chuveiro e sorrio, ainda tentada.

Pego meu celular e noto que a bateria acabou. Bato na porta do banheiro.

— Mudou de ideia? — ele pergunta.

— Ainda não — rio. — Me empresta um carregador?

— Na gaveta da minha escrivaninha.

Abro a primeira gaveta da escrivaninha, mas só encontro uns livros e canetas. Então, abro a segunda gaveta e me deparo com várias folhas soltas com a caligrafia de Theo, despertando minha curiosidade.

Retiro um papel da gaveta e o leio. É uma poesia linda e profunda.

Não consigo me segurar, a curiosidade toma conta de mim e pego uma segunda folha:

Quando achava que não tinha conserto

Você me deu um beijo e algo foi encaixado aqui dentro

Estou quebrado há tanto tempo

Mas com seu doce beijo, algo mudou.

Uau.

Eu sabia que Theo escrevia coisas bonitas, pois ouvi uma vez, escondida no meu quarto. Só que ler assim é diferente, é lindo.

Não queria estar fazendo isso, parece que estou invadindo a sua privacidade, mas, caramba, isso é poesia, e eu sou uma amante da poesia. Consequentemente, não consigo tirar os olhos desses papéis.

Abro um pouco mais a gaveta e noto algumas folhas de blocos pequenos de papel com poucas frases, outras maiores e possuem inúmeras palavras soltas, outras têm textos e poesias mais longas.

Quanto mais olho, mais encantada e curiosa fico.

Encontro até um guardanapo com algo escrito, que agora está completamente borrado, o que me faz rir. Esse garoto escreve em qualquer coisa que vê pela frente.

Pego outra folha, no topo dela está escrita a data do dia posterior em que voltei para casa, e mais abaixo, antes das estrofes, tem um título:

A Melodia Que Faltava

Era tudo incompleto
Até você aparecer
Naquela varanda a melodia fez sentido
A melodia inacabada
Aqueceu meu coração
A melodia que faltava
Me libertou da escuridão

Um sorriso surge em meus lábios, sei que essa letra está relacionada a mim, a nós dois. Penso que libertei Theo da escuridão, como ele diz, assim como ele fez comigo.

Sinto vontade de entrar correndo no banho com ele e dizer, de todas as formas possíveis, como quero ele comigo, como me apaixonei por ele.

Me recordo do dia em que o vi pela primeira vez da minha varanda. A cena me faz sorrir. Realmente, ele está certo, foi naquele momento que tudo começou a mudar.

Passo os dedos por cima de suas lindas palavras e vejo um clipe no canto superior prendendo um papel um pouco amassado atrás da folha. Nele leio algo que me deixa confusa:

Esse segredo está me matando
E me afundo cada vez mais.
Segredo? Mas o que ele quer dizer?
Vou ficando cada vez mais curiosa.

Olho para dentro da gaveta novamente e uma folha em específico me chama atenção. É uma pauta musical, algo que tenho certeza que já vi antes.

Sem perceber, prendo a respiração e pego a partitura, analisando-a. Não há letras, apenas as notas musicais, notas numa sequência que conheço.

Observo a sequência que já toquei diversas vezes.

Espera... O quê?

Fico confusa, meus olhos não se desprendem daquela partitura.

A música que compus com Caio.

Mas como?

Noto outro clipe prendendo uma folha atrás.

Respiro fundo e viro a página, lendo com atenção cada palavra escrita nela.

Os olhos verdes dela
Tem quase o mesmo tom dos dele
Por anos esperei por esse encontro
A ele prometi
E dela vou cuidar

Então, a mesma frase que li antes surge novamente, mas dessa vez dentro da letra do que parece ser um poema escrito por Theo.

Esse segredo está me matando
E me afundo cada vez mais
Agora que voltou
Eu mal consigo respirar
Engraçado
Pois é ela que me fornece todo o ar
Na varanda, solitária
Sob a luz do luar
A tristeza dela está lá
Eu consigo vislumbrar

Minhas mãos tremem a cada palavra que leio. Minha cabeça começa a girar. Não consigo entender.

Como o carro despedaçado
Naquela noite de verão
Seu coração está chorando
Enquanto escrevo essa canção
Eu causei toda essa marca
Eu sei que está aí
Se pudesse, pegava tudo
Toda a sua dor para mim
Os olhos dele são como os seus
E foi assim que prometi
Naquela pista acinzentada
Onde tudo mudou para mim
Fecho os olhos e vejo os faróis
Daquele carro desgovernado
Mas tenho que ser forte, em frente tento seguir
Pois, a ele prometi
Olívia, eu prometi.

Prometeu? Mas o que... O que está acontecendo?

Meu coração martela forte no meu peito, minhas mãos parecem tremer ainda mais.

As palavras de Theo se repetem como um mantra na minha cabeça: carro despedaçado, noite de verão, dor, os olhos dele, a ele prometi.

Me sento na cama, porque minhas pernas parecem fracas e sinto que a qualquer momento eu poderia desabar.

Instantes depois, Theo sai do banheiro rindo e dizendo alguma coisa que não compreendo. Quando olha em minha direção, seus olhos se arregalam e seu sorriso desaparece ao perceber a gaveta aberta e as folhas em minhas mãos.

Ele não diz nada, nem eu. Não consigo dizer uma palavra.

Porra, mal consigo respirar!

Como é possível ir de completamente apaixonada para completamente confusa e magoada?

Após uns instantes, ele caminha em minha direção, me levanto e dou dois passos para longe dele.

— Olívia, me deixa explicar — diz, nervoso, passando as mãos pelos cabelos.

Meus olhos focam a tatuagem em seu braço. O violão que ocupa todo o seu antebraço esquerdo. A corda arrebentada, as linhas que formam uma pauta musical, as notas musicais na pauta.

As notas! As notas da melodia! A minha melodia com meu irmão!

Minha cabeça está em *looping*, minha respiração é ofegante e sinto que minhas pernas vão ceder novamente.

Minha ficha começa a cair, estou chocada, literalmente boquiaberta. Não consigo acreditar.

Esse tempo todo era... o Theo? O terceiro rapaz que estava no carro e sobreviveu ao acidente. Era o Theo?

Parece que esqueço qualquer palavra que um dia aprendi na vida, todas fogem da minha mente. Meus olhos estão arregalados, meu corpo todo treme e me falta o ar.

Droga, cadê o ar?!

Estou completamente em choque.

Me encosto na parede em busca de apoio. Meu mundo parece desabar, sinto meu coração cair do peito. Me sinto traída. Completamente traída.

— Mas... mas no carro só estavam Caio, Miguel e o primo dele... — digo, ainda não querendo acreditar.

Um lampejo de dor brilha em seus olhos e parece que todo o sangue se esvaiu de seu rosto.

Theo abre e fecha a boca algumas vezes. Segundos depois, ele apenas vira de costas e olha por cima do ombro, antes de puxar a gola da blusa, expondo a enorme cicatriz. A cicatriz que eu já havia visto antes, mas só agora compreendo o seu significado.

CAPÍTULO TRINTA E UM

Theo

Merda. Merda. Merda.

Olívia encobre a boca com as mãos trêmulas, seu rosto está pálido. Me viro para ela, permanecendo onde estou.

Ela está a apenas alguns metros de distância, e ao me fitar, seus olhos assumem um brilho hesitante e confuso. Mas logo essa expressão se transforma em uma mágoa inconfundível, e percebo que finalmente ela juntou as peças desse terrível quebra-cabeça.

Meu coração bate forte e parece pesar uma tonelada. Era isso que eu estava evitando esse tempo todo, mas não podia mais esconder isso dela. Achava que contar a verdade só traria tristeza, estava apenas me enganando.

Fui egoísta demais para ficar longe. Cada vez que via seu sorriso doce ou ouvia o som de sua risada, a culpa me consumia. Agora, observando a expressão da garota diante de mim, tenho certeza que ela jamais me perdoará.

— Por que... por que não me contou?

— E-eu... — Deixo as palavras morrerem. Preciso de um momento para pensar. Respiro de forma entrecortada, minhas mãos tremem, assim como as dela. — Eu deveria ter ficado longe de você, mas não consegui.

Termino minhas palavras, e ela finalmente me encara, com muita mágoa.

— Não conseguiu? Eu confiei em você!

— Olívia, me deixa explicar, por favor — repito.

— Explicar?! — ela balança a cabeça, sua voz está repleta de amargura.

Parece que levei um soco no estômago, ela me fita de uma forma que eu jamais quero ver novamente. Olívia abaixa a cabeça, sequer consegue sustentar seu olhar em minha direção.

— Eu nunca mais quero te ver.

Então, ela se vira com raiva e vai embora, levando a partitura junto com o que restava do meu coração.

E eu?

Eu a deixo ir.

Ouço o barulho da porta batendo.

É isso.

— Porra!

Frustrado, me sento na cama, seguro a cabeça entre as mãos e choro.

Pois não sei mais o que posso fazer.

CAPÍTULO TRINTA E DOIS

Theo

Cinco dias se passaram após Olívia descobrir o segredo sobre o meu passado, que se conectava ao dela. Pelas minhas contas, se passaram aproximadamente cento e vinte e oito horas e quinze minutos desde que voltei a sentir todo o vazio que sentia antes dela aparecer. E um pouco menos de tempo que ela me bloqueou de suas redes sociais e chamadas telefônicas. Ou seja, não consigo falar com ela.

Desde que a conheci, sinto um turbilhão de sentimentos que nem sei explicar. Um completo paradoxo: culpa, interesse, insegurança, desejo, indecisão, e por aí vai. Mas depois de um tempo, fui me desligando de tudo isso, e o caos dentro de mim se acalmou. Ainda que me sentisse culpado, Olívia conseguia tirar o peso das minhas costas.

Agora, tudo parece estar de volta, se revirando dentro de mim, só que mil vezes pior, porque dessa vez puxei Olívia junto comigo para toda essa lama, e era a última coisa que eu queria.

É assim que eu me sentia antes de ela aparecer, como se estivesse atolado numa lama espessa e pegajosa, subindo até o meu pescoço, e por mais que eu tentasse, não conseguia sair.

Eu sabia que a verdade a afastaria e nunca mais teria os momentos que tive com ela. Sabia que os meus segredos voltariam e explodiriam direto na minha cara como uma bomba relógio. Fui egoísta, era tudo uma questão de tempo até perdê-la. É o que mereço.

Olho ao redor e percebo que, além de mim, apenas mais duas pessoas ainda estão aqui no trabalho. Hoje o dia oscilou entre pensar em Olívia e tentar focar nos projetos que eu precisava finalizar. Até que foi mais produtivo do que eu imaginava.

Organizo minhas coisas e me arrasto em direção à saída. Como ainda não quero ficar sozinho em casa, decido passar no hospital para ver como minha mãe está.

Compro um sanduíche na cafeteria do hospital e sigo em direção ao quarto. Antes de entrar, dou uma mordida no sanduíche, apoiado no batente da porta. Sorrio ao ver que minha mãe está tão bem. Sua pele está linda novamente e seus olhos cheios de brilho.

— Oi, mãe.

— Oi, meu amor.

Seu sorriso diminui quando me sento desanimado perto dela na cama. Ela me olha com compaixão, comprimindo os lábios.

— Como está aqui dentro? — pergunta, apoiando a mão sobre o lado esquerdo do meu peito, um costume dela.

Suspiro, sentindo as lágrimas arderem em meus olhos.

— Mãe, eu não posso perdê-la.

— Querido, ela está magoada e tem todo o direito de se sentir assim. Dê um tempo para que ela processe os acontecimentos. O tempo costuma ser o melhor remédio, tudo vai se acertar.

Eu queria tanto acreditar nas palavras da minha mãe, mas, no fundo, eu sabia que havia cometido um erro terrível e que talvez não pudesse ser consertado.

Após o ocorrido, vim ao hospital, em busca de um conselho. Contei tudo à minha mãe. Ela me deu apoio, mas também uma bela bronca. Minha mãe nunca foi de passar a mão na minha cabeça quando faço algo errado.

Acredito que quando as pessoas se preocupam verdadeiramente conosco, elas nos chamam a atenção e nos fazem refletir quando cometemos erros, em vez de apenas dizerem o que queremos ouvir.

— Vá para casa descansar, eu estou ótima. E, aliás, o Dr. Carlos me avisou há poucos minutos que daqui uns dias deverá me dar alta.

— O quê? É sério? — Quase caio da cama. — Que ótima notícia, mãe!

Meus olhos ardem com lágrimas que tento conter. Só que agora são lágrimas de felicidade. Como é bom ouvir isso, algo que esperei por tanto tempo e já estava quase perdendo as esperanças que fosse acontecer.

— Seríssimo — ela diz, com um sorriso enorme estampado no rosto.

Eu a abraço forte, e ela me aperta.

— Eu quero a casa brilhando, hein — ela brinca.

— Pode deixar.

Rimos juntos, e eu a abraço novamente.

Caramba, acho que nunca senti tantas emoções ao mesmo tempo. Minha cabeça e meu coração estão uma loucura nesse momento.

— Ah, já ficou sabendo da novidade? — olho por cima do ombro e vejo Paula entrando no quarto, também sorrindo. — Fiquei sabendo um pouco antes do Dr. Carlos dar a notícia, ele disse que queria contar. Foi difícil me segurar — Paula diz.

— Imagino que sim — respondo, com um tom de ironia, pois sei o quanto é difícil para ela segurar a língua.

— Mas, e aí, a Olívia já perdoou você, babaca? — ela ri.

Em falar da dificuldade de segurar a língua... Aí está!

— Hum, não — respondo, desanimado.

No dia em que conversei com minha mãe sobre o ocorrido, Paula acabou ouvindo uma parte da conversa e se intrometeu, como de costume. Ela disse que ouviu sem querer, mas não sei se acredito muito nisso. Porém, não achei ruim, ela é como uma irmã para mim, então acaba fazendo parte se intrometer. No entanto, algumas vezes ela se empolga demais.

— Você já sabe disso, mas vou repetir: você mandou muito mal, Theo. A sua sorte é que ela é uma garota bacana e vai perceber que você não é tão babaca assim.

— Paula e suas palavras sinceras — minha mãe fala, segurando o riso.

— É verdade, você precisa expor o seu lado para ela. Abra seu coração — ela diz.

— Como, se ela me bloqueou de tudo? E como eu faria isso?

— Você é um cara inteligente e criativo, confio no seu potencial. Mas só te dou uma dica: escreva, você é bom nisso.

— Uma ótima dica, Paula — minha mãe concorda.

Reflito um pouco sobre a ideia, depois me despeço das duas e vou para casa.

Passo o caminho inteiro pensando em como seria possível fazer Olívia entender o meu lado, se nem mesmo eu entendo.

Ao chegar em casa, levo Paçoca para dar uma volta. A noite está fresca, o que nos fez caminhar por quase uma hora. Ainda assim, não consegui desligar minha cabeça. Tenho pensado tanto nessa situação que estou mentalmente exausto.

Decido comer alguma coisa e tomar um banho quente para tentar relaxar. Visto uma bermuda, me jogo na cama e fico alguns minutos olhando para o teto. Até que sinto meu quarto girar, porque todas as lembranças daquele dia voltam à minha mente, me atingindo com força. Cada momento passa como um filme na minha cabeça.

Na área externa da piscina da casa de Caio, eu e ele bebíamos cerveja, mas meu primo não, pois seria o motorista da vez. Nós sempre tivemos essa consciência. O que foi uma grande ironia no final das contas.

— As cervejas estão acabando. Acho que já podemos sair — disse Caio.

Nós três nos levantamos.

— Tem certeza que não quer beber, Miguel? Podemos ir de táxi — eu disse ao meu primo.

— Tranquilo, hoje tô de boa.

Eu e Caio nos entreolhamos e corremos, numa disputa idiota de quem iria se sentar no banco da frente. Eu venci. Ri da cara dele pela perda e ele me mostrou o dedo do meio antes de abrir a porta de trás e se sentar.

É curiosa a afinidade que desenvolvemos em tão pouco tempo. Nós temos bastante coisas em comum, talvez seja esse o motivo.

Conheci Caio faz uns anos, quando meu primo viajou para nos visitar num feriado e o levou junto. Os dois são melhores amigos desde pequenos. Eu passei todos os dias desse mês de férias com Caio, então já o considero um grande amigo, e sei que é recíproco. O cara é sensacional.

Se tem uma coisa que estou ansioso é pela chegada de sua irmã, Olívia. Ela está viajando com as amigas. Ele sempre me fala dela e cada vez mais quero saber sobre ela. Sei que ela tem quase a minha idade, toca violão, é muito talentosa e, o mais importante, está solteira. Ele disse que ela está no final da viagem e vai voltar em poucos dias. Estou ansioso de verdade para conhecê-la. É engraçado, pois já ouvi tanto sobre ela que parece que eu já a conheço. Acho que estou ficando louco, porque meu coração até bate mais forte quando ele fala sobre ela, ou quando vou em sua casa e vejo a foto dela nos porta-retratos. E juro por tudo que já cheguei a sonhar com ela algumas vezes.

Chegamos na festa e encontramos outros amigos. Viramos shots, dançamos, damos risadas e nos divertimos muito. Posso dizer que estava sendo uma das noites mais divertidas da minha vida.

Horas passaram e eu estava um pouco cansado e enjoado.

— Acho que bebi demais — disse a Caio.

— Você acha? — ele respondeu e riu.

— Acho que vou embora.

Caio se virou para Miguel.

— O Theo já quer ir. Por mim vamos também.

— Partiu — Miguel concordou.

— Eu pego um táxi. Ainda é cedo, vocês podem ficar mais — eu disse a eles.

— Qual é! Viemos juntos, voltamos juntos — Miguel disse.

— É sério, fiquem.

Os dois reviraram os olhos e passaram por mim, rindo.

Uma coisa eu posso afirmar, eles eram muito parceiros.

Ao sair da festa, eu jamais poderia prever o que aconteceria naquela noite, algo que mudaria minha vida para sempre.

Me sento na cama e esfrego o rosto. Meu coração está tão acelerado que preciso controlar minha respiração.

Ligo a luz do abajur e me sento na cadeira, encarando o papel em branco à minha frente por alguns minutos.

Por onde começar?

CAPÍTULO TRINTA E TRÊS

Olívia

Deitada na cama, me viro para o lado e encaro a porta fechada da varanda do meu quarto. Acho que faz uns cinco dias que não a abro. Não quero olhar para a casa que está à sua frente. Não quero me lembrar de Theo, de sua voz, do seu cheiro, a forma intensa como ele me fitava, com seus olhos castanhos e profundos...

Mas, então, me lembro de sua cicatriz e em como ele mentiu para mim, após eu ter confiado nele e aberto meu coração tantas vezes. Ele sequer pensou em me contar a verdade?

Pego o travesseiro e enterro meu rosto nele, fazendo um barulho de frustração.

Ouço uma batida na porta do meu quarto.

— Pode entrar.

— Bom dia, filha — minha mãe diz, entrando no quarto. Ela se senta na minha cama e estende um envelope aberto para mim. — Desculpe por eu ter aberto, não reparei seu nome na parte de trás. Quando vi que não era para mim, fechei no mesmo instante, quer dizer, um pouquinho depois. — Noto um lampejo de emoção em seus olhos. — Acho que você deveria ler.

Logo percebo que é algo relacionado a Theo.

— Ler? Ele mentiu para mim esse tempo todo, mãe! — Paro e penso nas vezes que os dois se encontraram e sempre havia aquele clima estranho. — Você sabia quem ele era esse tempo todo? Que estava no acidente com o Caio?

Ela assente.

— Sim, achei que você também soubesse e que não queria tocar no assunto.

Estão explicadas todas as vezes que eu falava sobre ele ou quando ela o via, sua expressão simplesmente mudava. Ela sabia quem ele era esse tempo todo. Como eu não percebi?

— Tenho certeza de que ele não quis te enganar ou te machucar, ele é um ótimo rapaz. — Faço cara feia e ela me olha com carinho e suspira. — Filha, todos nós ficamos marcados com o acidente. Sei que Theo já se culpou demais por isso, por algo que nem sequer ele tem culpa. Leia com seu coração aberto, leia o que ele tem a dizer. Pelo menos você deve isso a si mesma.

Ela me dá um beijo no topo da cabeça e sai do meu quarto, me deixando sozinha com o envelope e um coração martelando no peito.

Com as mãos trêmulas, retiro a carta de dentro do envelope.

Olívia,

Passei a última hora olhando para este papel em branco. São tantas as coisas que quero te contar... No entanto, parece que não existem palavras suficientes ou adequadas no nosso vocabulário para isso.

No instante em que você passou com raiva de mim pela porta do meu quarto, senti que levou junto o que restava do meu coração. Não sei se algum dia me perdoará, pois sei que talvez tudo isso seja imperdoável.

Também sei que não posso te pedir nada, mas, por favor, leia a carta. Por você.

Pensei bastante e talvez seja melhor começar pela amizade que criei com seu irmão. Nos conhecemos pela primeira vez quando ele foi para a minha cidade natal com o Miguel. Anos depois, fui passar as férias na casa do meu primo, e eu e Caio nos tornamos muito próximos. Ele era uma pessoa incrível, era difícil alguém não gostar dele.

Nessas férias, você estava viajando com suas amigas, e sempre que Caio falava sobre você, mais curioso eu ficava. Ele sabia que eu estava louco para te conhecer, acho que fazia de propósito, pois falava sobre você todos os dias, instigando a minha curiosidade.

Ele me mostrou a composição de vocês, pedindo ideias para a melodia. Ficamos dias trabalhando em cima dela, ele queria terminá-la antes de você voltar de viagem, mas não conseguia encontrar o que poderia encaixar para finalizá--la. Eu nunca consegui colocar uma nota naquela partitura. Por anos, acreditei que devia isso a ele, mas nunca consegui terminar, até o dia que você apareceu na sua varanda. Foi como uma avalanche de criatividade. A parte final da melodia simplesmente fluiu na minha cabeça, sem que eu ao menos tentasse. E, então, estava pronta.

Parecia que meus sonhos tinham se materializado bem ali na minha frente, e desde que te vi naquela varanda, foi como se meu mundo tivesse voltado a girar.

Por isso, naquela noite, antes de dormir, escrevi todos os motivos pelos quais eu deveria me manter longe de você. Tentei sufocar todos os sentimentos, mas cada dia que passava, mais eu pensava em você.

Fiquei tanto tempo imaginando como você seria, depois de cada coisa que seu irmão me contava a seu respeito. E quando finalmente te conheci, não consegui me distanciar, porque cada vez que eu via uma nova parte de você, me apaixonava um pouco mais.

Fui um egoísta de merda, eu sei. Você merece muito mais que isso.

Agora vou entrar no acidente, te peço desculpas, mas é preciso. Eu nunca contei os detalhes para ninguém. Em algumas noites ainda tenho pesadelos.

Como você sabe, fomos a uma festa na cidade vizinha. Miguel estava sóbrio, pois era o motorista da vez. Quase no final da festa, eu estava cansado e enjoado, então quis chamar um táxi para voltar para casa, mas Caio e Miguel insistiram em ir embora comigo. Tentei convencê-los a ficar e aproveitar mais, só que não adiantou. Entramos no carro e uma chuva fina começou a cair. Passamos boa parte do trajeto rindo e nos zoando. Em certo momento, vimos um clarão de farol à nossa frente e tudo começou a girar. Na hora, não entendi como aconteceu, nem estávamos em alta velocidade. Apenas soube dias depois.

Eu fiquei com muito medo. Estava escuro e frio, eu não conseguia ver muita coisa, acho que estava tonto também. Depois de um tempo, consegui sair do carro e gritei, chamando Caio e Miguel, mas ninguém me respondia. Meu celular estava na minha mão antes do acidente, porém, quando o carro capotou, ele caiu e eu não consegui encontrá-lo.

Senti algo quente escorrer pelo meu rosto e pelo meu braço. Quando passei a mão, vi que era meu sangue. Muito sangue. Naquele instante, nem notei que eu não conseguia mexer o braço esquerdo, onde tenho minha grande e feia cicatriz. No hospital descobri que eu quase perdi todos os movimentos dele. O mesmo braço que fiz a tatuagem com um pedaço da partitura da música de vocês. Foi a minha homenagem, um ano após o acidente.

Enfim, andei mais um pouco pela pista, ainda desnorteado, e encontrei Caio caído no asfalto. Me ajoelhei ao seu lado e o chamei. Não tentei levantá-lo, porque sabia que era melhor esperar pelo socorro, ele podia ter quebrado alguma coisa. Caio virou a cabeça na minha direção, um pouco desnorteado também, e falou meu nome. Nós dois estávamos muito assustados. Mesmo assim, eu disse a ele que iria ficar tudo bem. Ele sabia que não estava tudo bem, pois pegou minha mão e me fez um pedido. Foi naquele momento que prometi ao seu irmão que ficaria de olho em você. Ele me fez prometer. Você foi a primeira coisa em que ele pensou, mesmo naquele estado. Ele te amava muito.

Depois disso, acho que desmaiei, pois não me lembro de mais nada. Apenas de acordar no hospital dias depois, por causa do coma induzido. Fiquei arrasado porque sequer pude comparecer ao enterro e me despedir deles.

Soube após um tempo que, assim que cheguei ao hospital, fui levado para sala de cirurgia e meu coração parou. Até hoje, acredito que ele apenas voltou a bater porque fiz aquela promessa a ele. Dizem que sobrevivi por um milagre, mas, na realidade, acho que foi por sua causa. Acho que você foi o meu milagre.

Fiquei um tempo na casa da minha tia para me recuperar, a casa que eu moro hoje. Depois, quando melhorei, voltei para a minha cidade natal.

Me lembro da primeira vez que vi a cicatriz nas minhas costas pelo reflexo do espelho. Me sinto enjoado e culpado toda vez que a vejo. Se não fosse por minha causa, eles teriam ficado mais na festa e não teríamos passado por aquele carro desgovernado naquele momento. Ou quem sabe só eu tivesse passado.

É assim que me sinto desde o dia do acidente.

Além disso, também sempre me culpei por nunca ter te encontrado antes, é o meu maior arrependimento.

Você não imagina o quanto acaba comigo saber que está tão triste agora. E saber que foi por minha causa que você sofreu por todos esses anos pela perda do seu irmão, acaba comigo de verdade. Deixei marcas tão profundas em sua alma que talvez eu nunca consiga consertar completamente.

Quando te vi na festa em minha casa, você estava tendo uma crise de ansiedade, e aquilo me corroeu por dentro. Então, fui percebendo que tirei as duas coisas mais importantes da sua vida de uma só vez: seu irmão e a música. Tudo isso por minha causa, e jamais vou me perdoar por isso.

Olívia, eu juro por tudo, se eu pudesse pegaria para mim toda a dor que você sente. Acabaria com todo o seu sofrimento se fosse possível. Queria poder curar cada marca que existe dentro de você, passaria o resto da vida fazendo isso. Nunca duvide disso.

Se um dia você estiver pronta para conversar comigo, estarei aqui, pronto para compartilhar mais. Eu sei que não sou digno disso, mas espero que um dia você possa me perdoar.

Estou abrindo minha alma, te mostrando todas as cicatrizes mais profundas e escondidas nela. É o mínimo que você merece de mim, pois, como já te disse, você deu sentido à minha vida novamente. Conhecer você foi como se a sua melo-

dia tivesse absorvido toda a tristeza que eu sentia em minha alma. E foi exatamente isso que você fez. É assim que me sinto.

Você teve paciência, me ajudou a respirar novamente e fez com que meu coração voltasse a bater. Você me fez sorrir, mesmo quando achei que nunca mais seria capaz. Eu acreditava que isso era impossível, mas você me provou que não.

Eu prometo, Olívia, que sempre vou cuidar de você. Sempre. Prometi a ele e agora prometo a você. E mesmo que eu não possa estar perto de você, vou fazer isso.

Palavras são importantes e carregam muito significado, mas na brisa mais leve, elas voam e se desfazem. Portanto, quero te mostrar com atitudes que tudo o que escrevi nesta carta é verdade.

Então, se você permitir, farei isso todos os dias. Eu te prometo isso.

E mesmo que continue tocando longe de mim, você é a minha melodia favorita, Olívia. A mais bonita que já escutei.

Com carinho,

Theo

Cada uma de suas palavras me atinge com força no peito. A dor que elas evidenciavam, à medida que eu as lia, penetrava minha alma.

Seco as lágrimas que já estavam caindo por um tempo. Minha garganta está apertada, meu coração dói.

Eu, que estava sofrendo por causa dele, agora estava sofrendo também por ele.

Theo mentiu para mim e me magoou, mas vê-lo machucado dessa forma me deixa destroçada.

Ele acha mesmo que o acidente é culpa dele? Carrega essa culpa por todos esses anos?

Abro a gaveta e pego a partitura que levei embora comigo no dia em que a encontrei na casa dele.

Observo por um tempo o papel e as notas desenhadas ali. A melodia que havia sido composta por mim e Caio, e agora sei que também por Theo, estava finalmente finalizada.

Me levanto e pego meu violão, antes de me acomodar na cama novamente.

Meus dedos tremem.

Começo a ler a partitura e a tocar as notas.

Então, sinto que a música que deixou meu coração partido por tantos anos é a mesma que nesse momento está me curando.

Ela é perfeita.

CAPÍTULO TRINTA E QUATRO

Theo

Faz um pouco mais de vinte e quatro horas que coloquei aquela carta na caixa de correio da casa de Olívia.

Não sei se já escrevi algo tão sincero para alguém. Derrubei todo o muro que eu mantinha erguido ao meu redor e escancarei todas as minhas feridas mais profundas.

Uma grande parte de mim ainda duvida que ela possa me perdoar. No entanto, há uma pequena parte esperançosa que ainda acredita que isso seja possível.

Após deixar a carta na caixa de correio dela, passei o dia todo ansioso. Não consegui me concentrar em nada do que precisava fazer. Tentei diversas coisas para me distrair. Tudo em vão. E à noite mal consegui dormir. Fiquei me revirando na cama a madrugada inteira. Por isso, às 5h da manhã desisti e desci para a sala.

Estou no sofá, olhando a tela da televisão desligada. Acho que estou assim faz um bom tempo.

Que patético.

A essa hora ela já teria lido o que escrevi. Talvez não tenha feito diferença alguma e ela ainda não queira me ver. Ou talvez esteja digerindo tudo. Ou talvez nem tenha lido, o que é totalmente aceitável.

Acho que vou pirar.

Mais alguns instantes se passam, até que a campainha toca.

Dou um pulo do sofá e checo a tela do interfone. Meu coração dispara quando vejo Olívia.

Libero o portão de entrada e abro a porta da sala para que ela entre.

Sem me olhar, Olívia passa por mim e vai até o sofá, parando diante dele. Eu a sigo, em silêncio. Estou nervoso demais para dizer qualquer coisa, minhas mãos estão suando e meu coração está batendo tão forte que posso ter um piripaque a qualquer momento. Não faço ideia do que está por vir.

Parados frente a frente, sinto meu estômago se revirando pelo nervosismo da espera. Fico imóvel com meu peito ardendo em expectativa.

Porra, eu estou quase infartando aqui!

Olívia levanta a cabeça e me encara, quebrando o silêncio:

— Li a sua carta — anuncia.

Ainda não digo uma palavra, esperando que ela continue. Noto que seus olhos estão vermelhos, como se tivesse chorado. Pela expressão em seu rosto, não consigo decifrar o que está passando em sua cabeça.

Ela põe os próprios braços ao seu redor e abaixa a cabeça por uma fração de segundos, o que parece ser uma eternidade.

— Eu não estou com raiva de você. Bom, eu fiquei, me senti traída. Gostaria que tivesse me contado antes — ela diz, com a voz um pouco embargada —, mas entendo seus motivos, acredito no quanto foi difícil tudo isso.

Solto a respiração, um pouco aliviado com suas palavras.

— Eu sinto muito, Olívia. Não era para ter sido assim.

Me limito a essa sentença, voltando ao meu silêncio, porque, sinceramente, nem sei o que dizer.

Ela se aproxima devagar e apoia as mãos em meu peito, fazendo com que eu feche os olhos e inspire lentamente.

— Theo, eu não consigo imaginar o que você passou — sussurra. — Queria te dizer que por muito tempo eu também me sentia como se estivesse me afogando. E, então, você apareceu e conseguiu me ajudar a respirar novamente.

Coloco os braços ao seu redor e ela me puxa para mais perto. Ficamos um bom tempo nos braços um do outro, até ela afastar o rosto, me olhar com intensidade e sair dos meus braços, dando a volta por mim.

Ela para atrás de mim. Sinto seus dedos segurando a barra da minha camisa. Fico tenso e prendo a respiração. Percebo que ela aguarda minha permissão. Assim que balanço a cabeça, ela puxa minha camisa para cima.

Então, toca a minha cicatriz com delicadeza, passando os dedos por toda a sua extensão.

— Essa cicatriz, que você tanto odeia... eu a acho linda, pois ela é um lembrete de que você está vivo. — Ela deposita um beijo na cicatriz. — Você não pode se culpar por isso, Theo. Até porque nada do que aconteceu foi sua culpa, você precisa entender isso — ela deixa outro beijo e apoia a testa nas minhas costas, sem dizer nada por alguns instantes. Ela dá a volta novamente, parando à minha frente, e segura meu rosto com as mãos. Seus olhos estão marejados. — Você tem que viver. Viver por eles. É a única coisa que deve a eles. Você merece viver em paz, Theo. Faça isso, por favor, é a única coisa que te peço.

Com suas palavras, ela faz o peso do mundo que está nas minhas costas desaparecer de vez.

Ainda segurando meu rosto, ela encosta a testa na minha.

— E então? Você escolhe viver? — pergunta.

Apenas assinto com a cabeça.

Olívia move seu polegar e enxuga uma lágrima em minha bochecha, que nem percebi estar ali. Ela me abraça e chora baixinho em meu peito, suas lágrimas molhando minha camisa. Puxo-a para mais perto, afago seu cabelo e dou um beijo no topo de sua cabeça.

Ficamos abraçados ali por um bom tempo, em silêncio, deixando todas as emoções fluírem.

Olho Olívia nos olhos por um instante, antes de beijá-la com intensidade.

Meu olhar é cheio de verdade e meu beijo é cheio de promessas. Promessas que garanto cumprir para sempre, se ela permitir.

Enquanto estávamos abraçados, eu sentia que não estava mais sozinho. Parecia que o simples toque dela conseguia me curar e, de alguma forma, salvar a minha alma solitária que vagava perdida por tanto tempo.

De olhos fechados, encosto levemente os lábios nos dela e sorrio, sentindo o meu coração leve e cheio ao mesmo tempo, se é que isso é possível.

— Eu te amo, Olívia — digo baixinho.

Sinto que ela também sorri.

— Eu também te amo, Theo.

Estamos deitados na poltrona perto da piscina, sua cabeça está apoiada em meu peito enquanto faço carinho em seus cabelos. Olívia se vira em minha direção, ainda deitada, e me olha. Sinto sua hesitação, mas enfim ela fala:

— Me conta alguma coisa sobre as férias de vocês? Se for difícil para você falar sobre isso agora, tudo bem, é que eu só...

Eu a interrompo.

— Não, tudo bem, eu quero te contar tudo — digo.

CAPÍTULO TRINTA E CINCO

Seis anos atrás: férias de verão

Theo

As férias estão quase no fim. Faz quase um mês que estou na casa do meu primo. Vou sentir falta dessa cidade praiana e tranquila. Onde eu moro é tão caótico. Sem falar que a praia fica a duas horas de distância da minha cidade.

Hoje está fazendo um calor infernal, por isso eu e Caio decidimos dar um mergulho enquanto esperamos Miguel retornar do curso de fotografia. Estamos tomando cerveja, sentados na beira da piscina de sua casa, conversando sobre a vida. É engraçado como ficamos tão próximos em tão pouco tempo.

Meu primo decidiu fazer esse curso de férias. São dois dias na semana no período da tarde. Ele está bastante empolgado, pois a fotografia é a sua grande paixão. Não me lembro de Miguel sem uma máquina fotográfica na mão, mesmo que de brinquedo. Tenho certeza de que ele ainda será um fotógrafo famoso.

Minha tia tem tanto orgulho que expõe diversos retratos fotografados por ele espalhados pela casa. Parece até um local de exposição. Obras de arte, ela diz.

Tomo um gole da cerveja, deixando o líquido gelado me refrescar.

— Minha irmã chega de viagem na próxima semana. — Caio diz, chamando a minha atenção.

— É mesmo? — respondo, fingindo não saber exatamente o dia em que ela irá chegar.

— Já vou avisando, ela é muita areia para o seu caminhãozinho, mas você até que é um cara legal. Só não sei se ela gosta de morenos.

Eu rio, escondendo a pontada de preocupação.

Será que ela gosta de morenos?

— Eu posso pintar o cabelo — sugiro, dando de ombros.

Ele ri.

— Vamos ver quando eu apresentar vocês. Quem sabe você dá sorte.

Não vejo a hora de conhecê-la. Há uns dias comecei a prestar mais atenção no calendário pendurado no quarto de visitas em que estou dormindo, na casa do meu primo. Até fiz uma marcação quase imperceptível no dia em que Olívia irá chegar.

Isso é estranho, eu sei, mas sinto que já a conheço de alguma forma.

Caio está com o violão nas mãos tocando distraidamente uma música qualquer. Acho que ele nunca está sem aquele violão marrom escuro nas mãos.

— Nós não terminamos a melodia de vocês — constato, chateado.

Passamos muitas horas trabalhando em cima da melodia deles e não chegamos a lugar algum. Que merda. Isso é frustrante.

— Não esquenta. Talvez Olívia volte de viagem com bastante criatividade e consiga finalizar. Ela é muito boa nisso.

Olívia… Esse nome é lindo. Como será a sua personalidade? Bom, pelo que Caio diz, ela parece ser incrível.

— Theo, ouviu o que eu falei? — ele pergunta.

— Foi mal. Estava viajando.

Ele ri, entendendo perfeitamente onde minha cabeça estava.

Fico um pouco sem graça, então deixo a garrafa de cerveja de lado e pulo na piscina.

— Vocês ainda estão assim? — Miguel diz, aparecendo no quintal de Caio. — Vamos nos atrasar!

Ambos viramos o pescoço em sua direção sem entender a pressa.

— Cara, são 18h, você não marcou o bar às 20h? — Caio pergunta.

— É — Miguel dá de ombros.

— Nossa, você tá mesmo apaixonado pela Bella — zombo meu primo.

— Cala a boca. E você que tá apaixonado pela Oli, e nem sequer conhece ela.

Faço um gesto obsceno para ele em resposta.

— Vai se ferrar — digo, sem mais argumentos, afinal, acho que ele está certo.

Caio e Miguel caem na gargalhada às minhas custas.

CAPÍTULO TRINTA E SEIS

Theo

Cinco meses se passaram desde que o peso do mundo foi retirado das minhas costas, e pela primeira vez em muito tempo, estou bem. Finalmente estou em paz.

Minha mãe está muito bem de saúde e viajando pela Europa com a mãe de Neto. Elas conseguiram fazer a viagem dos sonhos que tanto queriam. Mandam fotos o dia inteiro. Pelo visto, estão se divertindo muito. Fico feliz por isso.

Já passou da hora do jantar e, no momento, eu e Olívia estamos na cozinha da minha casa tentando cozinhar um risoto de limão siciliano com crocante de presunto de Parma. Isso porque nós fomos a um restaurante italiano na semana passada e ela pediu um prato desse risoto. Olívia gostou tanto que chegou até a gemer na primeira garfada. O que me fez rir. Mas também foi bem sexy.

Agora, estamos tentando repetir a receita, que ela praticamente obrigou o chefe de cozinha do restaurante a nos passar. Acho que ele não ia simplesmente dar a receita assim, mas ela ganhou no cansaço.

Olívia modo advogada. Pobre homem...

— Você acha que está sem sal? — pergunta, colocando a colher com um pouco de caldo diante da minha boca.

— Hum, acho que não. Para mim está perfeito.

Ela sorri, entusiasmada por ter acertado na quantidade de tempero.

— Já volto, preciso ir ao banheiro — digo.

— Volte logo, preciso da cebola ralada.

— Sim, chefe — brinco, fazendo ela rir.

Amo fazê-la rir.

No caminho de volta para a cozinha, checo Paçoca, que está roendo ferozmente um casco natural novo que Oli deu para ele.

Paro no batente da porta, observando Olívia cozinhando e cantarolando animadamente uma música que vem da caixinha de som.

É adorável pra cacete quando ela está feliz, pois sempre cantarola.

Ela me olha parado na porta e sorri.

— O que foi?

— Você é adorável.

— Quem fala assim? — pergunta, rindo.

— Eu não falo, mas foi o que surgiu na minha cabeça assim que te olhei.

Caminho em sua direção, e quando estou quase chegando perto dela, a música *Vertigo* começa a tocar.

A primeira música que cantei para ela.

Sorrimos um para o outro, lembrando do mesmo momento.

Estendo a mão para ela, que a segura prontamente. Eu a rodopio e a puxo em minha direção. Ela apoia a cabeça no meu peito, e ficamos juntos dançando na cozinha da minha casa.

Um momento simples, mas perfeito.

Às vezes, sinto que minha amizade com o irmão dela naquele verão, de alguma forma, foi obra do destino, pois Olívia apareceu na minha vida para dar sentido à minha melodia.

CAPÍTULO TRINTA E SETE

Olívia

— Vamos, Theo! Está na hora! — o apresso, gritando no pé da escada.

— Erminhando de escobar os denxes! — ele aparece e diz de forma quase ininteligível, com a boca cheia de pasta de dente, me fazendo rir.

Instantes depois, ele desce a escada correndo, enquanto o espero na cozinha. Ele passa pela porta e se apoia na bancada, me admirando. Vejo um sorriso bobo aparecer em seus lábios.

— O que foi? Vamos logo.

Theo caminha em minha direção e me puxa gentilmente pelo quadril, me dando um beijo leve na boca.

— Tem certeza? Vai doer — avisa.

— Absoluta. Se doer, vou apertar sua mão. Então, tem certeza que quer ir? Vai doer.

Ele ri do meu comentário.

Theo dirige o carro, pois estou ansiosa demais para isso.

Deito na maca, sentindo um friozinho na barriga de entusiasmo. Os olhos de Theo brilham de admiração.

— Onde quer a sua tatuagem, Olívia? — a tatuadora pergunta.

— Aqui — digo, colocando o dedo na parte lateral de fora do tornozelo.

— Perfeito — ela responde, colando o desenho na minha perna.

Estou fazendo uma homenagem ao meu irmão. É um violão com uma pauta musical em seu braço, assim como a tatuagem de Theo. No entanto, o meu desenho é um pouco mais delicado, e escolhi apenas o final da composição, diferente da tatuagem de Theo, que possui apenas o início dela.

A composição criada por mim, Caio e Theo.

A tatuadora liga a máquina e posiciona a agulha perto do meu tornozelo. Theo se aproxima um pouco mais de mim. Ele se abaixa e me dá um beijo na testa, segurando minha mão.

Ele me olha com seus intensos olhos castanhos e sorri, com os olhos.

Então, penso em como tenho sorte. Nele encontrei a melodia que faltava, a combinação de tom e ritmo mais bela que já vi.

Com a sua melodia entrelaçada à minha, criamos uma composição musical, cheia de notas, pausas e ritmos diferentes, algo lindo e único.

E nunca vai parar de tocar.

CAPÍTULO TRINTA E OITO

14 anos atrás
Theo

Esse mês eu fiz onze anos, então, de presente de aniversário, minha mãe me deu uma viagem para visitar meu primo e um avião novo para a minha coleção. Eu já tenho muitos deles. Deixo todos expostos numa grande prateleira do meu quarto, junto com os origamis de avião que minha mãe faz para mim. Também gosto de brincar com eles.

Eu e minha mãe estamos visitando meus tios e meu primo no feriado do Natal. Meu pai não foi. Ele e minha mãe não estão mais se falando direito. Estou muito triste por causa disso.

Meu primo está jogando videogame no quarto e o resto do pessoal está preparando a ceia de Natal. Por isso, pego um dos meus aviões e vou para perto da piscina brincar.

Enquanto estou brincando, escuto duas crianças conversando do outro lado do muro. Um menino e uma menina. Acho que ouço barulho de música também, parece um violão. Eu não sei muito bem, porque eu não sei tocar nenhum instrumento. Nunca nem pensei em aprender.

— Uau, Oli! Você aprende rápido. Tá tocando muito bem — o menino incentivava.

— Obrigada, Caio. Acho que o talento é de família — a menina responde, fazendo o menino rir.

— Vai treinando. Preciso comer alguma coisa, já volto.

Ouço passos se afastando. A menina continua tocando. Ela parece mesmo muito boa.

Fico muito curioso. Quero saber quem é essa menina.

Está começando a escurecer.

O som do violão para. Fico no mesmo lugar, torcendo para que ela continue. Mas nada acontece.

Quando estou prestes a entrar em casa, ouço um barulho de uma porta se abrindo. Me escondo no escuro, atrás da pilastra, perto da porta.

A menina aparece em uma varanda.

Com o luar iluminando seu rosto, ela se senta numa cadeira, ajeita o violão em seu colo e toca a introdução da música que estava treinando mais cedo.

Inesperadamente, ela começa a cantar. Sua voz é linda e doce. Fico hipnotizado, como se não houvesse mais nada ao meu redor. Fico ali quietinho e escondido, ouvindo ela cantar.

Foi naquele instante que me apaixonei pela música.

E, a partir daquele momento, a música começou a transformar a minha vida. Ali, escondido no escuro, ouvindo aquela menina tocar e cantar naquela varanda, eu jamais poderia prever que um dia a melodia que havia dentro dela salvaria a minha alma.

AGRADECIMENTOS

Queridos leitores,

Gostaria de agradecer a todos que dedicaram seu tempo tão precioso para ler esta história que escrevi com tanto carinho.

Espero sinceramente que ela tenha proporcionado momentos de entretenimento, reflexão ou qualquer forma de valor em sua vida, como também feito brotar lindos sorrisos em seu rosto. É uma alegria imensa saber que minhas palavras puderam chegar de alguma forma no seu coração.

Seu apoio e comentários são fundamentais para o meu crescimento como escritora, uma fonte de motivação e inspiração para que eu continue escrevendo.

Agradeço ao meu marido e à minha prima Carol, por terem me incentivado e acreditado nesse sonho. Também ao meu pai, por sempre acreditar em mim e sempre ser meu maior admirador, foi ele quem me deu meu primeiro violão, acho que isso explica tudo.

Enfim, muito obrigada a todos que embarcaram comigo nessa jornada!

Desejo que a linda melodia de todos vocês continue tocando alegremente, e que possa encontrar outra que toque em perfeita sintonia.

Com carinho,

Camille Bermond